U0928334

中国妇女研究会第三届妇女/性别研究优秀博士论文二等奖
江苏省教育厅高校哲学社会科学研究项目阶段性成果
江苏政府留学奖学金资助

The "Survival and Wholeness":
A Study of Some Postcolonial Women's Writing

完整生存：
后殖民英语国家女性创作研究

方 红 著
Fang Hong

序 言

方红以其博士论文为基础的专著《完整生存：后殖民英语国家女性创作研究》即将付梓之际，邀我为之作序，作为昔日的师长和今日的同事，我欣然从命。

方红最早步入外国文学应该是20世纪90年代的事了，从学术训练上来说，她算得上基础扎实。20世纪90年代中叶，她获得澳大利亚政府奖学金赴澳大利亚悉尼大学攻读硕士学位，她的指导老师是英文系的David Brooks博士。Brooks博士当时正值壮年，但已经是澳大利亚文坛举足轻重的著名作家和文学批评家。他喜欢中国，不止一次地给研究生开设有关中国话题的课程(其中一门好像叫做“International Settlement in Shanghai”)。Brooks博士对中国学生甚是友好，所以指导起来自然也特别用心。在这位名师的指点下，方红非常顺利地完成了硕士论文并如期回国任教。此后，她随我攻读博士学位，期间获江苏省留学基金支持又赴英国伯明翰大学作短期访学。在伯明翰期间，她遍访名家，广搜典籍，勤读勤写，为自己积累了很好的研究基础和能力，回国之后，她如期、顺利地完成了博士论文。

用陆谷孙教授的话说，学位论文写作无异于一种intellectual odyssey，而作为一次智力旅行，博士学位论文的写作于当事人自己而言尤其不会是特别顺利的。为了完成一篇优秀的博士论文，多少人日夜耕耘，数年探索。然而，值得注意的是，当今中国社会严重缺乏诚信，致使许多人对于那些长年绞尽脑汁地埋头于学术的青年学子们缺少起码的敬意。针对这一现象，陆谷孙教授前几年曾特别撰文指出：“现今中国社会不少人看不起博士，认为学位都是混得的。我不否认忽悠分子的存在(而且不少)，也知道有的学校兼办‘文凭工厂’而胡乱出售(‘售’与‘授’恰好同音)学位，社会上更有长盛不衰的‘办证’行业。但从我本人指导的学生角度，我倒也要替他们说句公道话：请讥讽‘傻博士’的敏慧人，不许抄袭，都来独力写篇四五万字的论文试试如何？须知，西方早期初行哲学博士制度时，那些学子的特权可不得了。谁在旁边玩游戏吵得博士分心，谁毗邻学校建造高楼遮蔽阳光，博士都可勒令制止；甚至教书二十年即可享受与伯爵同样的待遇，且从此不得再给这些人物戴上镣铐下狱。我写这篇小文自然不是为博士们争什么特权，而且明知再怎么争也是白搭。我只是想替博士群落中真正向学之士代言几句，并呼吁社会各界亲智而非反智而已。”(《南方都市报》，2008.12.21)

从事外国文学研究的人，大多不能指望藉此沽名钓誉。在这个圈子里的人们，大多因了某个机缘，接触到了某个大师，如同中了魔咒般地越陷越深，直至不能自拔。年轻的学子如能真正地在研究文学的事业之中找到乐趣，甚或在研究中找到人生的意义所在，这是我们作为一个老师特别看重并欣赏的。有人不止一次地问我：“研究外国文学有什么用处？”在这个问题上，我同意著名外国文学研究专家盛宁教授(《外国文学评论》的前主编)的看法。盛宁教授在苏州大学的一次学术报告中指出，外国文学研究对于从事这一领域研究的人来说首先是一种 intellectual exercise，虽然通过阅读、思考、阐释以及评价一个外国作家的一部作品，我们实在得不到什么物质意义上的收获，但是，在文学的阅读和研究中，我们的想象空间，我们的思想能力，还有我们的认识水平，无不在这一过程中获得显著的提升。的确，人通过学习外国文学而能得到这样的提升难道还不够吗？

方红长期关注女性文学创作，对于澳大利亚女性创作尤其熟悉。在设计博士论文选题时，她本可以选择一个自己熟悉的澳大利亚女作家开展研究，但她决定给自己一个挑战。经过很长时间的调研，她最终确定选取了包括英国移民作家 Joan Riley、加拿大作家 Margaret Atwood、美国黑人作家 Toni Morrison、澳大利亚土著作家 Sally Morgan 和 Ruby Langford Ginibi 等四个国家的五位作家作为自己的观察对象，通过对她们的部分作品的分析，探究存在于后殖民女性文学背后的共同特征。应该说，即便是以今日的眼光看来，这也不是一个容易做的课题，因为对于国内的绝大多数同行和读者而言，像 Joan Riley、Sally Morgan 和 Ruby Langford Ginibi 这样的前殖民地作家并不为人所知，研究起来不仅资料匮乏，而且很难在国内同行中获得共鸣。

不仅如此，20 世纪 90 年代以来，国外关于后殖民文学的研究如雨后春笋一般迅速形成一种潮流，但是，这种针对前殖民地国家和地区文学的研究一段时间里并未引起国内学界的重视。针对这一现象，一些研究者曾经先后撰文进行过呼吁，但也有不少学者提出明确的反对意见，起先的理由有二：其一，他们认为，我国的外国文学研究瞄准的是世界上一些有影响的大国家的主流传统，因为它们代表着一种普适性的国际标准，前殖民地的作家与大国的作家相比微不足道；其二，他们认为，研究外国文学应讲究相关性，由于中国的主题版图在近代西方的帝国扩张中并未真正沦落为殖民地，所以研究前殖民地国家和地区的文学对中国缺少实际的意义。21 世纪以来，我国关于后殖民文学的研究逐步拓展开来，但是，这种研究自始至终受到某些专家的抵制，有些人甚至借用美国一些保守派人士的观点，对刚刚崛起的后殖民文学研究进行清算。他们认为，包括后殖民文学批评在内的当代各种文化研究性的批评都是西方“理论”兴起之后带来的产物，这些具有深刻“后学”特征的批评范式彻底否定传统价值，背弃人文主义，是当代文学批评的罪人！

2003 年，著名马克思主义理论家 Terry Eagleton 出版了他的力作——《理论之后》，该书立足马克思主义观点，对“后学”和“文化研究”进行了无情的批判。此书以极其不屑的态度列举了当代西方文学中出现的一些奇怪现象：

> On the wilder shores of academia, an interest in French philosophy has given way to a fascination with French kissing. In some cultural circles, the politics of masturbation exert far more fascination than the politics of the Middle East. Socialism has lost out to sado-masochism. Among students of culture, the body is an immensely fashionable topic, but it is usually the erotic body, not the famished one. There is a keen interest in coupling bodies, but not in labouring ones. Quietly-spoken middle-class students huddle diligently in libraries, at work on sensationalist subjects like vampirism and eye-gouging, cyborgs and porno movies.

Eagleton还特别针对当今英美国家研究生论文写作中存在的游戏化趋势给予了严厉的批判：

> To work on the literature of latex or the political implications of navel-piercing is take literally the wise old adage that study should be fun. It is rather like writing your Master's thesis on the comparative flavour of malt whiskies, or on the phenomenology of lying in bed all day. It creates a seamless continuity between the intellect and everyday life. There are advantages in being able to write your Ph.D. thesis without stirring from in front of the TV set. In the old day, rock music was a distraction from your studies; now it may well be what you are studying. Intellectual matters are no longer an ivory-tower affair, but belong to the world of media and shopping malls, bedrooms and brothels. As such, they re-join everyday life—but only the risk of losing their ability to subject it to critique.

Eagleton的这两段话在今日中国的文学理论界可谓家喻户晓，他表达的一个重要的意思被我国的同行反复引证。中国的不少专家喜欢引用他的观点来批判包括女性批评、后殖民批评在内的文化研究潮流。

在我看来，对于Eagleton的立场，我们有必要小心鉴别，因为《理论之后》是一本心气很高的马克思主义之作。在该书中，Eagleton立足马克思主义的人文关怀，指出，后现代主义过分强调差异性，忽略了人与人之间的共同性。成天价地沉迷于一己之私、一己之欲、一己之乐的当代人，患上了政治健忘症，忘掉了在我们这个世界还有贫穷，还有压迫，还有深刻的苦难。当代人缺少了像马克思主义这样宏大的理论和叙事的指引，所以注定要在无尽的黑暗中摸索前行。我认为，Eagleton的批评对于我国的外国文学研究界来说不无重要的启迪意义，因为在他的观点背后跳跃着一颗为人类未来和共同命运忧虑的心，对他而言，文学研究不只是游戏，因为文学是人学，通过文学，我们应该思考人类面临的共同的问题。我喜欢Eagleton在《理论之后》一书中表达的这一深刻的入世情怀。出于同样的原因，我对方红在她的一组后殖民女性作家研究中提出的观点表示由衷的赞同。

方红认为，20 世纪后殖民女性作家的创作在主题上体现出一种对于人类生存问题的广泛关注，反映了后殖民女性文学一个非常重要的共性特征，她从美国另一位黑人女小说家 Alice Walker 的论述中提炼出“完整生存”的核心概念，结合五位作家的具体的小说作品论证了上述后殖民女性小说家针对在不同性别、不同种族、不同国家以及人与自然之间如何实现和谐相处、共同生存的问题上秉持的观点。我认为，方红研究的结论是令人信服的，所以，在 2010 年方红的论文被授予中国妇女研究会第三届妇女/性别研究优秀博士学位论文二等奖时，我除了为她高兴之外，更为她的研究在中国的妇女组织中首先觅得知音而感到欣慰！

20 世纪 80 年代，随着第二次女性主义思潮的强势崛起，很多西方国家的女作家人数显著增加，一时间引起了不少主流男性作家的焦虑和恐慌。在方红留学的澳大利亚，部分极端的白人作家和批评家提出，过多女性的参与，使得传统上非常有力度的文学事业变得女性化了。在这个问题上，我倾向于从一个相反的方向来看，我认为，传统的西方各国文学一直是由男性主导的，它说明，文学创作本身是一个需要非凡智慧、才华和能力的事业，在这个事业中要取得成功更需要参与者付出超凡的努力，这个道理对于所有人都是一样的，不论男女。当今世界日益开放、民主，每一个个体的人较之从前都有了更广阔的空间，在这样一个崭新的时代，如果我们见证了部分女性在文学上的成功，我们除了对她们的聪颖和刻苦表示由衷的敬意之外，似乎不应该说什么。

作为一名女性学人，方红在学术上是个令同伴钦佩的执著探索者，她的同学和同事们都在她的努力中感受到她的坚定。与她的许多同辈相比，她是一个敢于付出的人，取得的成绩也是最显著的。几年来，她在《外国文学研究》、《外国文学》、《当代外国文学》等国内重要的学术阵地上连续发表了一大批的研究论文，在学术界也取得了不小的影响。

学术是讲究传承和延伸的。2010 年，悉尼大学英文系的 Robert Dixon 教授因我的邀请来苏州访问的时候，给我带来一张照片，照片里并排站着四个人，从右到左是悉尼大学英文系的四代澳大利亚文学教授，他们分别是 G. A. Wilkes、Leonie Kramer、Elizabeth Webby，还有 Robert Dixon 自己。了解澳大利亚文学的读者都知道，上述四人是澳大利亚四个不同时代的澳大利亚文学掌门人，可谓一脉相承。但是在他们之间不仅有传承，更有与时俱进的拓展，Kramer 在 Wilkes 之后主编出版了代表澳大利亚新批评传统的《牛津澳大利亚文学史》，Webby 在新批评被彻底抛弃的时代积极倡导非线性进化意义上的澳大利亚文学研究，Dixon 则主张结合新的技术开展新经验主义的文学体制研究。Dixon 教授是 Webby 教授的第一个博士，所以他们四人比肩而立无疑代表着一种传承。在中国，老一代的黄源深、胡文仲和王国富教授等曾经师从 Kramer 教授学习澳大利亚文学。如果说我国老一代澳大利亚文学研究者通过这种师生关系也得到了一种直接的传承，那么，新一代中国学者从事的澳大利亚文学研究明显具有一种拓展和延伸的特征。方红原本研究英美文学，后来转入澳大利亚文学，但她并不拘泥于澳大利亚文学，她把澳大利亚文学置于世界英语文学的大语境中来观察，获得的视野是开阔的，获得的洞见也异乎寻常地多，她近年来取得的成绩足以证明这种学术延伸的效果和力量。

在今日中国，外国文学研究日益多元丰富，许多年轻的中国学子对于包括澳大利亚在内的国别文学有着浓厚的兴趣。在方红之后，我的几个博士先后以印度英语作家 Salman Rushdie、加拿大作家 Margaret Atwood、南非作家 J. M. Coetzee、澳大利亚作家 Judith Wright 为题完成了自己的博士论文。这些选题远远超出了传统的英美文学范围，更是超出了本人的研究领域。学生们大多刻苦用功，他们中的多数人先后获得各种研究基金的支持，得以跨出国门进行深度调研，所以大多能圆满完成自己的课题。在此，我特别要祝福他们。所谓学海无涯，希望他们不断进步，希望他们以首部著作的出版为起点，奋力开始一段新的学术征程。我相信，凭他们的学力和毅力，一定能在外国文学研究方面取得更大的成绩。

王腊宝

2011 年 5 月

前 言

非裔美国女作家艾丽斯·沃克在《寻找我们母亲的花园》中首次提出“完整生存”的理念，以表达对非裔民族生存的关注。在英语后殖民女性创作中，“完整生存”的内涵得到延伸，内容包括：女性自身的完整生存、民族的完整生存、国家的完整生存、世界的完整生存。可以说，这四个层面的“完整生存”体现了当代后殖民妇女主义的精髓。后殖民女性创作倡导不同性别、不同民族、不同国家的人们和睦共处，并在此基础上提出人与自然和谐相处的主张。

本书选取了四个不同的后殖民国家的四位(组)女作家进行研究，讨论她们的作品体现的所在国后殖民女性创作的总体特征。全书共分六章。

第一章“绪论”首先对“后殖民”和“后殖民女性创作”进行界定，然后在对国内外后殖民文学批评进行全面梳理的基础上，对本书的研究目的、方法和意义进行说明，最后，对后殖民妇女主义、西方女性主义和非裔妇女主义的异同进行论述。

第二章以英国黑人移民作家琼·莱利的小说《无所归依》为例，讨论英国黑人女性小说的基本特点。英国黑人女性小说中的一个核心主题是关注女性自身的完整生存，而莱利于1985年出版的《无所归依》是此类小说的典范。该书从物质和文化两个层面展现了加勒比海女性移民在英国的艰难生存。通过对西方成长小说的创造性运用，莱利凸现了女性生存的主题。

第三章以澳大利亚土著女作家赛莉·摩根的《我的位置》和茹比·兰福德·吉尼比的《别把你的爱带到城里去》为例，探讨澳大利亚土著女性生命故事的基本特征。土著女性生命故事表达了对整个土著民族能否在当代澳大利亚社会完整生存的忧虑。作为土著女性生命故事的代表作，《我的位置》和《别把你的爱带到城里去》重写了土著民族的历史，颠覆了白人塑造的土著人的刻板形象，使土著民族开始走上自我表现之路。两位土著作家还对西方传记进行改良，强调土著女性对民族生死存亡的关注。

第四章以非裔美国女作家托妮·莫里森的“历史”三部曲为例，讨论非裔美国女性小说的基本特点。作为非裔美国女作家的领军人物，莫里森在“历史”三部曲中表达了对整个国家完整生存的关注。三部曲不仅从非裔美国人的角度重新书写了美国历史，更是站在被压迫民族的立场上，提出曾经敌对的黑白两个民族应该和睦共处，以利于整个国家的长远发展。这种对国家完整生存的倡导通过莫里森对传统哥特式小说的创造性运用得到深化。

第五章以加拿大女作家玛格丽特·阿特伍德的《使女的故事》和《奥蕾克斯与克雷克》为例，研究加拿大后殖民女性创作的基本特征，指出对世界完整生存的关注是加拿大女性小说的主题。作为加拿大女性文学的代表人物，阿特伍德在《使女的故事》和《奥蕾克斯与克雷克》中描绘了环境污染和生态危机对人类未来命运造成的威胁。她认为，人类的完整生存取决于地球的完整生存。这种对整个世界完整生存的关注体现在后殖民女作家对人类中心主义思想的批判上，是她们崇高使命感的表现。通过把传统的科幻小说转变为后现代科幻小说，阿特伍德表达了她对人类未来命运的忧虑。

第六章“结语”首先阐明本书对比尔·阿什克罗夫特等人提出的“废除与挪用”的借鉴，指出后殖民女作家与西方小说文类之间存在着类似的关系，具体表现为女作家对不同小说文类的创造性使用。随后，本书把后殖民妇女主义与西方人文主义思想进行比较，指出前者超越了后者的局限，延伸了后者的人文关怀思想。针对学界常把“后殖民主义”与“后现代主义”混为一谈的做法，本书指出，在本质上，它们代表着两种截然不同的思想。最后，本书对后殖民女性创作的未来走向作出预测，指出，虽然后殖民女性创作迄今为止取得了很大成就，但依然面临在西方学界挑剔的眼光中能否“完整生存”的问题。

关键词：“完整生存”；后殖民女性创作；后殖民妇女主义；“废除与挪用”

Abstract

The concept of "survival and wholeness" was originally put forward by the Afro-American woman writer Alice Walker in her book *In Search of Our Mothers' Gardens* (1983). It demonstrates an Afro-American womanist's concern for the survival and wholeness of the entire Afro-American community. In some postcolonial women's writing in English, the connotation of "survival and wholeness" is extended to include four levels of meanings: women's survival and wholeness; a nation's survival and wholeness; the survival and wholeness for a country; the survival and wholeness for the world. These four levels compose the essence of postcolonial womanism, which suggests that people from different genders, different nations should live in harmony with one another, and furthermore, mankind should live harmoniously with nature.

Choosing four groups of women writers from four different postcolonial countries, this book aims to summarize the general characteristics of postcolonial women's writing in each country through the study of related works.

The book consists of six parts. Chapter One is the Introduction. It begins with a definition of the two terms "postcolonial" and "postcolonial women's writing", then on the basis of an overall evaluation of postcolonial literary research done both within and without China, it offers a detailed explanation as to the purpose, research approach and potential significance of this dissertation. Finally, it compares postcolonial womanism with Western feminism and Afro-American womanism.

Chapter Two presents an analysis of Joan Riley's novel *The Unbelonging* and points out that the major feature of black British women's fiction is the concern for the black migrant woman's survival and wholeness. As a representative of black women's writing, *The Unbelonging* demonstrates the hardships, both physical and cultural, that the black migrant woman encounters in her attempt to acquire her survival and wholeness,. The theme is highlighted by Riley's reformative use of the *bildungsroman*.

Chapter Three is a study of two Australian Aboriginal women's life-stories—Sally Morgan's *My Place* and Ruby Langford Ginibi's *Don't Take Your Love to Town*, and assumes that the concern for a nation's survival and wholeness is the theme of the Aboriginal women's life-story. By rewriting the Aboriginal history in colonial period and deconstructing the Aboriginal stereotype set by Anglo-Celtic writers, the two books show that the Aboriginal people begin to represent themselves instead of being represented. The theme of a nation's survival and wholeness is emphasized through the two writers' creative use of the auto/biography.

Chapter Four starts with an analysis of Toni Morrison's "history" trilogy, and then it moves on to demonstrate that the characteristic of contemporary Afro-American women's writing is the concern for the survival and wholeness of a country. In the trilogy, Morrison not only rewrites the American history from the Afro-American perspective, but also proposes, from the standpoint of the oppressed and colonized, that the black and the white should live in harmony with each other so that the country would obtain further development. The idea of a country's survival and wholeness is reinforced through Morrison's creative application of the Gothic.

Chapter Five offers a discussion of Margaret Atwood's *The Handmaid's Tale* and *Oryx and Crake*, and suggests that the concern for the survival and wholeness of the world is the theme of contemporary Canadian women's writing. In these two novels, Atwood shows that environmental pollution and ecological crisis impose the greatest danger to man's survival, in other words, man's survival and wholeness depends upon nature's survival and wholeness. The proposal that man and nature should live in harmony with each other embodies postcolonial women writers' commitment and sense of mission, and a critique of anthropocentrism as well. By transforming the traditional science fiction into postmodern science fiction, Atwood expresses her misgivings about the world.

Chapter Six is the Conclusion. It first of all illustrates the relationship between postcolonial women writers and the traditional novel, and suggests that the creative application of different genres by women writers is consistent with what Bill Ashcroft termed as the postcolonial "abrogation and appropriation". Then this book compares postcolonial womanism with Western humanism, and points out that the former,

while extending the latter's humanist concern, avoids the limitations of the latter. The two terms "postcolonialism" and "postmodernism" are often regarded as similar, however, this book shows that they stand for two different ideologies. Last but not least, the future trend of postcolonial women's writing is predicted. Although postcolonial women writers have so far achieved remarkable success, they still face the problem of "survival and wholeness" in Western literary circle.

Key words: "survival and wholeness"; postcolonial women's writing; postcolonial womanism; "abrogation and appropriation"

目 录

第一章
绪　论

在 20 世纪的英语文学界，后殖民文学是一颗璀璨的明珠，撑起了英语文学创作的半壁江山。在《后殖民文学》(*Postcolonial Literatures: Achebe, Ngugi, Desai, Walcott*, 1995)一书的前言中，米歇尔·帕克(Michael Parker)和罗杰·斯塔奇(Roger Starkey)把"英语后殖民文学的发展"列为 20 世纪文学最令人瞩目的特征之一。[1]另一位后殖民理论家戴安娜·布莱登(Diana Brydon)在为她所编辑的五卷本书集《后殖民主义》(*Postcolonialism*, 2000)撰写的序言中更是宣称，"在 20 世纪末，要进行人文学科的研究而不承认受到后殖民理论的影响几乎是不可能的"。[2]后殖民文学和理论的影响力由此可见一斑。

评论界对后殖民文学的重视始于第二次世界大战结束之后，首先体现在英联邦国家内最具权威性的布克奖(现更名为曼布克奖)的获奖名单上。自 20 世纪 70 年代以来，获奖者大多来自英国的前殖民地，英国本土的盎格鲁撒克逊裔作家则成了少数派。1971 年，来自特列尼达的 V. S. 奈保尔(V. S. Naipaul)是第一个获得布克奖的后殖民作家。从 1981 年赛尔曼·拉什迪(Salman Rushdie)获奖开始，许多来自印度、澳大利亚、新西兰、南非、加拿大、尼日利亚、爱尔兰等国的后殖民作家纷纷成为该项大奖得主，就连世界性的文学大奖——诺贝尔文学奖也成为一些后殖民作家的囊中之物。20 世纪 60 年代以来，有多位来自亚洲、非洲和拉

1 Michael Parker and Roger Starkey (1995). "Introduction", *Postcolonial Literatures: Achebe, Ngugi, Desai, Walcott*, ed. Michael Parker and Roger Starkey, Houndmills/London: Macmillan, p.1.

2 Diana Brydon (2000). "Introduction", *Postcolonialism: Critical Concepts in Literary and Cultural Studies*, vol.1, ed. Diana Brydon, London/New York: Routledge, p.3.

丁美洲的作家获得此项殊荣。在用英语写作的后殖民作家中，尼日利亚的剧作家沃尔·索因卡(Wole Soyinka)(1986)、南非的纳丁·戈迪默(Nadine Gordimer)(1991)、加勒比海地区的诗人和剧作家德里克·沃尔科特(Derek Walcott)(1992)、美国的非裔作家托妮·莫里森(Toni Morrison)(1993)和英国移民作家多丽丝·莱辛(Doris Lessing) (2007)等都曾摘取过诺贝尔文学奖的桂冠。

后殖民文学之所以能够取得如此重要的地位，根本原因在于它是全球范围内殖民统治结束后对殖民主义及其相关事物所作的批判和反思。后殖民理论家比尔·阿什克罗夫特(Bill Ashcroft)等人在后殖民研究界有史以来第一部产生较大反响的理论专著《帝国反击》(*The Empire Writes Back: Theory and Practice in Post-Colonial Literatures*, 1989)中宣称："20世纪的文学和批评史，正如人们所预料的那样，是由与帝国主义的相互作用而决定的。"[1]在后殖民文学创作和理论中，这种"与帝国主义的相互作用"不单表现为以帝国主义和殖民主义为研究对象，更侧重于对两者犯下罪行的批判性揭露。

英语中的后殖民文学主要与英帝国的殖民统治有关。在16世纪晚期，英帝国的殖民扩张正式拉开帷幕，到19世纪末和20世纪初达到巅峰。当时英国本土和殖民地的面积总和竟达地球表面积的四分之一。1931年，"英帝国"的名称被"英联邦"(the British Commonwealth of Nations)所取代。二次世界大战结束后，印度——英联邦"王冠上的明珠"——于1947年获得独立。在随后的五六十年代，大多数非洲国家也纷纷脱离英帝国的控制，获得政治上的独立。尽管如此，英国长期的殖民统治不仅在前殖民地，也在全球范围内产生了持久的影响。英语后殖民文学就是英国直接或间接的殖民统治在文学作品中的反映。

学界对如何界定"后殖民"一词始终有着不同的甚至相互对立的观点。一般说来，"后殖民"一词指的是在殖民统治结束后的时期内人们对它所作的批判和反思。依此推理，"后殖民女性创作"指的是在殖民统治结束之后，曾经遭受过各种形式的殖民统治的女性为揭露殖民罪恶而用英语进行的文学创作(尤其是小说)。本书选取的后殖民女性创作大都出版于20世纪的最后二十年，主要原因是后殖民女作家在70年代初才逐步涉足文学创作领域，而后殖民女性创作的发展高峰出现在十多年后。因此，本书的研究所选的小说代表了后殖民女性创作的总体水平。但时间并非选择的唯一标准。后殖民女性创作既有多样性也有共同点。

---

1 Bill Ashcroft, Gareth Griffiths and Helen Tiffin (2002). *The Empire Writes Back: Theory and Practice in Post-Colonial Literatures*, London/New York: Routledge, p.154.

女作家的背景不同，她们的关注点不同，运用的具体小说文类也不同，但“完整生存”(“survival and wholeness”)的主题始终是后殖民女作家致力于反映的思想。作为非裔妇女主义的核心，“完整生存”的理念最先由非裔美国女作家艾丽斯·沃克(Alice Walker)提出，关注的焦点是整个非裔民族的生存。在沃克看来，“完整生存”这一称谓与“生存”相比更为全面。它不仅指的是物质/肉体的存活，还涵盖了形而上(即精神层面)的内容。对后殖民女作家群而言，她们充当的是“过去”和“未来”之间的桥梁，既要回顾和反思带有殖民色彩的过去，又要在现代社会重塑文化身份，同时还要展望未来。这些都与“完整生存”的理念密不可分。因此，后殖民女性创作中的“完整生存”理念是对非裔妇女主义的延伸，包含着四个层面的含义：女性自身的完整生存、民族的完整生存、国家的完整生存、世界的完整生存。这四个层面的“完整生存”体现了后殖民妇女主义的精髓，即倡导来自不同性别、不同民族的人们和睦相处，最终实现整个世界的和谐发展。

第一节 什么是“后殖民女性创作”？

据《牛津英语词典》(*Oxford English Dictionary*, 2nd edition, 1989)记载，“后殖民”一词最早出现在 1959 年英国的一篇报刊文章中，指的是独立后的印度。很快地，该词就风行开来，主要指在 20 世纪五六十年代获得政治独立的亚洲和非洲国家。到了 1995 年，拉塞尔·雅克比(Russell Jacoby)注意到，“后殖民”已经成为一个吸引批评家眼球的、含义甚广的术语。[1]

自后殖民文学出现以来，究竟应该如何界定“后殖民”一词始终是评论界争论的焦点之一。斯图尔特·霍尔(Stuart Hall)曾一语道出了症结所在：“并不是所有的社会都是同样的‘后殖民’，但这并不意味着它们压根儿不是‘后殖民’”。[2]

布鲁斯·金(Bruce King)颇为赞成“后殖民”一词的使用。他认为“后殖民”的最简单的含义就是“对西方的抵抗”，而且这个术语的使用“避免了令人尴尬和使人误解的独立前与独立后的对比”[3]。彼得·查尔兹(Peter Childs)和帕特里

1 转引自 Graham Huggan (2001). *The Postcolonial Exotic: Marketing the Margins*, London/New York: Routledge, p.229.

2 Stuart Hall (1996). “Where Was ‘The Postcolonial’?: Thinking at the Limit”, *The Post-Colonial Question*, ed. Iain Chambers and Lidia Curti, London/New York: Routledge, p.245.

3 Bruce King (2003). *V. S. Naipaul*, 2nd edition, Houndmills/London: Plagrave Macmillan, pp.200-201.

克·威廉姆斯(Patrick R. J. Williams)也赞成使用“后殖民”这个术语。他们认为，“数以百万计的人们现在生活在由非殖民化构成的世界里就是使用‘后殖民’这个术语的理由”[1]。

但与此同时，也有相当一部分人坚决反对“后殖民”一词的使用。安妮·麦克科林托克(Anne McClintock)在《进步的天使》(“The Angel of Progress: Pitfalls of the Term ‘Post-Colonialism’”, 1992)一文中就表达了她对“后殖民”一词的忧虑。她道出了该词的自相矛盾之处——“象征性地耸立在新与旧、结束与开始的边界上，这个词标志着一个世界性时代的终结，但又处于那个时代的阴影之中”[2]。因此，她认为使用这个词还为时过早。萨拉·苏勒里(Sara Suleri)也认为“后殖民”的作用被无限夸大，它“只是个抽象概念，适用于对边缘的策略性重新界定”[3]。艾拉·休哈特(Ella Shohat)质疑“后殖民”的准确性，因为它“既包含超越反殖民的民族主义理论，也包含一个特定的政治斗争，即殖民主义与第三世界民族主义的斗争”[4]。安妮亚·隆巴(Ania Loomba)也反对使用“后殖民”这个词。她认为，“这个术语不仅不足以界定曾是殖民地的国家的当代现实，在表明一个特定历史时期方面含糊其辞，而且掩盖了许多社会的内部和种族差异”[5]。西蒙·吉甘迪(Simon Gikandi)同样持反对态度。他认为，“后殖民”给人以“结束”的错觉：“如果‘后殖民’被解释成对帝国结构和历史的超越，那么这种阐释显然与前殖民地人民的日常经历与记忆背道而驰。”[6]

尽管反对之声不绝于耳，但“后殖民”这个术语直到今天还在被使用。究其原因，正如弗朗索瓦·列昂耐特(Françoise Lionnet)所言，现在我们只能使用“后殖民”一词，因为“它已经在学术批评界流通，是无法避免的”[7]。此外，使用

---

1 Peter Childs and Patrick R. J. Williams (1997). *An Introduction to Post-Colonial Theory*, Essex: Pearson, p.1.

2 Anne McClintock (1994). “The Angel of Progress: Pitfalls of the Term ‘Post-colonialism’”, *Colonial Discourse and Post-Colonial Theory: A Reader*, ed. Patrick Williams and Laura Chrisman, New York: Columbia University Press, pp.292-293.

3 Sara Suleri (1992). “Woman Skin Deep: Feminism and the Postcolonial Condition”, *Critical Inquiry*, 18 (Summer), p.758.

4 Ella Shohat (1992). “Notes on the ‘Post-Colonial’”, *Social Text*, 31/32, p.111.

5 Ania Loomba (1998). *Colonialism/Postcolonialism*, London/New York: Routledge, p.8.

6 Simon Gikandi (1996). *Maps of Englishness: Writing Identity in the Culture of Colonialism*, New York: Columbia University Press, p.15.

7 Françoise Lionnet (1995). *Postcolonial Representations: Women, Literature, Identity*, Ithaca/London: Cornell University Press, p.3.

这个术语也是一种无奈之举，因为用丹尼斯·沃尔德(Dennis Walder)的话来说，是由于“缺乏一个更好的术语”[1]。

要了解“后殖民”的真正含义，首先要知道什么是“殖民主义”(colonialism)和“帝国主义”(imperialism)。尽管“殖民地”和“帝国”两个词的历史可追溯到古罗马时代，但“殖民主义”一词大约在19世纪末才进入英语的词汇表。安妮亚·隆巴指出，从广义上说，“殖民主义”指的是“对他人土地和财物的征服与控制”。但她认为这个界定的缺陷在于“这个意义上的殖民主义不仅仅是从16世纪以来欧洲列强在亚洲、非洲或美洲的扩张，它成为人类历史中一个反复出现的现象”[2]。因此隆巴试图缩小范围。她指出，影响全世界的是现代殖民主义——“帮助欧洲资本主义出生的助产婆”[3]。与她对“殖民主义”的界定相似，隆巴对“帝国主义”的解释也过于抽象。她认为，帝国主义是“发源于宗主国的一种现象，是导致控制的过程。其结果，或发生在殖民地的帝国统治后果，是殖民主义或新殖民主义。”[4]与隆巴抽象的界定形成对比的是吉娜·威斯克(Gina Wisker)的界定。威斯克把殖民主义具体化为“包括定居、统治本土居民、利用和发展当地资源、安插帝国政府”[5]。

相比之下，艾勒克·博埃默(Elleke Boehmer)对“帝国主义”和“殖民主义”的界定道出了两者的本质，因此也更令人信服。在博埃默看来，“‘帝国主义’可以用来指一个国家以军事强权的形式，或以炫耀和象征的形式对另一地域所施加的权威。它尤其指19世纪时那些单一民族国家的扩张”[6]。博埃默对“殖民主义”的定义则是“包括对帝国势力的巩固所作的努力，它表现为向其领地殖民，对资源的开发利用，以及对所占领地域中本土居民的行政管理等”[7]。

一般说来，学界对“帝国主义”和“殖民主义”两个术语的界定并无多大异议，但在对于“后殖民”的界定上却时有争论，关键问题出自批评家们对“后殖

1 Dennis Walder (1998). *Post-Colonial Literatures in English: History, Language, Theory*, Oxford: Blackwell, p.1.

2 Ania Loomba (1998). *Colonialism/Postcolonialism*, London/New York: Routledge, p.2.

3 同上, p.4.

4 同上, p.6.

5 Gina Wisker (2000). *Post-Colonial and African American Women's Writing: A Critical Introduction*, Houndmills/London: Macmillan, p.5.

6 艾勒克·博埃默：《殖民与后殖民文学》，盛宁、韩敏中译，沈阳：辽宁教育出版社、牛津大学出版社，1998年，第2页。

7 同上。

民”中的前缀(post-)的不同理解。巴特·摩尔-吉尔伯特(Bart Moore-Gilbert)一语道出了“后殖民”定义的混乱之所在：“由于各国的国情是如此不同，没有一个对‘后殖民’的界定能够涵盖所有含义。”[1]

比尔·阿什克罗夫特等人在《帝国反击》中给出的界定或许是最早的，同时也是较为抽象的。在他们看来，“殖民”指的是“独立前的阶段”，而“后殖民”被用来“涵盖从殖民时刻起一直到现在所有受到帝国影响的文化”[2]。这种抽象界定存在的问题是：欧洲的帝国统治实际上从古罗马时代就开始，那么罗马政权之后的后殖民时期是否与我们所说的后殖民是一回事？或许是意识到该界定的不足，在《后殖民研究中的重要概念》(*Key Concepts in Post-Colonial Studies*, 1998)中，阿什克罗夫特等人又尽可能地在界定中包括“后殖民”的所有含义。他们认为，后殖民研究应包括“研究和分析欧洲的领土征服、欧洲殖民主义的不同机制、帝国的理论运作、殖民话语中主体的建构和抵抗，更重要的是，还要研究和分析在独立前后的民族和群体中对这样的入侵和殖民余孽的不同反映”[3]。但是这个界定又显得过于琐碎和庞杂。

另有一些批评家试图避免“后殖民”一词的前缀所导致的含混。西蒙·吉甘迪给出的定义较为笼统。他认为，“后殖民”指代的是“过渡和文化不稳定”，而它所代表的非殖民化则打上了试图否认帝国过去的烙印。[4]

埃利斯·凯什莫尔(Ellis Cashmore)认为，“后殖民”仅是“一个用来描述理论和实证工作的词，这种工作重点研究殖民关系及其后果”，而其前缀表明“一个时代或历史时期(殖民主义)，以及一种理论化(民族主义的反殖民批判)”[5]。格雷厄姆·哈根(Graham Huggan)提出了较为折中的方案。他认为，避免各种争议的解决办法是把“后殖民”看做是话语冲突的场所，而不是历史冲突的场所。[6]

1 Bart Moore-Gilbert (1997). *Postcolonial Theory: Contexts, Practices, Politics*, London/New York: Verso, p.203.

2 Bill Ashcroft, Gareth Griffiths and Helen Tiffin (2002). *The Empire Writes Back: Theory and Practice in Post-Colonial Literatures*, London/New York: Routledge, p.2.

3 Bill Ashcroft, Gareth Griffiths and Helen Tiffin (1998). *Key Concepts in Post-Colonial Studies*, London/New York: Routledge, p.187.

4 Simon Gikandi (1996). *Maps of Englishness: Writing Identity in the Culture of Colonialism*, New York: Columbia University Press, p.15.

5 Ellis Cashmore, et al. (eds.) (1996). *Dictionary of Race and Ethnic Relations*, 4th edition, London/New York: Routledge, p.285.

6 Graham Huggan (2001). *The Postcolonial Exotic: Marketing the Margins*, London/New York: Routledge, p.237.

与此同时，也有人注重明确后殖民研究的范围，从而回避了对“后殖民”的界定。M. H. 亚伯拉姆斯(M. H. Abrams)指出，后殖民研究应该是“对英国、西班牙、法国和其他欧洲列强的前殖民地特有的历史、文化、文学和话语模式的批评性分析”[1]。但他也建议应该在特别注重第三世界国家的同时，把研究范围扩大到澳大利亚、加拿大和新西兰。

还有批评家倾向于对“后殖民”中的前缀的单一解释。罗伯特·扬(Robert J. C. Young)就认为，“后殖民”指的就是“在殖民主义和帝国主义之后”[2]。安·布鲁斯特(Anne Brewster)也认为，在澳大利亚，“后殖民”仅仅表明“我们现在处于英国人对这块土地的早期殖民之后的阶段。作为一个独立的主权国家，我们已经把‘殖民’历史抛在身后”[3]。也有人侧重“后殖民”中所包含的“反对；抵抗”的色彩。安妮亚·隆巴曾建议把“后殖民”“不仅仅看成殖民主义之后，而是应更灵活地看成是对殖民统治和殖民主义余孽的抵抗”[4]。

为避免引起更大的争论，不少批评家建议，对“后殖民”的界定应该包含“后殖民”一词前缀所拥有的两个基本含义，缺一不可。《帝国反击》的作者之一海伦·蒂芬(Helen Tiffin)在《经过最后一个阵地》(*Past the Last Post*, 1990)的前言中归纳出“后殖民”的两个基本特征。在蒂芬眼中，“后殖民”中的前缀首先指的是“在……之后”，因此，“后殖民文学”指的是“曾为欧洲殖民地的国家(地区)的文学”。其次，该前缀还可以表示“反对”，因此，这个意义上的“后殖民文学”以“抵抗殖民主义和殖民意识形态”为宗旨。[5]试图在界定中包含前缀的两个基本含义的还有吉娜·威斯克。在她看来，现今使用的“后殖民”一词“描述了殖民主义之后的一个时期，但它也可以指反对殖民主义”[6]。与海伦·蒂芬相似，吉娜·威斯克也把“后殖民文学”界定为“在殖民期间和之后产生的、抵抗殖民主义及其权力政治的文学”。[7]

---

1 M. H. Abrams (1999). *A Glossary of Literary Terms*, 7th edition, Boston: Heinle & Heinle, p.236.

2 Robert J. C. Young (2001). *Postcolonialism: A Historical Introduction*, Oxford: Blackwell, p.57.

3 Anne Brewster (1996). *Reading Aboriginal Women's Autobiography*, Sydney: Sydney University Press, p.1.

4 Ania Loomba (1998). *Colonialism/Postcolonialism*, London/New York: Routledge, p.12.

5 Helen Tiffin (1990). “Introduction”, *Past the Last Post: Theorizing Post-Colonialism and Post-Modernism*, ed. Ian Adam and Helen Tiffin, Alberta: University of Calgary Press, p. vii.

6 Gina Wisker (2000). *Post-Colonial and African American Women's Writing: A Critical Introduction*, Houndmills/London: Macmillan, p.5.

7 同上, p13.

本书对“后殖民”的界定主要借鉴比尔·阿什克罗夫特等人的观点，即“后殖民”指的是“在全球范围内的殖民统治大体告一段落之后，曾经的殖民地臣民和他们的后代对殖民主义及其罪恶所作的批判和反思”。

学界对“后殖民文学”的界定可分为狭义和广义两种情况。狭义的界定指的是“由被殖民者和以前被殖民的民族创作的文学”[1]。但由于殖民统治的形式各不相同，如果过于强调直接殖民这一种形式，就会把澳大利亚、新西兰等定居者殖民地排除在外。因此，本书采用对“后殖民文学”的广义界定，即“所有在某种程度上受到殖民政权、殖民者和被殖民者影响的群体所创作的文本”[2]。依照这个界定，受到直接和间接殖民统治的国家和地区都在被研究的范围内。此外，还有批评家指出，后殖民研究应该“不仅仅关注二战后获得独立的前殖民地，也要关注那些殖民地居民的后代在‘第一世界’殖民列强的帝国中心的经历”[3]。因此，表现从前殖民地迁移至宗主国的移民经历的文学作品也是后殖民文学的一个有机组成部分。

一般说来，“女性创作”通常指的是下列三个含义中的任何一个：由女性创作的文学作品；为女性创作的文学作品；女作家为女性读者而创作的文学作品。伊丽莎白·简维(Elizabeth Janeway)认为，女性创作应该“来自一种值得探索的经历，为女性所独有，被男性所忽视”[4]。她继而提出，衡量女性文学的标准是作者对所表现的经历采取的视角。如果这种经历虽然多姿多彩，并且因人而异，但仍然是女性生活所固有，那么就应该是女性文学。[5]这种标准用以衡量白人女性文学作品尚可，但对后殖民女性创作则不太合适。在后殖民女性创作中，从女性的视角来反映女性独有的经历仅只是作家迈出的第一步。对于本书所研究的后殖民女作家群体而言，作家的社会责任感高于性别。女作家的确在作品中描写女性。加勒比海地区的黑人女性移民、澳大利亚土著女性、非裔女性，乃至未来社会的女性的经历都在她们的作品中得到反映。然而，描写不同女性的经历只是后殖民女性创作的一个方面。与此同时，男性的经历，如土著男性在澳大利亚社会

1 Ismail S. Talib (2002). *The Language of Postcolonial Literature: An Introduction*, London/New York: Routledge, p.17.

2 Ellis Cashmore, et al. (eds.) (1996). *Dictionary of Race and Ethnic Relations*, 4th edition, London/New York: Routledge, p.285.

3 同上。

4 Elizabeth Janeway (1979). “Women’s Literature”, *Harvard Guide to Contemporary American Writing*, ed. Daniel Hoffman, Cambridge/London: The Belknap Press, p.342.

5 同上, p.345.

遭遇的种族歧视、非裔男性在奴隶制时期经历的难以言说的身心创伤、未来社会男性生活的窘境等，也在后殖民女性创作所表现的范围之内。因此，在本书中，"后殖民女性创作"特指后殖民女作家们用英语创作的小说。它既包括曾遭受内部殖民统治的澳大利亚土著女性和非裔美国女性所创作的文学作品，也包括诸如加拿大之类定居者殖民地的白人女性创作的作品，同时还包括英国的黑人女性移民的作品。这些作品内容各异，有对殖民统治造成罪恶的控诉和批判，有对重构文化身份的渴望，也有对未来生活的忧虑。这些后殖民女性作品不仅体现了所在国的女性文学的基本特征，而且共同构成了二十多年来英语后殖民女性创作的总体风貌。

第二节　国内外的后殖民文学研究

1994 年是后殖民研究中的一个重要时期。两部标题相似的后殖民研究论文集同时在大西洋两侧出版。弗朗西斯·贝克(Francis Baker)、彼得·休谟(Peter Hulme)和玛格丽特·艾弗森(Margaret Iversen)主编的《殖民话语/后殖民理论》(*Colonial Discourse/Postcolonial Theory*, 1994)由英国曼彻斯特大学出版社出版。帕特里克·威廉姆斯和劳拉·克里斯曼(Laura Chrisman)编纂的《殖民话语与后殖民理论》(*Colonial Discourse and Post-Colonial Theory*, 1994)由美国哥伦比亚大学出版社出版。前者共收录 12 篇论文，后者则共有 31 篇论文入选。同样是在那一年，由尤金·本森(Eugene Benson)和 L. W. 科诺利(L. W. Conolly)主编的《英语后殖民文学百科全书》(*Encyclopedia of Post-Colonial Literatures in English*, 1994)也由鲁特里奇出版社出版。

从 1995 年开始，关于后殖民研究的论文集接连问世，收录的论文有日渐增多的趋势。在比尔·阿什克罗夫特等三人编纂的论文集《后殖民研究读本》(*The Post-Colonial Studies Reader*, 1995)中，入选论文的数量达到 81 篇，可谓洋洋巨著。帕德米尼·蒙吉亚(Padmini Mongia)主编的《当代后殖民理论读本》(*Contemporary Postcolonial Theory: A Reader*, 1996)也同样如此。该书的篇幅达到了 407 页，收录了数量众多的论文。由亨利·施瓦兹(Henry Schwarz)和桑吉塔·雷(Sangeeta Ray)主编的《后殖民研究指南》(*Companion to Postcolonial Studies*, 2000)更是达到了 598 页厚度。而对戴安娜·布莱登来说，要把重要的后殖民文学研究论文编入一本单行本已经完全不可能，结果是产生了五卷本的《后殖民主义》，收录了

110 篇她认为自后殖民文学研究出现至今最为重要的论文和著作节选。

除了论文集外，每年还有不计其数的关于后殖民文学研究的专著、理论性入门书籍和学术期刊文章问世。

关于后殖民文学研究开始的时间，评论界并无多大异议。在《当代文学理论百科全书》(*Encyclopedia of Contemporary Literary Theory*, 1993)中，埃莱娜・马卡里克(Irena Makaryk)等人指出，后殖民文学研究兴起的确切时间应该是 20 世纪 60 年代初，当时英国文学界意识到一个被称为“英联邦文学”的分支的存在，这个分支主要研究各个民族文学。[1]马卡里克等还列举出了最早从事后殖民文学研究的重要人物——加勒比海地区的乔治・拉明(George Lamming)和威尔逊・哈里斯(Wilson Harris)，非洲的钦努阿・阿契贝(Chinua Achebe)、沃尔・索因卡和恩古吉・瓦・提昂古(Ngugi wa Thiong'o)等。戴安娜・布莱登却认为，“后殖民文学研究”一词“最早在 20 世纪 60 年代末和 70 年代被首次使用，指的是战后非殖民化之后的时期”[2]。

事实上，后殖民批评进入欧美批评界始于 1964 年英国利兹大学主办的研讨会，而较早出版的学术论著包括：阿兰・马克里奥(Alan McLeod)的《英联邦创作》(*The Commonwealth Pen*, 1961)、约翰・普利斯(John Press)的《在海外讲授英语文学》(*The Teaching of English Literature Overseas*, 1963)和《英联邦文学》(*Commonwealth Literature*, 1965)。

虽然后殖民文学研究始于 20 世纪 60 年代，但反对殖民统治的政治斗争从 19 世纪就已经开始。据说最早的反对殖民统治的宣言是由新西兰毛利人起草的《北部首领的独立宣言》(“The Declaration of Independence of the Northern Chiefs”, 1835)。此后，一系列抗议殖民统治的政治宣言问世，其中较为知名的有《爱尔兰共和国宣言》(“Proclamation of the Republic of Ireland”, 1916)和《野蛮人的宣言》(“Cannibalist Manifesto”, 1928)等。

除政治宣言之外，批判殖民主义的文章也开始出现。最早的批判殖民主义

---

1 Irena Makaryk (et al., eds.) (1993). *Encyclopedia of Contemporary Literary Theory: Approaches, Scholars, Terms*, Toronto: University of Toronto Press, p.156. 格雷厄姆・哈根却认为，把“英联邦文学”、“英语新文学”和“后殖民文学”看做是一个连续体本身就忽略了这三者在批评视角、政治情感和方法论方面的重合部分。参见 Graham Huggan (2001). *The Postcolonial Exotic: Marketing the Margins*, London/New York: Routledge, p.237.

2 Diana Brydon (2000). “Introduction”, *Postcolonialism: Critical Concepts in Literary and Cultural Studies*, London/New York: Routledge, p.1.

的文章是卡尔·马克思(Karl Marx)的《现代殖民理论》("The Modern Theory of Colonization", 1887)。该篇文章后来被收入《资本论》第一卷。除此之外，弗·伊·列宁(V. I. Lenin)的《历史中帝国主义的位置》("The Place of Imperialism in History", 1917)和杜波伊斯(W. E. B. Du Bois)的《被剥夺了权利的殖民地》("The Disfranchised Colonies", 1945)也是非常重要的论文。

进入20世纪50年代之后，伴随着前殖民地纷纷在政治上获得独立，文化非殖民化运动也拉开了帷幕。文化非殖民化又被恩古吉·瓦·提昂古称作是"心灵非殖民化"(decolonizing the mind)[1]，注重从思想上和心理上消除殖民统治的影响。弗兰兹·法侬(Frantz Fanon)的两本著作——《全世界受苦的人》(*The Wretched of the Earth*, 1967)和《黑皮肤，白面具》(*Black Skin, White Masks*, 1967)——不仅是非殖民化的革命宣言，同时也首次从精神分析的角度研究殖民主义对被殖民者产生的心理影响。在法侬看来，帝国的财富建立在掠夺殖民地的基础之上，因此帝国是"第三世界的产物"[2]。秉承法侬的非殖民化思想，恩古吉等人于1968年发表题为《论废除英文系》("On the Abolition of the English Department", 1968)的文章，呼吁废除象征殖民残余的英文系，用语言系和文学系取而代之，并且这两个系应以教授非洲语言和非洲文学为中心，兼顾其他后殖民国家文学。[3]

文化非殖民化的另一种表现形式是后殖民批评家们开始重新审视殖民话语中的被殖民者形象。艾美·塞赛尔(Aimé Césaire)的《殖民主义话语》(*Discourse on Colonialism*, 1955)、阿尔伯特·梅米(Albert Memmi)的《被殖民者的神话肖像》("Mythical Portrait of the Colonized", 1957)、威尔逊·哈里斯的《传统与西印度小说》("Tradition and the West Indian Novel", 1967)、钦努阿·阿契贝的《非洲形象》("An Image of Africa", 1977)等都对西方文学传统中的被殖民者形象进行了批判性的分析。与上述批评家专注于被殖民者的形象不同，阿布杜尔·塞穆罕默德(Abdul R. JanMohamed)在题为《摩尼教寓言经济》("The Economy of Manichean Allegory: The Function of Racial Difference in Colonialist Literature", 1985)的文章中着重研究的是殖民主义文学中种族歧视的存在及其作用。

1 参见 Ngugi wa Thiong'o (1986). *Decolonising the Mind: The Politics of Language in African Literature*, London: James Currey.

2 Frantz Fanon (1967). *The Wretched of the Earth*, trans. Constance Farrington, Harmondsworth/Ringwood: Penguin, p.81.

3 Ngugi wa Thing'o, Taban Lo Liyong and Henry Owuor-Anyumba (2001). "On the Abolition of the English Department", *The Norton Anthology of Theory and Criticism*, ed. Vincent B. Leitch et al., New York: W. W. Norton & Co., pp.2092-2097.

1978 年，爱德华·萨义德(Edward W. Said)的《东方主义》(*Orientalism*, 1978)问世。从此，对西方思想体系的批判成为后殖民文学研究的重心之一。在萨义德之后，罗伯特·扬的《白色神话》(*White Mythologies: Writing History and the West*, 1990)、霍米·巴巴(Homi K. Bhabha)的《文化的定位》(*The Location of Culture*, 1994)、加亚特里·斯皮瓦克(Gayatri Chakravorty Spivak)的《后殖民理性的批判》(*A Critique of Postcolonial Reason: Toward a History of the Vanishing Present*, 1999)都试图从哲学、文学、历史等角度找出西方殖民主义思想的根源并进行批判。

在批判西方思想体系的同时，后殖民理论家们也没有忽视对殖民者文本的解读。萨义德在《文化与帝国主义》(*Culture and Imperialism*, 1993)中重读了 19、20 世纪的英国文学经典(主要是小说)并指出，“与帝国主义相关的一切事物都会在叙事中得到反映”[1]。因此，萨义德认为，英国小说，包括对政治最不感兴趣的简·奥斯丁的小说，都受到了殖民主义和帝国主义的影响。本尼塔·佩里(Benita Parry)的《后殖民研究》(*Postcolonial Studies: A Materialist Critique*, 2004)也对英国文学中的经典进行重新解读，以找出帝国和帝国主义的烙印。但与萨义德的人文主义立场不同，佩里采用的是马克思主义的文学批评方法。

此外，还有一部分批评家致力于建构后殖民文学批评的理论框架。巴特·摩尔-吉尔伯特等人编纂的《后殖民批评》(*Postcolonial Criticism*, 1997)收录了 10 位重要的后殖民批评家的文章，以期归纳出后殖民批评界普遍关注的问题。阿什克罗夫特等人的《帝国反击》从语言和文本两个方面入手，列举出后殖民作家通常采用的文本策略、语言策略、主题等，从而归纳出后殖民文学批评理论的基本内容。戴安娜·布莱登和海伦·蒂芬合著的《非殖民化小说》(*Decolonising Fictions*, 1993)把西印度群岛、澳大利亚、加拿大等国家(地区)的文学放在一起研究，以便找出其共同特点。克里斯·蒂芬(Chris Tiffin)和阿兰·劳森(Alan Lawson)共同编纂的《消除帝国影响》(*De-Scribing Empire: Post-Colonialism and Textuality*, 1994)把入选的论文分列于三个专题之下：“政治与文学”、“文学中的帝国主义”和“文学与社会”。丹尼斯·沃尔德的《英语后殖民文学》(*Post-Colonial Literatures in English: History, Language, Theory*, 1998)则结合文本分析，从历史、语言、理论三个方面对后殖民文学研究的一些基本问题进行了探讨。罗伯特·罗斯(Robert L. Ross)编纂的《英语世界文学》(*International Literature in English: Essays on the Major Writers*, 1991)把重要的后殖民作家和批评家的文章分为五大类：“非殖民

1 Edward W. Said (1993). *Culture and Imperialism*, London: Vintage, p. xiii.

化历史”、“非殖民化父权制”、“非殖民化边界”、“非殖民化自我”和“非殖民化艺术”。与此同时，也有批评家另辟蹊径，把研究范围缩小至一个方面。伊斯梅尔·塔里布(Ismail S. Talib)的《后殖民文学的语言》(*The Language of Postcolonial Literatures: An Introduction*, 2002)就把语言作为唯一的研究对象，分析了曾经作为殖民者语言的英语在后殖民语境中经历的非殖民化过程。

与后殖民男性批评家相比，后殖民女性批评家也关注后殖民文学批评理论的建构。但她们的视角与男性同行有所不同。罗伯特·扬曾指出，自19世纪以来，在西方，“种族成为人类文化和历史的主要决定因素”[1]。正由于殖民主义所带有的种族色彩，在后殖民文学研究中，长期以来种族始终是焦点，性别问题被忽略不计。在后殖民女性文学批评出现之前，男性被殖民者是批评家们关注的对象，女性仍然处于边缘化的地位。因此，从后殖民女性文学批评开始崭露头角的时刻起，女性批评家们就表现出了对种族、性别、阶级等多个问题的关心，而不是仅局限于对种族的关注。她们的研究在整个后殖民文学研究领域产生了重要影响，并且形成了自己的独特优势。正如萨拉·米尔斯(Sara Mills)所言，现在，后殖民女性文学批评不仅仅是对于西方女性主义或后殖民理论的批判，相反地，它已发展成一个特定的立场。[2]

种族问题依然是女性批评家关注的对象之一。贝尔·胡克斯(bell hooks)的《做回黑人》(“Back to Black: Ending Internalized Racism”, 1994)主要针对种族歧视产生的问题提出了解决办法。胡克斯首先分析了非裔美国人群体中存在的推崇浅肤色、轻视深肤色的现象，认为这种现象是黑人全盘接受白人审美标准的结果，是内化的种族歧视的表现。她指出，对非裔美国人而言，非殖民化的第一步是要消除内化的种族歧视，因为“除非黑人联合起来对贬低黑色的表现政治进行批判和质疑，否则肤色等级的毁灭性影响将继续在黑人群众中造成心理伤害”[3]。

更多的女性批评家关注的是女性被殖民者面对的一系列问题。蒂里·奥森(Tillie Olsen)的《沉默》(*Silences*, 1978)是较早出版的后殖民女性文学评论集。奥森研究了非裔美国女作家在文学史中的沉默，并把女性的边缘化地位同种族和阶

---

1 Robert J. C. Young (1995). *Colonial Desire: Hybridity in Theory, Culture and Race*, London/New York: Routledge, p.93.

2 Sara Mills (1998). “Post-Colonial Feminist Theory”, *Contemporary Feminist Theories*, ed. Stevi Jackson and Jackie Jones, Edinburgh: Edinburgh University Press, pp.98-99.

3 bell hooks (2001). “Back to Black: Ending Internalized Racism”, *Feminism: Critical Concepts in Literary and Cultural Studies*, ed. Mary Evans, vol.IV, London/New York: Routledge, p.76.

级等问题联系起来。斯皮瓦克的文章《贱民可以说话吗？》("Can the Subaltern Speak?", 1988)以印度女性贱民为例分析了殖民地的女性臣民沉默的根源。斯皮瓦克认为女性贱民无法表现自己，只能够被表现，因为在殖民过程中她们的主体性已经被完全剥夺。与西方女性主义[1]单纯注重性别问题不同的是，后殖民女性文学批评中的性别问题不是孤立的，而是始终和种族问题联系在一起。海泽尔·加比(Hazel V. Carby)的《白种女人听着！黑人女性主义与姐妹情谊的界限》("White Woman Listen! Black Feminism and the Boundaries of Sisterhood", 1982)对白人女性主义者谈论妇女解放时忽视黑人女性存在的做法提出抗议。蕾德拉·莫汉迪(Chandra Talpade Mohanty)的《在西方的眼皮底下》("Under Western Eyes: Feminist Scholarship and Colonial Discourse", 1984)批评了西方女性主义者忽视第三世界女性之间的差异、把后者塑造成单一刻板形象的行为，指出在西方女性主义者对第三世界女性的文本刻画中体现出权力政治。斯皮瓦克的《三个女性文本与帝国主义批判》("Three Women's Texts and a Critique of Imperialism", 1985)一文是对萨义德《文化与帝国主义》中的观点的呼应，同时也是对西方女性主义者的批评。斯皮瓦克从分析西方哲学的基石——康德有关人的主体性的理论入手，指出西方白人女性(简·爱)的主体性是建立在牺牲第三世界女性(伯莎·梅森)的基础上的。萨拉·苏勒里的《男女差异不过一张皮》("Woman Skin Deep: Feminism and the Postcolonial Condition", 1992)在批判了隐藏的白人文化霸权之后指出，在后殖民女性文学创作和批评中，文化与种族问题应该得到优先考虑，性别问题可以放在次要位置。

后殖民女性批评家们除了在各种学术期刊发表文章外，自 20 世纪 90 年代后期以来还出版了许多论文集和专著，以扩大后殖民女性文学批评的影响。其中，艾丽斯·沃克的《寻找母亲的花园》(*In Search of Our Mothers' Gardens*, 1983)第一次提出了"妇女主义"的思想，为非裔女性文学创作和批评指明了发展方向。海泽尔·加比的《巴比伦文化》(*Cultures in Babylon: Black Britain and African American*, 1999)主要从音乐、民间文学等角度研究黑人女性文化的形成。产生较大影响的论文集有安妮·麦克科林托克等主编的《危险的联系》(*Dangerous*

1 迄今为止，在文学批评界出现过各种"女性主义"。最早的"女性主义"(或称"女权主义")一词由欧美主流社会女性所使用，是 20 世纪中叶在欧美等国兴起的妇女解放运动(又称"二次浪潮")的产物，带有鲜明的白人中产阶级的烙印。但后来又出现了"黑人女性主义"、"后殖民女性主义"等多个名称。为区别起见，本书用"西方女性主义"特指白人女性的文学批评。

Liaisons: Gender, Nation and Postcolonial Perspectives, 1997)。从 90 年代末以来，后殖民女性文学批评又出现了一个新特点：关注传媒中对后殖民国家和地区的表现以及网络文学的发展。艾拉·休哈特的《后第三世界文化》("Post-Third-Worldist Culture: Gender, Nation, and the Cinema", 1997)以分析西方电影中对第三世界的表现为主题，把研究范围扩大到传媒，极大地拓展了后殖民女性文学批评的视野，也说明后殖民女性文学批评具备与时俱进的能力。

与国外自 20 世纪 70 年代以来如火如荼的后殖民文学研究相比，国内的相关研究在 90 年代中叶才开始起步。较早对后殖民理论进行介绍的国内学者是王宁、王岳川和戴从容等人。王宁在90年代曾发表包括《后殖民主义理论思潮概观》(《外国文学》1995 年第 5 期)、《"东方主义" 反思》(《外国文学》1996 年第 5 期)等多篇关于后殖民理论的论文。此外，王岳川的《后殖民主义文化批评》)(《人文杂志》1997 年第 3 期)、戴从容的《从《东方主义》到《文化与帝国主义》——萨伊德后殖民主义理论概述》(《国外社会科学》1996 年第 6 期)、杨金才的《后殖民主义理论的激进与缺失》(《当代外国文学》1999 年第 4 期)、赵稀方的《中国后殖民批评的歧途》(《文艺争鸣》2000 年第 5 期)等论文或是对当时风行的后殖民理论进行介绍，或是对该理论发表自己的看法，在客观上对启动国内的相关研究起到了一定的积极作用。进入 21 世纪后，国内首屈一指的权威刊物《外国文学评论》开始刊登多篇具有较高学术水平的后殖民研究论文，以《外国文学研究》、《外国文学》和《当代外国文学》为代表的核心刊物也纷纷跟进，从而推动了国内的后殖民研究的进一步发展。戴从容的《从批判走向自由：后殖民之后的路》(《外国文学评论》2001 年第 3 期)、王腊宝的《从"被描写"走向自我表现——当代澳大利亚土著短篇小说述评》(《外国文学评论》2002 年第 2 期)和《走向后殖民英语文学研究》(《解放军外国语学院学报》2002 年第 3 期)、罗钢的《资本逻辑与历史差异——关于后殖民主义与马克思主义的一些思考》(《外国文学评论》2002 年第 4 期)、汤红的《走出自卑和自负的阴影——再谈我国后殖民批评的迷误》(《当代文坛》2003 年第 4 期)、王炎的《重新认识萨义德和他的《东方学》》(《外国文学》2004 年第 2 期)等都是较有影响的论文。其中王腊宝的《走向后殖民英语文学研究》对国内英语文学教学中存在的只重视英美文学、忽视其他英语文学的现状提出了批评，在评论界产生了较大反响。

然而，除了发表在学术期刊的论文之外，国内对后殖民理论的介绍性书籍并不多见。张京媛主编的《后殖民理论与文化批评》(北京大学出版社，1999 年)、罗钢和刘象愚主编的《后殖民主义文化理论》(中国社会科学出版社，1999 年)

或许是国内较早研究当代后殖民理论的论文选集。陈仲丹翻译的巴特·摩尔-吉尔伯特的《后殖民理论》(南京大学出版社，2001 年)也是为数不多的介绍后殖民研究的翻译类作品。

国内批评家自己撰写的后殖民理论专著则更是寥若晨星。王腊宝的《多元时空的回响——20 世纪 80 年代的澳大利亚短篇小说》(苏州大学出版社，2000 年)是国内较早的把后殖民理论运用于文学作品分析的专著。在王岳川的《后现代后殖民主义在中国》(首都师范大学出版社，2001 年)中，后殖民理论与后现代主义各占一半的篇幅。这种把后殖民理论与后现代主义混淆的做法值得商榷。在国内迄今为止出版的后殖民文学批评专著中，任一鸣、瞿世镜所著的《英语后殖民文学研究》(上海译文出版社，2003 年)对近三十位活跃在世界文坛的后殖民作家及其作品进行分析研究，是较为重要的后殖民文学研究著作。但该书以入侵者殖民地为研究重点，忽视了定居者殖民地的文学，因此，澳大利亚、加拿大等国均未提及。此外，“内部殖民”(internal colonization)的问题没有得到体现，澳大利亚土著文学、非裔美国文学等被排除在研究范围之外。

总的说来，国内的后殖民文学研究存在的问题是研究范围狭窄、重复研究过多。对后殖民理论家的研究多集中在萨义德、巴巴和斯皮瓦克等三人，即罗伯特·扬眼中的“后殖民圣三位一体”(the postcolonial holy trinity)，其他的后殖民理论家没有受到应有的重视。同样的问题也出现在文本分析上。少数几个获得过重要文学奖的作家，如 V. S. 奈保尔、赛尔曼·拉什迪、J. M. 库切等，被一再研究。格雷厄姆·哈根曾指出，尽管后殖民研究的目的是反对霸权主义，探讨隐藏在经典化过程背后的权力斗争，然而它本身也成功地形成了自己的文学和批评经典。[1]我国国内的后殖民研究恰恰证明了这一论断的正确性。

20 世纪 70 年代以来，国外的后殖民女性文学研究也呈现如火如荼的态势。由于女性文学研究涉及用英语创作的所有后殖民国家和地区，而这些国家和地区在国情、经济发达程度、文化、宗教等方面存在着较大差异，因此学界在该领域的研究或以具体作家为研究对象，或以国别/地区/族裔研究为主。研究后殖民女性创作的学术出版物由于数量过于庞大，现在已经无法进行统计，但有几个现象值得注意：在族裔研究中，对非裔美国女性文学的研究较为突出，出版的论文和专著也数量惊人。非裔美国女性文学有着悠久的历史，最早可追溯到北美殖民地建立初期。在两百多年的时间里，非裔女性文学中涌现了许多优秀作家(包括诺

1 Graham Huggan (2001). *The Postcolonial Exotic: Marketing the Margins*, London/New York: Routledge, p.248.

贝尔文学奖得主)，也涌现出大量既有思想性又有艺术感染力的佳作。因此，在后殖民女性文学中，非裔美国女性创作有着举足轻重的地位。在国别研究中，对澳大利亚、加拿大、新西兰、南非等国女性文学的关注较多。在地区研究中，加勒比海地区和印度次大陆吸引了批评家们的目光。此外，对移民文学的研究也成为后殖民女性文学批评的组成部分。

国内的后殖民女性文学研究主要集中于对托妮·莫里森、艾丽斯·沃克、玛格丽特·阿特伍德等人的作品的解读，对其他后殖民女作家的关注度不够。此外，对不同国家的女性文学、不同作家的作品进行横向比较的研究尚不多见。

第三节　本书的研究目的、方法及意义

在短短的三十多年时间里，后殖民女性文学从默默无闻发展成世界文坛的一朵奇葩。后殖民女作家频频获得权威的文学奖项的事实便足以说明后殖民女性文学受重视的程度。在英联邦最具权威性的布克奖的获奖名单上，后殖民女作家是一支生力军。1974 年，纳丁·戈迪默成为第一位获奖的后殖民女作家。随后，克里·休谟(Keri Hulme)和玛格丽特·阿特伍德(Margaret Atwood)也分别于 1984 年和 2000 年夺得此项大奖。此外，安妮塔·德赛(Anita Desai)、多丽丝·莱辛、卡罗·希尔兹(Carol Shields)、莫妮卡·阿里(Monica Ali)、扎迪·史密斯(Zadie Smith)等后殖民女作家的名字先后出现在布克奖的六人决选名单上。在诺贝尔文学奖的角逐中，后殖民女作家也表现出相当强的竞争力。迄今为止共有三位后殖民女作家摘得诺贝尔文学奖的桂冠。她们分别是纳丁·戈迪默(1991))、托妮·莫里森(1993)和多丽丝·莱辛(2007)。

本书选取了四个后殖民国家的四位(组)女作家进行研究，讨论她们的作品体现的所在国家的后殖民女性创作的总体特征。这四位(组)作家分别是：英国黑人移民作家琼·莱利(Joan Riley)、澳大利亚土著作家赛莉·摩根(Sally Morgan)和茹比·兰福德·吉尼比(Ruby Langford Ginibi)[1]、非裔美国作家托妮·莫里森，以及

1 在《别把你的爱带到城里去》的第一版中，作者署名为“茹比·兰福德”。后来，兰福德有了土著名字“吉尼比”(Ginibi)，而且之后出版的所有作品都署名为“茹比·兰福德·吉尼比”。在学界对她的评论中，绝大多数批评家都采用“吉尼比”来称呼她。因此，出于对作家的尊重，本书在讨论时用她的土著名字“吉尼比”，但在参考文献中，由于版权问题，《别把你的爱带到城里去》被列在“茹比·兰福德”的名下。

加拿大白人作家玛格丽特·阿特伍德。

这些作家在所在国的后殖民女性创作中都极具代表性。英国黑人女性移民小说的主题是对女性移民自身能否完整生存的关注，琼·莱利的《无所归依》(*The Unbelonging*, 1985)是此类小说的典范。作为第一部反映加勒比海女性移民在英国艰难生存的小说，《无所归依》具有划时代的意义。该书极具代表性地从物质和文化两个层面展现了加勒比海女性移民在英国想要完整生存却不能的痛苦。莱利通过对西方成长小说的创造性运用凸现了女性生存的主题。

土著女性生命故事主要表达对整个土著民族能否在当代澳大利亚社会完整生存的忧虑。作为土著女性生命故事的代表作，赛莉·摩根的《我的位置》(*My Place*, 1987)和茹比·兰福德·吉尼比的《别把你的爱带到城里去》(*Don't Take Your Love to Town*, 1988)成功地把澳大利亚主流社会的目光引向被长期忽视的土著群体。她们的作品重写了土著民族的历史，颠覆了白人塑造的土著人的刻板形象，使土著民族开始走上自我表现之路。在小说文类上，西方传记被改良以强调土著女性对民族生死存亡的关注。

托妮·莫里森是有史以来第一位获得诺贝尔文学奖的非裔美国女性。她的获奖对非裔美国女性文学的长足发展起到了极大的推动作用。莫里森的“历史”三部曲——《宠儿》(*Beloved*, 1987),《爵士乐》(*Jazz*, 1992)和《乐园》(*Paradise*, 1997)——不仅从非裔美国人的角度重写美国历史，更是站在被压迫民族的立场上，提出曾经敌对的黑白两个民族应该和睦共处，以利于整个国家的长远发展。莫里森的国家完整生存的理念得到其他非裔美国女作家的响应。这种对国家完整生存的倡导通过莫里森对传统哥特式小说的创造性运用而得到深化。

对世界完整生存的关注是加拿大后殖民女性小说的主题。作为布克奖得主和国际知名的女作家，玛格丽特·阿特伍德在加拿大文坛的地位无人可替代。在《使女的故事》和《奥蕾克斯与克雷克》中，阿特伍德表现出对世界完整生存的忧虑。这两部小说指出，环境污染和生态危机对人类未来的命运造成极大威胁，因此人类的完整生存取决于地球的完整生存。这种对整个世界完整生存的关注是后殖民女作家所具有的崇高使命感的体现，是对人类中心主义思想的批判。通过把传统的科幻小说转变为后现代科幻小说，阿特伍德表达了她对人类未来命运的担忧。

自萌芽阶段开始，后殖民女性创作就以其多样性而著称。从表面上看，本书所选取的小说出自不同国家的女作家之手，分属不同的小说文类，毫无比较的可能。但差异性实际上蕴含着共同点。在后殖民女性文学批评中，对差异性和共性的研究同等重要。前人的研究或者只注重后殖民女性创作存在的差异性和多样性，却忽略了它们之间的共性；或者片面强调共性，把差异忽略不计。艾伦·穆克吉(Arun Mukherjee)指出，在阅读后殖民文本时应该承认差异，因为除了殖民主义造成的不平等之外，还有其他更为古老的种族、阶级、性别等的不平等需要加以考虑。[1]因此，差异性是后殖民女性创作的基本特点。就本书所涉及的作家而言，差异性存在于以下几个方面：

首先是作家的出身背景各异。就种族而言，莱利是来自牙买加的英国黑人移民；摩根和吉尼比是澳大利亚土著女性；莫里森是非裔美国女性；阿特伍德是加拿大白人女性。就所属阶级来看，莱利、摩根、吉尼比和莫里森都出生于贫困家庭，长期生活在社会底层，故而更能体会生存的压力和身为女性的痛苦；阿特伍德是加拿大中产阶级的一分子，长期过着舒适的生活。就所受的教育而言，莱利在英国接受大学教育并定居；摩根受过大学教育，而吉尼比只有初中文化程度；莫里森受过大学教育并在著名的兰登书屋任编辑多年；阿特伍德研修过博士课程，但最终放弃了博士学位，专攻文学创作。

就小说创作手法而言，这些作家对不同的西方小说文类进行改良和运用。莱利选择的是成长小说；摩根和吉尼比对传记进行了创造性使用；莫里森对哥特式小说情有独钟；阿特伍德则认为科幻小说更能为她的创作目的服务。

小说反映的主题不同。莱利关注的是黑人女性移民在前宗主国的生存困难；摩根和吉尼比关注的是整个土著民族的生死存亡；莫里森在对殖民统治进行控诉和批判之后，从遭受过难以言说的苦难的被殖民者角度，提出曾经敌对的民族间和睦相处、共同发展的必要性，从而倡导国家的完整生存；阿特伍德则通过展现地球所面临的生态危机，表达了对整个世界完整生存的忧虑。

由此可见，后殖民女性创作的差异性是显而易见的，并且在文学研究中也应该受到重视。但是，如果单纯强调后殖民国家(地区)之间存在的不同，就会导致“只见树木不见森林”的错误，把后殖民女性创作当成一盘散沙，无法证明这些作品对英语文学和西方文学传统造成的冲击。从总体看，本书研究的后殖民女性创作体现了对“完整生存”的渴望。自小说出现以来，对人类生存的关注就成为创作的一大主题。随着女性主义的兴起，女性自身的生存问题被提上了议事日程。然而，后殖民女性的“完整生存”并非局限于对男性或女性个体的重视，而是把关注范围扩大到一个民族乃至整个世界。“完整生存”的理念是后殖民女性创作

1 Arun Mukherjee (1998). *Postcolonialism: My Living*, Toronto: TSAR Publications, p.6.

的基本思想，贯穿这些出自不同国家的文学作品，是后殖民女性创作所具有的共性的体现。

在学界对这四位(组)作家通常采用的研究方法中，个案研究占绝大多数。研究者们联系所在国的文学背景，以作家作为单一的研究对象，对其作品进行解读。迄今为止，把来自四个不同的后殖民国家的作家作为所在国女性文学的代表并进行横向比较的研究仍不多见。

在传统的文学批评中，国别研究占重要地位，横向比较属于比较文学的范畴。但在后殖民文学批评中，比较研究是一个重要的研究模式。阿什克罗夫特等人在《帝国反击》中明确指出，研究后殖民文学有四种方法：第一种是民族(地区)模式，强调特定民族(地区)文化的显著特点；第二种是以种族为基础的模式，在不同的民族文学中找出共同特点；第三种是比较模式，试图在两种以上的后殖民文学中找出特定的语言、历史和文化特点；最后一种是更为全面的比较模式，试图找出所有后殖民文学中杂交的特征。[1]本书所采取的比较模式建立在阿什克罗夫特等所说的第三种模式的基础上，即同语异域的比较，比较不同的后殖民国家(地区)用英语创作的女性小说之间的差异，并在此基础上总结归纳出后殖民女性创作的一般特点。

本书所采用的比较模式与中国的比较文学研究存在一定差异。在中国比较文学学者看来，比较文学是“以理解不同文化和文学间的差异性和同一性的辩证思维为主导”[2]的。换言之，国内进行的比较研究主要是在中国文学和某一特定国家的文学之间进行，根本目的是要在国际学术界确立中国的话语权。但本书的重点是研究后殖民女作家用英语创作的小说，目的是找出女性小说中存在的差异和共性。另外，国内比较研究的目的是“超越中西文化之间的鸿沟去发现中西文学之间的共通性”，同时，也要“发现这种共通性下面所隐含的差异性，同中求异，异中见同”[3]。也就是说，中国的比较研究是立足于中国文学，把中国文学与他国文学进行比较，并且采用共性与差异并重的方法，而本书则是在体现差异的基础上归纳出后殖民女性创作的共同特点。

同语异域的比较研究模式早已被一些后殖民文学批评家所采用。戴安娜·布

1 Bill Ashcroft, Gareth Griffiths and Helen Tiffin (2002). *The Empire Writes Back: Theory and Practice in Post-Colonial Literatures*, London/New York: Routledge, p.14.

2 方汉文：《比较文学高等原理》，海口：南方出版社，2002 年，第 4 页。

3 黄药眠、童庆炳主编：《中西比较诗学体系》(上)，北京：人民文学出版社，1991 年，第 1 页。

莱登和海伦·蒂芬的《非殖民化小说》就把西印度群岛、澳大利亚、加拿大等国家(地区)的文学放在一起进行研究。丹尼斯·沃德在《英语后殖民文学》的第二部分也采取了比较研究的方法。沃德把印度小说、加勒比海地区和英国黑人诗歌、南部非洲文学作为三个不同的章节平行排列。约翰·斯金纳(John Skinner)的《继母的语言》(*The Stepmother Tongue: An Introduction to New Anglophone Fiction*, 1998)把"旧世界的新文学"、"新世界的新文学"、"新世界的旧文学"和"旧世界的旧文学"作为四个相互平行的组成部分。吉娜·威斯克在《后殖民与非裔美国女性文学》(*Post-Colonial and African American Women's Writing: A Critical Introduction*, 2000)中采用的也是比较研究。她把非裔美国女性文学、后殖民语境中的女性文学以及正逐渐引起批评家们注意的女性文学作为三个独立的部分进行讨论。

第四节 后殖民妇女主义

后殖民女性创作中的"完整生存"的思想是后殖民妇女主义(postcolonial womanism)的集中体现。那么，后殖民妇女主义与西方女性主义、非裔妇女主义是否有所区别？

后殖民妇女主义是体现在后殖民女性创作的基本思想，其核心是"完整生存"的理念。"完整生存"源自非裔妇女主义，但在后殖民女性创作中，它的内涵得到延伸，包含四个层面的内容：女性自身的完整生存、民族的完整生存、国家的完整生存、世界的完整生存。这四个层面的"完整生存"体现了后殖民妇女主义的精髓，即后殖民女作家从各自的角度出发，倡导不同性别、不同民族的人们和睦共处，并在此基础上提出人与自然和谐相处的主张，以建立一个美丽祥和的大世界为奋斗目标。后殖民妇女主义体现了后殖民女作家所具备的崇高使命感和人文关怀的精神。

后殖民妇女主义与西方女性主义、非裔妇女主义之间既有共同点，也有差异。后殖民妇女主义继承了西方女性主义对性别问题的关注。自从第一部女性主义著作——玛丽·沃尔斯通科拉夫特(Mary Wollstonecraft)的《为女权辩护》(*A Vindication of the Rights of Woman*, 1792)出版以来，西方女性主义者们就把性别问题作为她们关注的问题。她们认为，西方社会是以男性为中心的社会，女性被降为次等公民，受到父权制的压迫和剥削。在《一间自己的房间》(*A Room of One's Own*, 1928)中，弗吉尼亚·伍尔夫(Virginia Woolf)发出"英国在父权制的统治之

下”的呐喊。[1]西蒙娜·德·波伏娃(Simone de Beauvoir)也指出，“一个人与其说是生为女人，不如说是成为女人”[2]。在文学创作和批评方面，女性也同样被排除在外。朱迪思·费特里(Judith Fetterley)指出，女性被从文学中排除就是经历一种特殊形式的无权力——不仅仅是无权看到自己的经历被表述在艺术中，更重要的是处于无休止的自我分裂中。[3]因此，对西方女性主义者而言，反抗父权制造成的性别歧视成为头等大事。安德里亚娜·穆尼克(Adrienne Munich)告诫其他女性主义者：“女性主义文学批评不能忽视铭刻在父权制传统中的性政治的事例。”[4]麦琪·休姆(Maggie Humm)认为女性主义文学批评家的一大任务是考察“文学文本如何有权力创造出与女性经验相悖的性别形象”[5]。在总结女性主义批评的成就时，伊莱恩·肖尔瓦特(Elaine Showalter)宣称，“女性主义批评已经让性别成为文学批评的一个基本类别”[6]。

但是，女性主义文学批评注重研究白人中产阶级女性的形象，并倾向于把这些女性的经验和感受当做具有普遍意义的真理而强加在其他种族的女性身上。这种漠视种族和阶级差异、把性别歧视作为唯一存在的社会问题的做法受到非白种女性的抨击。早在20世纪80年代，科拉·卡普兰(Cora Kaplan)就预言，如果女性主义批评要对人们了解性别差异作出重要贡献的话，就必须把种族和阶级纳入考虑范围内。[7]贝尔·胡克斯认为西方女性主义带有种族歧视的烙印：“白人妇女解放主义者身为占统治地位种族的成员，却运用她们被赋予的权力来阐释女性主义。这样的女性主义不是和所有女性都有关系。”[8]艾丽斯·沃克批评西方女性主

1 Virginai Woolf (1945). *A Room of One's Own*, London/New York: Penguin, p.35.

2 Simone de Beauvoir (1949). *The Second Sex*, trans. & ed. H. M. Parshley, London: Vintage, p.295.

3 Judith Fetterley (1978). *The Resisting Reader: A Feminist Approach to American Fiction*, Bloomington/London: Indiana University Press, p.xiii.

4 Adrienne Munich (1985). “Notorious Signs, Feminist Criticism and Literary Tradition”, *Making a Difference: Feminist Literary Criticism*, ed. Gayle Greene and Coppelia Kahn, London/New York: Methuen, p.240.

5 Maggie Humm (1994). *A Reader's Guide to Contemporary Feminist Literary Criticism*, New York/London: Harvester Wheatsheaf, p.ix.

6 Elaine Showalter (1985). “Introduction: The Feminist Critical Revolution”, *The New Feminist Criticism: Essays on Women, Literature, and Theory*, ed. Elaine Showalter, London: Virago, p.3.

7 Cora Kaplan (1986). *Sea Changes: Essays on Culture and Feminism*, London: Verso, p.150.

8 bell hooks (1981). *Ain't I a Woman: Black Women and Feminism*, Boston: South End Press, pp.148-149.

义者对第三世界女性的有意边缘化："白人女性主义者显示出她们和白人及黑人男性一样不懂得在同一个身体内黑人性和女性主义的统一"[1]。奥德拉·洛德(Audre Lorde)认为女性主义批评的最大错误在于"忽视女性之间的种族差异和那些差异的含义"，这种忽视"对调动女性的共同力量造成最严重的威胁"[2]。

后殖民时期对差异性和多样性的重视使西方女性主义受到重创。"对'差异'的强调粉碎了同一性的幻想和女性之间的姐妹情谊，这两者原本是白人、中产阶级、西化的女性主义政治的特征"[3]。在克里斯丁娜·克洛斯比(Christina Crosby)眼里，"处理差异的本身就打破了早先妇女研究的单一立场"[4]。种种事实证明注重单一种族内部性别问题的西方女性主义已经不能适用于对后殖民女性创作的批评研究。

面对女性主义在后殖民时期遭遇的困境，[5]有批评家提出了"后殖民女性主义"(postcolonial feminism)[6]一词以消除女性主义原先带有的单一种族和阶级色彩。迪派克·巴赫里(Deepike Bahri)把后殖民女性主义的特点归纳为"辩论、对话和多样性"[7]。与此同时，也有批评家认为，由于"后殖民女性主义"探索的

1 Alice Walker (1982). "One Child of One's Own: A Meaningful Digression within the Work(s)—An Excerpt", *All the Women Are White, All the Blacks Are Men, But Some of Us Are Brave: Black Women's Studies*, ed. Gloria T. Hull et al., New York: Feminist Press, p.39.

2 Audre Lorde (1984). *Sister Outsider: Essays and Speeches*, Freedom: The Crossing Press, p.117.

3 Haleh Afshar and Mary Maynard (1994). "Introduction: The Dynamics of 'Race' and Gender", *The Dynamics of 'Race' and Gender: Some Feminist Interventions*, ed. Haleh Afshar and Mary Maynard, London: Taylor & Francis, p.1.

4 Christina Crosby (1992). "Dealing with Differences", *Feminists Theorize the Political*, ed. Judith Butler and Joan W. Scott, London/New York: Routledge, p.136.

5 近年来西方女性主义者也把"差异"纳入自己的研究范围。玛丽·伊格尔顿(Mary Eagleton)在2003年出版的由她主编的《女性主义理论简明指南》(*A Concise Companion to Feminist Theory*, 2003)就是一个例子。在前言中，伊格尔顿指出，"差异"(包括"男性和女性的差异，以及各性别内部的差异")和"主体性"(包括"不同文化形式和文类，女性主体性的表现、建构和多样化，以及书写和形象化自我的过程等")是该书的两大主题。(pp.7-8)

6 也有批评家倾向于用该词的复数(postcolonial feminisms)以突出各国后殖民女性主义思想的不同。

7 Deepike Bahri (2004). "Feminism in/and Postcolonialism", *The Cambridge Companion to Postcolonial Literary Studies*, ed. Neil Lazarus, Cambridge: Cambridge University Press, p.202.

是“女性生活中殖民主义和新殖民主义与性别、民族、阶级、女性性欲等的交叉”[1]，因而完全符合后殖民时期女性文学批评的要求。然而，“后殖民女性主义”一词因其与西方女性主义的联系而受到后殖民女性批评家的抵制。非裔女性批评家就认为“非裔女性主义”(Afro-American feminism)不能恰当地表现她们的思想，因而更倾向于使用“非裔妇女主义”[2]一词。

与西方女性主义者单纯关注性别问题不同，非裔女性认为应该“承认在黑人妇女生活中性别压迫的现实，也要承认种族和阶级压迫”[3]。同样，非裔女性文学批评也必须认识到“性别政治和种族以及阶级政治在非裔美国女作家作品中是相互交织的”[4]。因此，从一开始，非裔女性文学和批评就表现出对种族、性别、阶级等问题的同等重视，非裔妇女主义正是这种关注的产物。

在美国的非裔女性文化中，“妇女主义”(womanism)一词最早等同于“黑人女性”(black womanhood)，指的是身为非裔女性应具备的特点。为显示与西方女性主义的根本性区别，在《寻找母亲的花园》中，沃克对非裔妇女主义进行了全新的界定。[5]沃克的界定分为四个层次：首先，非裔妇女主义源于非裔女性的生活经历和女性文化，强调女性在压迫面前坚强不屈，热爱生活和艺术。其次，关爱其他妇女。[6]再次，关注整个非裔民族(包括男性和女性)的完整生存(the survival and wholeness of entire people)。最后，认为世界是个多民族的大花园，非裔民族

1 Rajeswari Sunder Rajan and You-me Park (2000). “Postcolonial Feminism/Postcolonialism and Feminism”, *A Companion to Postcolonial Studies*, ed. Henry Schwarz and Sangeeta Ray, Oxford: Blackwell, p.53.

2 沃克所用的词是“womanism”，中文一般译为“妇女主义”。为了使沃克的“妇女主义”与本书所探讨的后殖民女性创作所体现的主题思想有所区别，前者被称为“非裔妇女主义”，后者被称为“后殖民妇女主义”。

3 Gloria T. Hull and Barbara Smith (1982). “Introduction: The Politics of Black Women's Studies”, *All the Women Are White, All the Blacks Are Men, But Some of Us Are Brave: Black Women's Studies*, ed. Gloria T. Hull et al., New York: Feminist Press, p.xxi.

4 Barbara Smith (2000). “Toward a Black Feminist Criticism”, *African American Literary Theory: A Reader*, ed. Winston Napier, New York/London: New York University Press, p.134.

5 Alice Walker (1983). *In Search of Our Mothers' Gardens*, San Diego/New York: Harcourt Brace & Co., pp.xi-xii.

6 但这种关爱不是同性恋，因为女同性恋只占非裔女性人数的一小部分。在非裔女作家和批评家中，奥德拉·洛德和芭芭拉·史密斯是女同性恋者，但她们的经历不能代表所有非裔女性。

应受到平等对待。

沃克的界定得到其他非裔批评家的认可。安·海尔曼(Ann Heilmann)在编纂题为《女性主义先驱者们》(*Feminist Forerunners*, 2003)的论文集时指出，波琳·霍普金斯(Pauline Hopkins)和艾米·加维(Amy Jacques Garvey)可以被看做是非裔文学中“妇女主义”的先驱。[1]海尔曼所指的是具备初步的自我意识的非裔女性，但沃克所界定的“妇女主义”超越了单纯对女性自我意识的关注。它以非裔女性的关爱自身为中心，强调非裔女性之间的相互扶持和依赖，倡导作家关注非裔女性文化和整个非裔民族的生存与发展。谢莉儿·吉尔克斯(Cheryl Townsend Gilkes)称赞沃克的“妇女主义”既强调对压迫的批判，又重视非裔美国女性谋求人类解放的潜在力量。[2]丹尼斯·特罗曼(Denise Troutman)也指出，“妇女主义”是一种意识形态，它突出了真实的、各阶层的非裔女性，她们把女性传统通过特殊途径代代相传。[3]

然而，非裔妇女主义也有自身的不足。正如一些评论家指出的那样，同西方女性主义相比，非裔妇女主义的终极目标是“把世界各地的黑人团结在黑人男女的控制之下”。正因为如此，它提倡“种族分离主义”，就像女性主义提倡性别分离主义一样。[4]但是，非裔妇女主义表达了对被压迫民族(而不单单是女性)的完整生存的重视，因而在后殖民语境中有着积极意义，对其他民族的后殖民女作家也有一定的启示。尽管非裔妇女主义有种族的排他性和局限性，但对“完整生存”的强调却贯穿在后殖民女性创作中并得到拓展，成为后殖民妇女主义的核心思想。

后殖民妇女主义继承了西方女性主义和非裔妇女主义的长处，避免了两者的局限并拓展了它们的内涵，因而能够较为恰当地体现后殖民语境下女性文学创作的共同特点，具体表现在三个方面：首先，西方女性主义和非裔妇女主义都强调对其他女性的关爱，后殖民妇女主义也同样关注女性自身的生存问题。其次，非

1 Ann Heilmann (2003). “Introduction”, *Feminist Forerunners: New Womanism and Feminism in the Early Twentieth Century*, ed. Heilmann, London/Sydney: Pandora, p.8.

2 Cheryl Townsend Gilkes (2001). *“If It Wasn't for the Women...”, Black Women's Experience and Womanist Culture in Church and Community*, New York: Orbis Books, p.186.

3 Denise Troutman (2002). “‘We Be Strong Women’: A Womanist Analysis of Black Women's Sociolinguistic Behavior”, *Centering Ourselves: African American Feminism and Womanist Studies of Discourse*, ed. Marsha Houston and Olga Idriss Davis, Cresskill: Hampton, p.104.

4 Chikwenye Okonjo Ogunyemi (1985). “Womanism: the Dynamics of the Contemporary Black Female Novel in English”, *Signs*, vol.11, no.1, autumn, p.71.

裔妇女主义关注整个非裔民族的生存状况，要求非裔民族得到白人主流社会的平等对待，但没有进一步的主张。后殖民妇女主义不仅关心一个民族的生死存亡，也同样重视一个国家的生存问题。最后，非裔妇女主义未能预见到人与自然完整生存的必要性，而在后殖民妇女主义中，整个世界的完整生存被看做是一个重要组成部分。

综上所述，对西方女性主义、非裔妇女主义和后殖民妇女主义三者进行比较时，本书认为它们代表了女性创作的三个渐次上升的发展阶段。西方女性主义代表着女性自我意识的初步觉醒，非裔妇女主义则超越了女性主义的狭隘视角，表明作家开始关心民族的生存。后殖民妇女主义是对非裔妇女主义的延伸，充实了后者的内涵，表达了后殖民女作家看世界的新视角。因此，后殖民妇女主义代表英语女性小说创作的新阶段。

斯蒂芬·斯莱蒙认为，"后殖民计划是关于公正未来的建立，而不是重建前殖民……这种公正的全球性的未来要求重新评价历史，这意味着在殖民遭遇中被碎片化或饱受创伤的文化需要一定形式的重建"[1]。后殖民女性创作是联系过去和未来之间的桥梁。女作家重写历史的目的不是为了沉溺于往事之中，而是为了实现各个层面的完整生存，从而为建立一个和谐美好的世界打下基础。在解决社会矛盾方面，后殖民妇女主义也显示出独特的魅力。针对两性不平等的社会现象，弗吉尼亚·伍尔夫的解决办法是"雌雄同体"(androgyny)。伍尔夫认为，我们每一个人的大脑里都有雄性和雌性两个部分，理想的状态是"这两个部分共同和谐生存，进行合作"[2]。这是最早的提倡男女两性和睦共处的观点。面对种族、阶级和性别等压迫，非裔妇女主义者的应对策略是封闭自身，强调本民族的完整生存。后殖民妇女主义者既要让世人牢记惨痛的"过去"，以免重蹈覆辙，同时也站在被压迫民族的立场上，表达了对世界和平的渴望和向往。此外，后殖民女作家还高瞻远瞩，预见到人类在未来将面临的生存危机，呼吁善待大自然。这种高度是西方女性主义者和非裔妇女主义者都无法企及的。

---

1 王玉括：《关于后殖民主义研究的对话——访斯蒂芬·斯莱蒙教授》，《当代外国文学》，2005年第2期，第173页。

2 Virginai Woolf (1945). *A Room of One's Own*, London: The Hogarth Press, p.97.

第五节 本书的结构

本书选取了四个后殖民国家的四位(组)女作家进行研究，讨论她们的作品所体现的所在国家的后殖民女性创作的总体特征，并在此基础上对英语后殖民女性创作进行归纳总结。

本书由六个部分构成。第一章“绪论”首先对“后殖民”和“后殖民女性创作”进行界定，然后在对国内外后殖民文学批评的研究成果进行全面梳理的基础上，对本书的研究目的、方法和意义进行详细说明。最后，对后殖民妇女主义与西方女性主义、非裔妇女主义的异同进行阐述。

第二章以英国黑人移民作家琼·莱利的小说《无所归依》为例，讨论英国黑人女性小说的基本特点。在对英国黑人女性移民小说进行综合分析的基础上，本书指出，对女性自身生存的关注是黑人女性创作的主题。当一些理论家为移民身份欢呼雀跃之时，黑人女性移民作家关注的却是割裂的文化身份给女性造成的心理创伤，致使女性成为文化边缘人，无法实现完整生存的目标。莱利的《无所归依》是黑人女性移民小说的代表作。为了表现黑人女性移民的生存危机，莱利对传统的西方成长小说进行改良，把原先歌颂白人成长过程和成功经验的成长小说用来描绘黑人女性移民在英国的梦魇般的遭遇，从而突出了女性想要完整生存却不能的痛苦。

第三章以澳大利亚土著女作家赛莉·摩根的《我的位置》和茹比·兰福德·吉尼比的《别把你的爱带到城里去》为例，探讨澳大利亚土著女性生命故事的基本特征。作为土著女性生命故事的典范，摩根的《我的位置》和吉尼比的《别把你的爱带到城里去》表现出对土著民族能否在当代澳大利亚社会完整生存的关切。这两部作品重新书写了殖民地的历史，颠覆了土著人在白人文学作品中的刻板形象，使土著民族走上自我表现之路。摩根和吉尼比还通过对西方传记的创造性运用深化了土著民族完整生存的主题。

第四章以非裔美国女作家托妮·莫里森的“历史”三部曲为例，研究非裔美国女性文学的基本特点。作为非裔美国女作家群体的领军人物，莫里森在“历史”三部曲中表达了对整个国家完整生存的关注。“历史”三部曲重新书写了美国历史，提出曾经敌对的黑白两个民族应该和睦共处，以谋求共同发展。这种对一个国家完整生存的关注显示出后殖民妇女主义有着比非裔妇女主义更广阔的视角。

在小说文类上，莫里森对哥特式小说进行改良以凸现这一主题思想。

第五章以加拿大白人女作家玛格丽特·阿特伍德的《使女的故事》和《奥蕾克斯与克雷克》为例，探讨加拿大后殖民女性文学的基本特征，即对世界完整生存的关注是加拿大女性小说的主题。作为加拿大女性文学的代表人物，阿特伍德在《使女的故事》和《奥蕾克斯与克雷克》中描绘了环境污染和生态危机对人类未来的命运造成的极大威胁。她指出，人类的完整生存取决于地球的完整生存。这种对整个世界完整生存的关注是后殖民女作家所具有的崇高使命感的体现，也是对人类中心主义思想的批判。通过把传统的科幻小说转变为后现代科幻小说，阿特伍德表达了她对人类未来命运的关注。

第六章“结语”首先阐明本书对比尔·阿什克罗夫特等人提出的“废除与挪用”的借鉴，指出后殖民女作家与西方小说文类之间存在着类似的关系，具体表现为女作家对不同小说文类的创造性使用。随后对后殖民妇女主义与西方人文主义思想之间的关系，以及后殖民研究与后现代主义是否彼此包容等问题进行了阐述。最后对后殖民女性创作在未来的发展进行预测。

第二章
文化边缘上的女性："完整生存"的文化表现

反映性别问题给女性造成的伤害是后殖民妇女主义与西方女性主义、非裔妇女主义的共同之处。西方女性主义作家把白人中产阶级女性的生存和发展当成自己的使命，把父权制看做是迫害女性、使得女性无法完整生存的罪魁祸首。非裔妇女主义者也把非裔女性的完整生存作为民族完整生存的先决条件。在艾丽斯·沃克的界定中，热爱其他女人是非裔妇女主义者的第一标准。与西方女性主义者不同的是，这种热爱并不局限于中产阶级的白人女性，而是扩大到非裔民族的所有女性。贝尔·胡克斯在批评西方女性主义的狭隘时指出，西方女性主义要鼓励不同肤色、阶层的妇女和睦相处，"我们必须学会在和谐中生活和工作。我们必须了解姐妹情谊的真正含义和价值"[1]。在整个后殖民女性创作中，性别问题虽然不是作家创作的唯一源泉和终极目标，但依然受到部分作家的重视。蓝伽娜·阿希(Ranjana Sidhanta Ash)就注意到，印度女性创作以较为基础的"妇女主义"为特征，即"为女性而欢呼，主要是印度女性，大都和作家出自同一阶层和群体"[2]。

在后殖民女性创作中，对性别问题的关注不仅体现为重视女性在前殖民地的生存和发展，也同样表现为对从殖民地移居到宗主国的女性移民的生存问题的关注。后殖民妇女主义对各少数族裔女性完整生存的强调不仅扩大了性别问题早先

1 bell hooks (1997). "Sisterhood: Political Solidarity between Women", *Dangerous Liaisons: Gender, Nation, and Postcolonial Perspectives*, ed. Anne McClintock et al., Minneapolis/London: University of Minnesota Press, p.396.

2 Ranjana Sidhanta Ash (1994). "Indian Women's Writing in English", *Into the Nineties: Post-colonial Women's Writing*, ed. Anna Rutherford et al., Armidale: Dangaroo, p.615.

所涉及的范围，而且为它增添了新内容。在关注性别问题的后殖民女作家中，以琼·莱利为代表的英国黑人女性移民作家通过塑造挣扎于两种文化之间而无法完整生存的女性移民形象表达了她们对女性自身能否完整生存的深切忧虑。

在英语文学批评中，“英国黑人”(black British)并不是一个非常确切的专用名词。詹姆斯·英格历士(James F. English)曾指出，“英国黑人”的最早使用是由于政治需要，目的是联合不同的少数族裔结成“反霸权组织”，但后来出于商业和学校课程的考虑，该词被用于文学和其他范畴。[1]现在，“英国黑人”已经成为一个广为流通的词，主要指的是来自非洲、加勒比海地区、南亚等地的肤色较深的移民。尽管来自上述地区的作家更愿意按照所属民族(国家)而归类(如印度裔作家、非洲作家，等等)，但出于对习惯用法的尊重，本书继续沿用“英国黑人”这一称谓。

对黑人移民在英国的完整生存问题的关注并非始于女作家。有评论家注意到，早在20世纪80年代初，英国的加勒比海作家就已经开始关注移民的完整生存。他们认识到诗歌对民众的巨大作用，因此“力图用诗歌来获取社会对非洲裔族群的认同，争取自己应得的社会地位与文化空间”[2]。然而，对女性自身完整生存的关注却始终是黑人女性创作的基本特征。作为英国黑人女作家的领军人物之一，琼·莱利(Joan Riley)在小说《无所归依》(*The Unbelonging*, 1985)中讲述了牙买加少女雅辛斯·威廉姆斯(Hyacinth Williams)在英国遭遇种族歧视和家庭暴力，最终成为徘徊于两种文化之间的边缘人的故事。通过塑造雅辛斯这样一个追求完整生存却无法实现的女性移民形象，莱利表达了她对黑人女性移民能否在英国完整生存的忧虑。

莱利于1958年出生于牙买加霍普威尔的一个平民家庭，是八个孩子中最年幼的。母亲在她出生后旋即去世，因此莱利由父亲抚养成人。由于家境贫寒以及父亲的重男轻女思想，莱利的童年远非田园牧歌般美好，而是充满压抑和痛苦。对年幼的莱利而言，学校是唯一使她感到快乐的地方。在那里，她不仅阅读了以莎士比亚为代表的英国文学作品，还对一些非裔美国作家耳熟能详。佐拉·尼尔·赫斯顿是她最喜爱的作家。对文学的热爱使莱利很早就萌生了从事创作的热情，经常在空闲时间进行写作。1976年莱利随全家迁往英国定居，曾先后就

1 James F. English (2006). “Introduction: British Fiction in a Global Frame”, *A Concise Companion to Contemporary British Fiction*, ed. James F. English, Malden/Oxford: Blackwell, p.4.

2 何宁：《当代英国黑人诗歌综述》，《当代外国文学》2004年第3期，第92页。

读于萨赛克斯大学和伦敦大学，大学毕业后成为社会工作者。工作的需要使她频繁接触来自加勒比海地区的移民子弟，深谙他们的痛苦和彷徨，同时对七八十年代的英国社会现实也有了较为深入的了解。这一切都为她后来从事文学创作奠定了基础。

作为第一部由加勒比海女作家创作的、反映加勒比海女性在英国生活经历的小说，《无所归依》具有划时代的意义。[1]同时，它也是由英国颇具影响力的女性主义出版社——妇女出版社——出版的第一部黑人题材小说，后来还被一家广播电视公司——四频道——拍摄成电影。

莱利的其他作品还包括《在黄昏中等待》(*Waiting in the Twilight*, 1987)、《爱情故事》(*Romance*, 1988)、《对孩子的仁慈》(*A Kindness to Children*, 1992)，等等。此外，莱利还和他人编辑了短篇小说集《离开是为了留下》(*Leave to Stay: Stories of Exile and Belonging*, 1996)。1992 年莱利因为她的小说被授予“声音奖”(the Voiced Award)，1993 年又凭借《对孩子的仁慈》荣获“心灵奖”(the Mind Prize)。

在出版了《无所归依》之后，莱利成为英国文学，尤其是英国黑人文学中的一个重要人物。多年来，莱利往返于英国和牙买加之间，为改善黑人女性的生活状况而努力工作。 她为人低调，很少接受媒体的采访或在公开场合露面，也没有像许多作家一样设立自己的官方网站，因此读者对她的生活所知甚少。但她的小说《无所归依》、《在黄昏中等待》和《对孩子的仁慈》都被各种学术论文和专著一再研究，而《无所归依》更是被看做英国黑人女性小说的代表作之一。

多丽丝·莱辛曾指出，作家应该有责任感，应该把自己转化成变革的工具。[2]作为一位有着强烈使命感的黑人女作家，莱利极为关注黑人女性在英国的生存状态。她认为作家的首要任务就是“揭露真相”。在接受阿马尔·侯赛因(Aamer Hussein)的采访时，莱利声称对自己的民族负有责任。[3]换言之，她认为自己的职责是表现加勒比海女性在英国的经历，引起主流社会的关注，进而采取有效措施

---

1 《无所归依》是第一部由非洲裔加勒比海女作家创作的、为长期以来失语的英国黑人女性移民说话的小说。由于历史原因，居住在加勒比海诸岛的原住民被英国殖民者悉数杀死。后来，非洲黑奴作为劳动力被运到该地区。这样，从某种程度上说，加勒比海人和非洲人有着共同的祖先。

2 Doris Lessing (1975). *A Small Personal Voice: Essays, Reviews, Interviews*, ed. and intro. Paul Scelueter, New York: Vintage, p.6.

3 Aamer Hussein (2004). “Joan Riley with Aamer Hussein”, *Writing across Worlds: Contemporary Writers Talk*, ed. Susheila Nasta, London/New York: Routledge, p.97.

改变现状。与大多数作家在作品结尾表达对未来的美好想象不同，莱利对黑人女性的关注通过塑造未能实现自身完整生存的女性移民而得到体现。作为英国黑人女性文学的代表作，《无所归依》对女性移民完整生存的关注可分为物质和文化两个层面。在物质层面，小说致力于表现黑人女性在种族歧视和家庭暴力双重压迫下的艰难生存。在文化层面，莱利聚焦于黑人女性的文化边缘人处境，以驳斥移民神话的虚幻。此外，莱利还对西方传统的成长小说进行了创造性运用，以突出黑人女性移民在英国面临的生存危机。

第一节　英国黑人女性文学的兴起与发展

在后殖民文学中，移民创作已经成为一个极为重要的领域。尼可·伊斯雷尔(Nico Israel)认为，后殖民文学就是由描绘移民在宗主国经历的“国内”小说(“domestic” literature)和反映前殖民地人民生活的“异域”小说(“exotic” novels)构成的。[1]这种反映移民经历的“国内”小说又被一些评论家称为“跨文化后殖民小说”[2]。在英国，黑人女性创作是移民文学的一个重要组成部分。《无所归依》在英国文学史上有着独一无二的地位，但它并不是英国黑人女性创作中唯一一部关注女性移民自身能否完整生存的作品。在黑人女性文学发展史上，反映女性移民在英国的生活和遭遇的作品屡见不鲜，甚至可以说，对女性自身完整生存的关注已经成为女性移民小说的主题，而《无所归依》是此类小说的代表作。

黑人女性的声音不是英国文学中唯一外来者的声音。事实上，由来自各国的移民创作的作品很早就在英国出现。在 20 世纪 40 年代，乔治·奥威尔(George Orwell)就敏锐地注意到英国文学中存在着一个庞大的外来作家群体。卡莱尔·菲利普斯(Caryl Phillips)则进一步指出，英国文学至少在两百年内由外来者构成并受其影响。[3]自 19 世纪末以来，英国文学中移民的声音愈加响亮。来自波兰的约

---

1 Nico Israel (2006). “Tropicalizing London: British Fiction and the Discipline of Postcolonialism”, *A Concise Companion to Contemporary British Fiction*, ed. James F. English, Malden/Oxford: Blackwell, p.92.

2 任一鸣、瞿世镜：《英语后殖民文学研究》，上海译文出版社，2003 年，第 203 页。

3 转引自 Ann Blake, Leela Gandhi and Sue Thomas (2001). “Introduction: ‘Mother Country’”, *England through Colonial Eyes in Twentieth-Century Fiction*, ed. Ann Blake et al., Houndmills/New York: Palgrave, p.2.

瑟夫·康拉德，来自爱尔兰的詹姆斯·乔伊斯，来自美国的亨利·詹姆斯和T. S.艾略特，以及来自新西兰的凯塞琳·曼斯菲尔德等，都在英国文坛站稳了脚跟并产生极大的影响。但是，这些移民，除康拉德外，都是盎格鲁-撒克逊后裔，受过良好的教育，而且以英语为母语，因此他们在英国的遭遇和稍后的黑人移民又不可同日而语。

在英国，黑人移民的出现可追溯到四百多年前英帝国的海外扩张时期，可谓历史悠久。但在二次世界大战之前，英国的黑人移民数量有限，且都处于社会的最底层，因此他们的存在未能引起主流社会的关注。二战期间，英国招募了许多加勒比海男性参军作战。他们在宗主国军队的生活比殖民地优越得多，因此在战争结束后回到故乡时对宗主国的一切大加称赞。这就为日后大规模的移民潮做好了铺垫。二战结束后，英国各行各业急需大量劳动力，因此在加勒比海地区招募年轻的男性去英国工作。对于加勒比海的男性而言，这是改善生活的良机。1948年，英国政府通过《国籍法》(Nationality Act)，正式向殖民地居民敞开英国的大门，接纳黑人移民。这部法令的实施标志着现代意义上英国黑人历史的开端。1948年6月22日，第一艘满载着492名加勒比海人的船只"乘风破浪号"(the *Windrush*)驶入伦敦蒂伯利码头，象征着"帝国的公鸡……回家歇息了"[1]。据统计，在1948年至1962年的14年时间里，仅牙买加移民的人数就达到25万人。黑人移民的到来很快在英国白人中产生对安全问题和种族间不平衡的忧虑及警觉，致使英国政府于1962年通过了《英联邦移民法》，开始控制非白种移民在英国的人数。1971年颁布的《移民法》和1981年的《国籍法》等也都对殖民地居民成为英国公民设置了种种障碍。

英国的黑人移民文学萌芽于18世纪。两位非裔英国人——伊格纳提斯·桑丘(Ignatius Sancho)和奥兰多·艾奎亚诺(Olaudah Equiano)可算是最早的黑人移民作家。他们运用传统的文学创作技巧来讲述自己的奴隶经历，呼吁废除奴隶制。在20世纪30年代，詹姆斯(C. L. R. James)在英国定居并发表了文学作品。在20世纪五六十年代，伴随着大量黑人移民的涌入，英国黑人文学进入第一个发展高峰，涌现出一批较有影响力的作家。这些作家一般从自身的移民经历出发，抒发自己对宗主国幻想的破灭和对自身文化定位的茫然。乔治·拉明的《移民》(*The Emigrants*, 1954)和山姆·塞尔文(Sam Selvon)的《孤独伦敦客》(*The Lonely Londoners*, 1956)都致力于描绘加勒比海移民在伦敦经历的文化失落。这些作品

1 Roy Porter (1994). *London: A Social History*, London: Hamilton, p.354.

的主角都是孤独的年轻男性移民，他们为生存而苦苦挣扎，却依然感到无所适从。此外，安德鲁·萨基(Andrew Salkey)的《逃到秋天的人行道》(*Escape to an Autumn Pavement*, 1960)和 V. S. 奈保尔(V. S. Naipaul)的《模仿者》(*The Mimic Man*, 1967)也同样延续了这一主题。

20 世纪七八十年代，随着奈保尔、赛尔曼·拉什迪等人在国际上频频获奖，黑人移民文学进入第二个发展高峰。移民文学成为英国文坛颇具影响力的中坚力量，吸引了作家和评论家的目光。正如斯图尔特·霍尔所说，这一时期的英国作家开始逐渐"在作品中承认这种'移民美学'的重要性，并研究它在后殖民经历中的成因"[1]。布莱恩·沙福(Brian W. Shaffer)也充分肯定了移民文学对英国文学的推动作用。他认为，自 80 年代开始获得批评家和大众青睐的移民文学"可以为广义的当代'英国'文学注入活力"[2]。中国学者陆建德更是认为移民小说对英国文学起着举足轻重的作用。在陆建德看来，移民小说"巩固了英国文学在世界上的地位"[3]。

同男性移民文学相比，黑人女性文学的发展道路较为曲折。在《联合王国没有黑人》(*There Ain't No Black in the Union Jack*, 1987)中，保罗·吉尔罗伊(Paul Gilroy)指出，英国黑人文化的主要特征是从别处的黑人文化(尤其是非裔美国人和加勒比海黑人文化)中汲取灵感并重新界定身为英国黑人的真正含义。[4]这种借鉴其他黑人文化的做法有其积极意义，为英国黑人文化的发展注入了活力。但作家不能仅仅停留在借鉴的地步，而是应该在借鉴的基础上突出其创作的独特之处。黑人女性文学的独到之处就是把女性自身的完整生存作为创作主题加以发扬光大。

学界一般认为，18 世纪的非裔女奴菲力丝·维特利(Phillis Weatley)在伦敦创作并出版的诗歌是英国最早的黑人女性文学作品。现代黑人女性文学的萌芽以

---

1 Stuart Hall (1994). "Cultural Identity and Diaspora", *Colonial Discourse and Post-Colonial Theory: A Reader*, ed. Patrick Williams and Laura Chrisman, New York: Columbia University Press, p.402.

2 Brian W. Shaffer (2006). *Reading the Novel in English 1950-2000*, Malden/Oxford: Blackwell, p.27.

3 陆建德：《破碎思想体系的残编——英美文学与思想史论稿》，北京大学出版社，2001 年，第 375 页。

4 Paul Gilroy (1995). *There Ain't No Black in the Union Jack: The Cultural Politics of Race and Nation*, London: Routledge, p.154.

琼·里斯(Jean Rhys)[1]的短篇小说集《左岸》(*The Left Bank*, 1927)为标志。在随后的十多年里，里斯接连创作了《四重奏》(*Quartet*, 1928)、《离开麦肯齐先生之后》(*After Leaving Mr. Mackenzie*, 1930)、《黑夜中的航行》(*Voyage in the Dark*, 1934)和《早安，午夜》(*Good Morning, Midnight*, 1939)等一系列小说。这些小说都以年轻的女性移民在英国的艰难生存和情感挫折为主题。在20世纪50年代，印度裔女作家卡马拉·马康丹雅(Kamala Markandaya)的小说《筛子中的甘露》(*Nectar in a Sieve*, 1954)在英国出版并成为畅销书。该书以东西方的紧张关系为主线，描述了女性在殖民统治结束后的印度的生存状况。这些以女性自身的生存为主题的小说为日后黑人女性创作对该主题的进一步拓展创造了条件。

和第三世界的女性一样，英国的黑人女性移民一直在自己的群体内居于次要地位，深受种族、性别和阶级的三重压迫。正如洛丽塔·尼科伯(Lauretta Ngcobo)所言："在今天的英国，黑人女性身处白人歧视、阶级偏见、男权至上和历史等造成的重负之下。"[2]黑人女性在社会和家庭中没有发言权。"假如加勒比海男性在英国几乎没有表述空间的话，那么女性在黑人经验中根本就没有位置。男性界定了黑人经验，他们希望女性在要求自由之前先为男性的自由而奋斗。"[3]因此，如果黑人女性想要改变自身的处境的话，她们就必须把反抗种族歧视和性别歧视放在同等重要的位置。随着黑人女作家在七八十年代的大量涌现，以往鲜为人知的女性生活经历得到了较为全面的展现，黑人女性文学也逐渐形成自己的特色，那就是对女性自身能否完整生存的关注成为贯穿整个黑人女性文学发展的主题。

在贝尔·胡克斯看来，黑人女性拿起笔来在作品中说出她们的心里话具有特殊意义，因为对受到种族和性别压迫的女性来说，"真正的说话不仅仅是创造力的表达，而是一种抵抗的行为，是一种政治姿态，向把我们降格为无名和无声状态的主宰政治发出挑战"[4]。以《无所归依》为代表的黑人女性移民小说所表达的正是这种对主流社会的抵抗和挑战。莱利打破了黑人女性的缄默，把英国社会

---

1 虽然里斯的肤色较浅，但由于她出生在加勒比海地区并在那里长大，因此大多数研究移民文学的论文和专著仍把她归入"黑人移民作家"或"加勒比海文学"的栏目之下。

2 Lauretta Ngcobo (1988). "Introduction", *Let It Be Told: Essays by Black Women Writers in Britain*, ed. Lauretta Ngcobo, London: Virago, p.1.

3 Joan Riley (1994). "Writing Reality in a Hostile Environment", *Into the Nineties: Post-colonial Women's Writing*, ed. Anna Rutherford et al., Armidale: Dangaroo, p.547.

4 转引自 Carole Ferrier (1992). "Aboriginal Women's Narratives", *Gender, Politics and Fiction: Twentieth Century Australian Women's Novels*, 2nd edition, ed. Carole Ferrier, St. Lucia: University of Queensland Press, p.203.

中最丑陋的现实暴露在读者面前，充分表达了对社会最底层的黑人女性能否完整生存的密切关注。莱利认为，作为黑人女作家，她肩负历史使命："如果我们(黑人女性)不写我们的故事，那么别人会写，我们不会喜欢他们所说的话"[1]。在为《在黄昏中等待》所写的题记中，莱利把此书献给"整整一代乘船驶向未知世界的女性"，以表示她始终把女性移民自身的生存问题作为自己的创作重心。

莱利是众多继承早期女作家对女性移民生存问题的关注的作家之一。事实上，从 20 世纪 70 年代开始，对女性移民生存问题的关注就逐渐转化为女作家群体的共同关注点。出身背景各异的女作家从自己的经历出发，在作品中表达了女性在定居国所遭遇的生存困难。出生在尼日利亚的布奇·埃默切塔(Buchi Emecheta)在她的小说《在沟里》(*In the Ditch*, 1972)和《二等公民》(*Second-Class Citizen*, 1974)中都讲述了一个名叫阿达的女性移民的故事。阿达怀着梦想从尼日利亚来到伦敦和丈夫团聚，但在社会上遇到无处不在的种族歧视，在家里要忍受父权制的压迫。最后，阿达依靠自己的努力找到了工作，获得经济上的独立，还和不负责任的丈夫离了婚。另一位女作家贝里尔·吉尔罗伊(Beryl Gilroy)在《黑人老师》(*Black Teacher*, 1976)中以自己的经验为蓝本，讲述了黑人老师在教授白人工薪阶层的子弟时遭遇的各种歧视。

80 年代是女性移民小说层出不穷的时代，也是女性移民自身的完整生存主题得到深化的时期。埃默切塔的《母亲的快乐》(*The Joys of Motherhood*, 1982)、莫德·苏尔特(Maud Sulter)的《作为黑女人》(*As a Black Woman*, 1985)、拉文德·蓝哈瓦(Ravinder Randhawa)的《邪恶的老女人》(*A Wicked Old Woman*, 1987)都以黑人女性在英国遭遇的种族歧视和性别歧视为线索，表现了女性在完整生存和建构文化身份时所面临的压力。莱利创作的《无所归依》也在这个时期出版。该书直到今天仍被认为是黑人女性移民小说的代表作之一。

对女性自身能否完整生存的关注并非仅体现在小说创作中，在黑人女性移民创作的诗歌中也存在着同样的主题。格雷斯·尼科尔斯(Grace Nichols)的诗集《胖黑女人的诗》(*The Fat Black Woman's Poems*, 1984)和艾米尔·约翰逊(Amryl Johnson)的诗集《前途渺茫》(*Long Road to Nowhere*, 1985)都对黑人女性如何生存、如何为自己文化定位进行了探讨。

在 90 年代的移民小说中，女性生存依然占有重要地位，但作家有了更大的

---

1 转引自 David Ellis (2004). "'Wives and Workers': The Novels of Joan Riley", *Contemporary British Women Writers*, ed. Emma Parker, Cambridge: D. S. Brewer, p.71.

创作空间，小说的内容也更加多姿多彩。贝里尔·吉尔罗伊更是独辟蹊径。在《斯塔德曼和乔娜》(*Stedman and Joanna*, 1996)中，吉尔罗伊把生存的主题扩大至奴隶制时代加勒比海黑人移民的生存经历。米拉·塞拉尔(Meera Syal)的《安妮塔和我》(*Anita and Me*, 1997)则以轻松幽默的口吻讲述了一个印度女孩在英国成长过程中的各种趣事。杰基·凯(Jackie Kay)的《小号》(*The Trumpet*, 1998)仍然把黑人女性在当代社会的生存和文化身份的建构作为主题。与此同时，第二代移民作家也开始涉足小说创作领域，并同样对女性自身完整生存的主题表现出浓厚的兴趣。桑塔·古特拉(Sunktra Guptra)的《雨之忆》(*Memories of Rain*, 1992)和《吹玻璃人的呼吸》(*The Glassblower's Breath*, 1993)都着力描绘年轻的孟加拉女性在英国经历的文化失落和生存困难。安德丽亚·勒维(Andrea Levy)的《燃烧屋里的每盏灯》(*Every Light in the House Burnin'*, 1994)把视线转向第二代女性移民的完整生存。女主人公安琪拉虽然仍被白人看做"他者"并受到排斥，却有足够的自信和勇气为完整生存而奋斗。勒维的另一部小说《前途渺茫》(*Never Far from Nowhere*, 1996)的主人公是在政府廉租房内长大的一对姐妹。姐姐奥利芙肤色较深，因而认同黑人身份，渴望回到牙买加。妹妹维维安则因肤色较浅而认同白人身份，试图通过伪装成白人而融入主流社会。在《柠檬果》(*Fruit of the Lemon*, 1999)中，在英国出生并长大的费思在遭遇了由认同危机导致的精神崩溃之后开始逐渐接受自己的黑人身份，随父母回到牙买加，聆听长辈们讲述家族历史。扎迪·史密斯的《白牙》(*White Teeth*, 2000)聚焦于来自不同文化背景的几个移民家庭，力图表现女性移民为实现自身完整生存的目标所作的努力。莫妮卡·阿里的《砖巷》(*Brick Lane*, 2003)则通过展现一位年轻的孟加拉女性移民与男性中心主义思想严重的丈夫和情人之间的三角关系，着重强调了女性实现自身完整生存的不易。

在关注黑人女性移民在英国能否完整生存的同时，一些女作家把生存的主题进行拓展，关注仍然生活在自己祖国的女性所面临的文化冲突和生存危机。来自印度的安妮塔·德赛伊就是这样的一位作家。德赛伊在80年代开始在英国文坛崭露头角。她的《晴日》(*Clear Light of Day*, 1980)、《监护》(*In Custody*, 1984)和《斋戒，盛宴》(*Fasting, Feasting*, 1999)都曾进入布克奖的六人决选名单。德赛伊的小说着重塑造生活在印度的女性在东西方文化的撞击下面临的文化两难。另外，埃默切塔也在《新娘的价钱》(*The Bride Price*, 1976)、《双重枷锁》(*Double Yoke*, 1982)和《吉哈德》(*Kehinde*, 1994)等作品中批判了男权至上的传统文化给非洲女性造成的完整生存的障碍。

评论界近年来对黑人女性移民创作态度的转变也证明了后者所取得的成功。

由于种族歧视的盛行，在相当长的一段时间里，英国黑人移民创作一直处于主流文学的边缘。这种边缘化的地位在不胜枚举的英国文学的专著中可见一斑。伯纳德·伯贡齐(Bernard Bergonzi)的《小说现状》(*The Situations of the Novel*, 1970)、大卫·洛奇(David Lodge)的《十字路口的小说家》(*The Novelist at the Crossroads*, 1971)、玛格丽特·德拉布(Margaret Drabble)的《简明英国文学指南》(*A Concise Companion to English Literature*, 1987)、拜伦·爱普亚(Bryan Appleyard)的《和平的快乐》(*The Pleasures of Peace: Art and Imagination in Post-War Britain*, 1989)，以及大卫·杰万(David Gervais)的《文学英国》(*Literary England: Versions of 'Englishness' in Modern Writing*, 1993)等都没有提及黑人移民文学。在评论界，黑人女性文学更是一个被人遗忘的角落。莱利的遭遇就颇能说明黑人女作家受到的冷遇。当莱利出版《无所归依》之后，英国主流社会对她的作品反映极为冷淡，以致大卫·埃里斯(David Ellis)感慨地指出，在八九十年代的英国，莱利是出版最多而最不被承认和讨论的黑人女作家。[1]究其原因，不外乎莱利触及了英国人讳莫如深的种族歧视等社会问题。

学界的冷漠在90年代中叶被打破。由罗伯特·李(Robert A. Lee)编纂的《另类英国，另类英国人》(*Other Britain, Other British: Contemporary Multicultural Fiction*, 1995)是第一部把黑人女作家及其作品纳入研究范围的论文集，入选的作家包括琼·莱利、印度作家拉文德·蓝哈瓦和尼日利亚作家布奇·埃默切塔。自此以后，评论界对黑人女性创作日益重视，莱利的名字及其作品也被一再提及。进入21世纪后，几乎每本英国文学的专著中都有专门的章节研究移民创作。劳拉·马可斯(Laura Marcus)和彼得·尼克尔斯(Peter Nicholls)共同主编的《剑桥二十世纪英国文学史》(*The Cambridge History of Twentieth-Century English Literature*, 2004)、詹姆士·阿奇森(James Acheson)和萨拉·罗斯(Sarah C.E. Ross)主编的《当代英国小说》(*The Contemporary British Novel*, 2005)以及詹姆斯·英格历士主编的《当代英国小说简明指南》(*A Concise Companion to Contemporary British Fiction*, 2006)等都用相当大的篇幅讨论移民作家及其作品，而女作家更是成为不可或缺的一部分。作为第一位描写加勒比海女性移民在英国生活经历的黑人作家，莱利的名字在评论黑人女性文学的文章和专著中被一再提及。她的《无所归依》围绕一位试图在英国完整生存而最终失败的黑人女性移民展开，表现了种族歧视和家庭暴力对女性身心造成的创伤，从而彻底颠覆了有关移民文化身份的神话。

---

1 David Ellis (2004). "'Wives and Workers': The Novels of Joan Riley", Cambridge: D. S. Brewer, p.68.

第二节　书写黑人女性移民在英国的生存

关注女性自身的完整生存是后殖民妇女主义的一个有机组成部分，也是后殖民女性创作与西方女性主义创作共同具备的特点。然而，莱利在《无所归依》中着力表现的却是黑人女性移民在英国无法完整生存的现实。为了凸现黑人女性移民在英国面临的生存危机，莱利首先展现的是种族歧视给女性造成的心理伤害。

乔治·奥威尔曾说过，英国文明的温柔是与野蛮的事情混杂在一起的。[1]对殖民地臣民和从殖民地迁移至英国的移民实施种族歧视就是"野蛮的事情"之一。自英国开始海外殖民扩张之日起，在"文明使命"(civilising mission)的幌子下，历代统治阶级对殖民地的"他者"一直采取种族歧视和压迫的政策。当殖民地的居民迁移至英国时，他们面临的仍然是种族歧视的阴影，因为种族歧视已经成为英国社会的"一种文化氛围，可以造成心理和认知上的压迫"[2]。英国的许多移民作家都敏锐地注意到种族歧视的无所不在。卡莱尔·菲利普斯观察到英国人对种族纯洁的重视，指出，"种族和族裔是英国人沿着他们的岛国所建围墙的砖和灰泥"[3]。拉什迪则一眼洞穿了种族歧视对移民的影响。他认为，种族歧视"已经渗入了英国文化的每一个角落"，因此，对移民而言，"英国是两个完全不同的世界，你居住的那个世界由你的肤色决定"。[4]莱利更是从女性移民的切身感受出发，认为种族问题已经深入到英国社会的结构之中，已经变成一种情感的、可无限操纵的形式。[5]

作为英国"文化自我表现中最根本的东西"[6]，种族歧视是《无所归依》中的女主人公试图完整生存而不能实现的一大障碍。在《黑皮肤，白面具》中，

1 George Orwell (1972). "England Your England", *Inside the Whale and Other Essays*, Harmondsworth: Penguin, p.70.

2 Sue Thomas (2001). "Colouring the English", *England through Colonial Eyes in Twentieth-Century Fiction*, ed. Ann Blake et al., Houndmills/New York: Palgrave, p.24.

3 Caryl Phillips (2001). *A New World Order: Selected Essays*, London: Secker & Warburg, pp.272-273.

4 转引自 D. C. R. A. Goonetilleke (1998). *Salman Rushdie*, Houndmills/London: Macmillan, pp.16-17.

5 Joan Riley (1994). "Writing Reality in a Hostile Environment", *Into the Nineties: Post-colonial Women's Writing*, ed. Anna Rutherford et al., Armidale: Dangaroo. p.547.

6 Robert J. C. Young (1990). *White Mythologies: Writing History and the West*, London: Routledge, p.190.

弗兰兹·法侬指出，在白人注视的眼光中，伴随着白人编织的“他者”的神话，黑人注意到自己的黑人性，他的族裔特点，感到自卑，于是在精神上被彻底打垮。[1]由此可见，白人充满敌意的凝视是对黑人自尊心的致命打击。自从踏进伦敦希思罗机场的那一刻起，雅辛斯就感觉到无处不在的种族歧视。

《无所归依》耐人寻味地把故事发生的地点放在颇具代表性的大都市——伦敦。作为帝国的中心，伦敦在白人作家笔下象征着繁荣昌盛，但在移民作品中却常常是移民遭受种族歧视和各种挫折的伤心地。对琼·里斯的《黑暗中的旅行》中的女主人公来说，伦敦是个邪恶而野蛮的城市。在山姆·塞尔文的《孤独伦敦客》中，主人公摩西斯和其他加勒比海移民在伦敦过着居无定所的孤独生活。埃默切塔的两部小说——《二等公民》和《格温德林》(*Gwendolen*, 1989)都以伦敦为背景表现女性移民面临的生存困难。在上述作品中，黑人移民们在伦敦都感受到白人敌视的眼光所蕴含的种族歧视。《无所归依》中的雅辛斯也不例外。在机场，她本能地知道“他们恨她，她感到渺小、迷茫和恐惧”[2]。在学校，雅辛斯由于自己的肤色而被老师和其他同学视为另类，就连黑白混血儿也自认为比她高贵。身为为数不多的黑人学生之一，雅辛斯是“许多玩笑、嘲弄和残酷恶作剧的受害者”，而“恐惧是她的长期伙伴”(第 12 页)。当她被同学欺负时，老师冷漠的目光使她深切地体会到作为“他者”的痛苦：“所有这些白人如此努力地隐藏他们的憎恨……然而他们能杀了你，因为你和他们不一样”(第 69 页)。离开父亲的家之后，雅辛斯被迫居住在白人社会工作者为她安排的各种地方——接收中心、儿童之家，以及为少年犯开设的改造中心。无论她走到哪儿，白人敌视的目光始终尾随着她。多年的遭遇使她认识到白人的强大和自己的弱小，因此在与白人的相处中，她变得唯唯诺诺，不敢有丝毫反抗。同时，她也清醒地意识到不能相信白人的话，因为“在这个国家里他们不喜欢黑人。所有的白人的笑都是虚情假意，一旦你相信他们，他们会杀了你”(第 51 页)。每次和白人接触，她都非常警惕，生怕上当受骗。

虽然雅辛斯受到白人不公正的对待，但她对白人的态度颇为矛盾：“她憎恨这些白人，害怕他们，嫉妒他们。”(第 75 页) 在不知不觉中，她接受了白人的价值观念和审美标准。这种内化了的种族歧视表现在她为自己的相貌感到羞愧。在

1 Frantz Fanon (1967). *Black Skin, White Masks*, trans. Charles Lam Markmann, London: Pluto, p.112.

2 Joan Riley (1985). *The Unbelonging*, London: The Women's Press, p.13. 在本书中，该小说的引文均出自此版本，以后只标明页码。

机场和父亲第一次见面的时候，雅辛斯就因为父亲和其他白人完全不同的长相而倍感失望，不愿相信"这个长相难看的人"(第 14 页)居然是她的父亲。从此，"她用所有的力量希望她的祈祷灵验，她会变得和他们(白人)一样。"(第 13 页)在社会上遭遇的种族歧视使她为"自己的黑感到羞愧"(第 68 页)，一直盼望着有朝一日能够拥有"美丽的头发，较浅的肤色"(第 74 页)。就连在梦境里，她对未来的设想也照搬了白人文学作品里对男女主人公的描绘。她的恋人应该是个西班牙人，"高个，深肤色，英俊"，而她则变成了公主的模样，"头发金黄色的，飞舞着，皮肤白皙"(第 78 页)。正是由于完全接受了白人的审美标准，当雅辛斯挣到有生以来的第一笔工资时，她立即去美发店把卷曲的头发拉直，使自己看起来更像个白人。内化的种族歧视还使得雅辛斯看不起自己的同胞。她对白人采取敬而远之的态度，但对其他黑人，她又运用白人的评判标准，认为他们野蛮、自大而粗鲁，因而不屑于和他们交往。在同胞面前，她有着优越感，认为自己"文明而有品位"(第 104 页)。在大学里，她宁愿和印度学生在一起而不愿意理睬她的同胞，因为"她知道她和其他黑人不一样……她不暴力"(第 76 页)。

如果说种族歧视是阻碍雅辛斯完整生存的第一道屏障的话，那么家庭内部的暴力则彻底粉碎了她完整生存的可能性。莱利对雅辛斯家庭内部父女关系的描述证明家庭在女性移民的生存中起着至关重要的作用，而外部的种族歧视也可以对移民家庭产生不良影响。卡罗尔·戴维斯(Carole Boyce Davies)认为，在英国移民文学中，《无所归依》是"涉及家庭和身份的最广为人知的作品"[1]。正是由于家庭的负面影响，雅辛斯最终未能实现完整生存的愿望。

法侬曾指出："在欧洲和任何一个标榜文明的地方，家庭是国家的缩影。"[2]家庭可以反映一个国家的道德水准和价值观念。保罗·吉尔罗伊把法侬的论断又向前推进了一步。在谈到种族歧视及其危害时，吉尔罗伊认为，种族差异在教育机构和家庭生活中得到全面的体现。从这个意义上说，家庭不仅仅是微观的国家，也是把社会准则转变为自然和本能的场所。[3]处于英国社会边缘的黑人移民家庭比一般的白人家庭更为复杂，因为民族文化中的父权制思想在移民心目中已经根深蒂固，同时，种族歧视带给家庭成员的心理创伤会加剧父权制思想对女性的

1 Carole Boyce Davies (1994). *Black Women, Writing and Identity: Migrations of the Subject*, London/New York: Routledge, p.100.

2 Frantz Fanon (1967). *Black Skin, White Masks*, London: Pluto, p.142.

3 Paul Gilroy (1996). "'The Whisper Wakes, the Shudder Plays': 'Race', Nation and Ethnic Absolutism", *Contemporary Postcolonial Theory: A Reader*, ed. Padmini Mongia, London/New York: Arnold, p.249.

迫害。通过创作《无所归依》，莱利的一大成就是“挑战了伴随‘家’的安全神话”[1]。雅辛斯的家原本应该是种族歧视的避风港，但实际上却成了父亲压迫女儿的场所，“家”成为影响女性自身完整生存的一大症结。

对雅辛斯来说，移民到英国如同植物被连根拔起一样痛苦。正如莱利所言，“移民的经历……切断了与文化准则最基本方面的联系”[2]。11 岁的雅辛斯离开牙买加前往英国是应父亲的要求，并非出于自愿。离开了慈爱的乔伊斯姑妈和牙买加晴朗的天空，雅辛斯在没有任何思想准备的情况下被抛进了阴郁的英国。对雅辛斯来说，只有乔伊斯姑妈的家才是温暖又充满爱的家，是她心目中真正的“家”。伦敦的住处只不过是“父亲的家”。在父亲的家里，雅辛斯一开始便受到继母的排斥和虐待。在放学之后，她得做家务和照顾两个同父异母的弟弟，稍有不慎，便会受到责打。

在对黑人进行心理分析时，法侬指出黑人有两张面孔，和白人在一起时是一张面孔，和其他黑人在一起时又是另一张面孔。法侬认为这种自我分裂毫无疑问是殖民统治的恶果。[3]雅辛斯的父亲就是一个极具说服力的例子。面对白人医生，他表现出谦卑和顺从；面对妻女，他表现出残暴的一面，时常对她们拳脚相加，甚至与侄女和亲生女儿乱伦。他的行为证明“自尊的丧失是文化失落最为常见的症状”[4]。于是，家庭成为种族歧视延伸的场所。憎恨的链条开始运作。白人憎恨黑人男子，后者又憎恨黑人妇女和孩童。在小说中，雅辛斯的父亲在社会上受到白人的歧视，于是把愤怒转嫁到配偶和女儿身上。他的女人又把怒气发泄到雅辛斯头上。而雅辛斯，一旦有机会，就虐待她的两个同父异母的弟弟。由于没有获得牙买加移民团体在精神上和物质上的任何支持，对其他家庭成员的憎恨在雅辛斯家里愈演愈烈。如此一来，“家”就成了种族主义及其影响延伸的“非家”(unhomely)，“家与世界的界线被混淆”[5]。对雅辛斯来说，家庭加重了她在外部世界遭受的痛苦，致使她对父亲和其他家庭成员产生仇恨情绪。她当面称呼父亲

1 Carole Boyce Davies (1994). *Black Women, Writing and Identity: Migrations of the Subject*, London/New York: Routledge, p.97.

2 转引自 David Ellis (2004). "'Wives and Workers': The Novels of Joan Riley", Cambridge: D. S. Brewer, p.74.

3 Frantz Fanon (1967). *Black Skin, White Masks*, London: Pluto, p.17.

4 Chinua Achebe (2000). *Home and Exile*, Oxford: Oxford University Press, p.81.

5 Homi K. Bhabha (1997). "The World and the Home", *Dangerous Liaisons: Gender, Nation, and Postcolonial Perspectives*, ed. Anne McClintock et al., Minneapolis/London: University of Minnesota Press, p.445.

为"先生"而不是"爸爸"，背后用不带任何感情色彩的"他"来指代。

苏·托马斯(Sue Thomas)注意到，一些后殖民作家倾向于通过被虐待的孩童的身体来探索帝国对英国黑人家庭内部关系的影响。[1]在《无所归依》中，种族歧视加剧了移民家庭内的父权制，两者又构成对女性的双重迫害。从到达英国的那一天起，雅辛斯便有了尿床的毛病。每次在梦里回到牙买加与乔伊斯姑妈团聚，醒来后她都会发现自己尿床了。尿床意味着她丧失了对自己身体的控制，也意味着丧失了实现完整自我的可能。在学校，雅辛斯的身体是白人同学施暴的对象。在家里，雅辛斯由于尿床而时常受到父亲的毒打。她的身体成为父亲发泄愤怒的场所。父亲的阴茎——"他裤裆里那凸出的部分"(第 11 页)——总是在雅辛斯心中带来恐惧，令她瑟瑟发抖。等到年岁稍长，雅辛斯的身体又受到另一种形式的践踏——父亲的乱伦企图。雅辛斯在家庭中的经历证明女儿的身体"构成了压迫的场所，成为永久焦虑而不是庆祝的源泉"[2]。

乱伦的主题在英国黑人女性作品中并不多见。埃默切塔在小说《格温德林》中也描述了父女的乱伦，结果是同名女主人公生下了和父亲的孩子，但从此获得了周围人的承认并开始了新生活。对埃默切塔笔下的女性而言，乱伦是一种凤凰涅槃式的经历。然而，在《无所归依》中，乱伦意味着在忍受种族主义和性别歧视之余，雅辛斯还要受到性暴力的摧残。如果说乱伦是黑人男性移民发泄对种族歧视不满情绪的一种方式的话，那么它同时也说明黑人女性丧失了对自己身体的主宰权，沦为性牺牲品，因而根本不可能完整生存下去。

在一篇题为《暗恐心理》("The 'Uncanny'", 1919)的文章中，弗洛伊德把人们的注意力第一次引向童年经历与成年后心理之间的相互关系。"暗恐心理"指的是童年曾遭遇过某个可怕事件的当事人在成年后会时不时地重温"很久以前熟悉而又令人恐惧的经历"[3]。因此"暗恐心理"有时又被称为"被压抑欲望(记忆)的回归"(the return of the repressed)。对雅辛斯而言，乱伦形成的"暗恐心理"成为影响她完整生存的因素之一。虽然成功的逃离了父亲的魔掌，但他的阴影仍时不时地浮现在雅辛斯的脑海中，左右着她成年后与男人的关系。

在分析家庭内部的机制时，南希·恰多罗(Nancy Chodorow)指出，父亲的行

1 Sue Thomas (2001). "Colouring the English", Houndmills/New York: Palgrave, p.23.

2 Gabriele Griffin (1993). "'Writing the Body': Reading Joan Riley, Grace Nichols and Ntozake Shange", *Black Women's Writing*, ed. Gina Wisker, Houndmills/London: Macmillan, p.21.

3 Sigmund Freud (2000). "The 'Uncanny'", *The Norton Anthology of Theory and Criticism*, ed. Vincent B. Leitch et al., New York/London: W. W. Norton & Co., p.930.

为、他在家庭中的角色以及女儿与他的关系等在女儿的异性恋取向中起着关键作用。[1]每当其他男人试图和雅辛斯发展进一步的亲密关系时，她都会有强烈的心理和生理反应。早年的乱伦噩梦使她对男人毫无兴趣，永远被“他有阴茎！”的意识吓坏。当科林·麦休斯和她闹着玩时，“那记起的噩梦，被时间放大，开始缠绕她”(第 91 页)，迫使她迅速逃离。当工程师麦凯向她求爱时，她又一次感到“他的出现带来了旧时的恐惧”(第 100 页)。她只把查尔斯当朋友，因为后者瘦小，“恰恰是她父亲的反面。和他在一起她感到安全”(第 125 页)。为摆脱噩梦，获得完整生存的机会，她同意和查尔斯做爱。然而，在整个过程中，父亲始终阴魂不散，使她倍感痛苦。做爱并没有让雅辛斯忘记过去的一切，“在她心中，梦魇依然缠绕，痛苦而令人作呕”(第 132 页)。

虽然都表达了对女性生存问题的关注，但《无所归依》所揭露的现实比同时期的其他作品更引人深思。其他黑人女作家也把批判的矛头指向种族和性别歧视，以及移民家庭内部的父权制，但目的是要赞扬黑人女性的吃苦耐劳和自强不息的精神。相比之下，莱利更想要白人读者了解黑人女性移民在英国的真实生活，因此她的《无所归依》从不刻意隐瞒英国社会和黑人移民家庭内部的种种丑恶现象。另外，一般的女性移民小说为了满足读者的期望，大都有一个光明的结尾。这种对未来的美好憧憬在莱利的小说中很难见到。《在黄昏中等待》中的老妇人直到临死也没有看到当初抛弃她的男子回心转意，而在《无所归依》的最后，雅辛斯踯躅在金斯顿的街头，不知是应该留在牙买加，还是应该回英国去。英国不接纳像她这样的黑人移民，牙买加也不要他们这种西方化的“外国人”。她一直想要完整生存下去，但残酷的社会现实使她的梦想成为泡影。

如果说黑人女性移民在英国遭遇的种族歧视和家庭暴力使得她们面临物质层面的生存危机的话，那么不确定的文化身份则进一步加剧了她们在文化层面完整生存的难度。

第三节　移民神话与文化边缘人

在殖民统治结束之后的后殖民社会，移民以其独特的地位而成为一个备受关注的群体。移民所拥有的不确定的文化身份被看做是对特定民族文化的超越，移

1 Nancy Chodorow (2000). “The Psychodynamics of the Family”, *Psychoanalysis and Woman: A Reader*, ed. Shelley Saguaro, Houndmills/London: Macmillan, p.110.

民神话就此形成。然而，在《无所归依》中，莱利致力于表现的却是移民神话的破灭。在英国的悲惨遭遇使雅辛斯一直认同祖国牙买加，渴望能够有朝一日重返故乡，但最后却发现自己徘徊在两种文化之间，成为文化边缘人。

"移民"(diaspora)指的是出身于第三世界国家却在前宗主国定居的人。该词源于希腊语，意为"播种，散布"，以比喻这些迁移者具有顽强的生命力，可以像种子一样随处生根、发芽。"移民"一词原先特指公元前 586 年犹太人在耶路撒冷被摧毁之后前往巴比伦的迁徙，现在已经成为"全球化、后殖民时代的一种文化观念"[1]。萨义德指出，移民已经成为后殖民社会的基本特征："我们的时代……是大规模移民的时代。"[2]朱丽娅·克里斯特瓦(Julia Kristeva)认为移民标志着当代社会中又一个独特群体的诞生。[3]伴随着后殖民社会中移民人数的激增，移民独特的文化身份受到人们的广泛关注。

斯图尔特·霍尔曾经对"文化身份"一词作出过言简意赅的界定。在豪看来，"文化身份"有两种含义。第一种是把"文化身份"看做是一种共有的文化，一个共同的、隐藏在众多表层的或人造的"自我"之下的"真正的自我"；第二种含义则把"文化身份"看成是一种"成为"和"存在"("becoming" as well as "being")。[4]从第二种界定可以归纳出文化身份的两个互相对立的属性：一成不变性和不确定性。正是文化身份的不确定性为有关移民的神话提供了依据。

在一些人看来，移民的优势源自家园的缺失。萨义德就认为，"家园总是暂时的。把我们封闭在熟悉领地内的边界也可能会成为监狱的围墙"[5]。正因为没有家园，移民便可以对两种(或两种以上)文化有着较为深刻的了解却又不隶属于任何文化。乔治·拉明认为移民拥有"流放的快乐"(pleasures of exile)。朱丽娅·克里斯特瓦指出移民的超脱地位是他人无法企及的："如果不是变成自己祖国、语言、性别和身份的陌生人，我们又怎能够避免陷入常识的泥潭？"[6]在《文

1 童明：《飞散的文化和文学》，《外国文学》2007 年第 1 期，第 89 页。

2 Edward Said (2000). "Reflections on Exile', *Reflections on Exile and Other Essays*, Cambridge: Harvard University Press, p.174.

3 Julia Kristeva (1986). "A New Type of Intellectual: The Dissident", *The Kristeva Reader*, ed. Toril Moi, Oxford: Blackwell, p.294.

4 Stuart Hall (1994). "Cultural Identity and Diaspora", *Colonial Discourse and Post-Colonial Theory: A Reader*, ed. Patrick Williams and Laura Chrisman, New York: Columbia University Press, pp.393-394.

5 Edward Said (2000). "Reflections on Exile', Cambridge: Harvard University Press, p.185.

6 Julia Kristeva (1986). "A New Type of Intellectual: The Dissident", *The Kristeva Reader*, ed. Toril Moi, Oxford: Blackwell, p.294.

化与帝国主义》中，萨义德高度赞扬移民的独特优势："当我说'流放'的时候，我并不意味着某些悲伤或被剥夺的东西。相反，属于帝国分界线的两边确保你更容易理解双方。"[1]还有人认为，移民身份是对殖民主义所代表的一元化思想和殖民压迫的反抗，因为它倡导种族间的通婚并尊重文化差异。[2]

移民神话的形成要归功于传统意义上"民族"理念的颠覆。早在1882年，在一篇题为《什么是民族？》("What is a Nation?", 1882)的文章中，法国的东方学家欧内斯特·雷南(Ernest Renan)开始考察民族的本质。在对欧洲的民族国家(nation-states)的发展进行了一番梳理之后，雷南得出结论："一大群心智健康、热血沸腾的人们创造了我们称之为民族的道德良知。"[3]继雷南之后，本尼迪特·安德森(Benedict Anderson)在《想象的共同体》(*Imagined Communities: Reflections on the Origin and Spread of Nationalism,* 1983)中同样指出，民族只不过是想象的政治共同体。[4]照此推理，既然民族是人们想象的结果，那么文化身份也应该是人为的产物。既如此，那么移民的地位便值得大加推崇，因为他生活在"选择的流放"[5]中，超越了单一文化和民族的局限，拥有着独一无二的视角。

如果移民的文化身份果真如此受到追捧，那么作为移民中的精英分子，移民作家是否在各自的作品中也同样表现出了为不确定的文化身份而骄傲的倾向？实际上，大部分移民作家在创作中表现出的却是移民在定居国开始新生活时遭遇的种种问题和矛盾心理，即"有时候我们感到跨越两种文化，有时候跌落在两种文化之间"[6]。奈保尔在《毕斯沃斯先生的房子》(*A House for Mr. Biswas*, 1961)、《模仿者》、《到达之谜》(*The Enigma of Arrival*, 1987)等小说中都再现了移民所经历的痛苦。拉什迪的《撒旦诗篇》(*The Satanic Verses*, 1988)也描绘了两个印度人在英国遭遇的异化或同化的危机，最后以两个人回到印度定居而告终。巴基斯坦裔作家汉尼夫·克卢奇(Hanif Kureishi)在《郊区之佛陀》(*The Buddha of Suburbia*,

---

1 Edward Said (1993). *Culture and Imperialism*, London Vintage, p.xxx.

2 Peter Childs and Patrick R. J. Williams (1997). *An Introduction to Post-Colonial Theory*, Essex: Pearson, p.210.

3 Ernest Renan (1990). "What Is a Nation?", trans. and annotated by Martin Thom, *Nation and Narration*, ed. Homi K. Bhabha, London/New York: Routledge, p.20.

4 Benedict Anderson (1983), *Imagined Communities: Reflections on the Origin and Spread of Nationalism*, London: Verso, p.15.

5 George Lamming (1992). *The Pleasures of Exile*, Ann Arbor: The University of Michigan Press, p.46.

6 Salman Rushdie (1991). *Imaginary Homelands: Essays and Criticism 1981—1991*, London: Granta Books, p.15.

1990)中以儿童移民接受或拒绝同化为主题。日裔作家石黑一雄(Kazuo Ishiguro)的《山影》(*A Pale View of Hills*, 1982)和《当我们是孤儿》(*When We Were Orphans*, 2000)都描述了移民英国的心理创伤。还有一些作家通过寻根间接地表明了对现实的失望和对建立明确文化身份的向往。爱德华·布拉思维特(Edward Brathwaite)、乔治·拉明、德里克·沃尔科特都曾在各自的作品中想象自己回到非洲寻根。奈保尔的《半世人生》(*Half a Life*, 2001)也把主题锁定在寻根上。由此可见，虽然移民神话受到推崇，但在移民小说中，主人公仍然需要一个特定的文化身份和文化归属感。正如苏塞拉·纳斯塔所指出的那样，当代后殖民文学和批评中对“流放”的推崇有其局限性，因为这种做法忽视了阶级、性别和文化差异等许多重要问题，而这些问题涉及具体的迁移和定居历史，本应该放在特定的语境中进行探讨。[1]

同她们的男性同行相比，移民女作家更倾向于刻画主人公游离于两种文化之间的痛苦。汤亭亭(M. H. Kingston)的《女勇士》(*The Woman Warrior*, 1975)表现的是女主人公被两种文化撕裂的痛苦。罗莎·卡皮耶罗(Rosa R. Cappiello)的《哦，幸运的国家!》(*Oh Lucky Country*, 1984)再现了在澳大利亚悉尼一家工厂里打工的意大利女性移民的艰苦生活。谭恩美(Amy Tan)的《喜福会》(*The Joy Luck Club*, 1989)刻画了在中国母亲传统方式教育下长大的女儿们面临的文化两难。她们既想象美国人那样享有个性自由，又想象传统的中国人那样对家庭和社会承担一定的责任。而英国黑人女作家更是通过塑造众多谋求自身完整生存而失败的女性形象对所谓的移民神话进行驳斥。她们力图表明，女性移民只不过是又一类型的文化边缘人，夹在两种文化的缝隙之中艰难生存。

在约翰·多克(John Docker)看来，“移民”意味着既属于这儿又属于那儿，既属于此时又属于彼时；意味着从一片土地或一个社会失落而又在一片新土地上成为局外人的痛苦。[2]正是由于移民的特殊性，“移民”一词“不单单指跨民族和迁移，而是一场在文化失落中界定自己的政治斗争”[3]。对《无所归依》中的雅辛斯而言，生活在英国却试图与牙买加认同导致她最终不属于任何文化，成为两种文化之间的边缘人。

文化边缘人，顾名思义，指的是徘徊于两种文化之间却不能完全融入其中任

1 Susheila Nasta (2002). *Home Truths: Fictions of the South Asian Diaspora in Britain*, Houndmills/New York: Palgrave, p.4.

2 John Docker (2001). *1492: The Poetics of Diaspora*, London/New York: Continuum, pp.vii-viii.

3 James Clifford (1994). “Diaspora”, *Cultural Anthropology*, vol.9, no.3, p.308.

何一种文化的人。在两种文化之间无所适从的心态在第一代移民中颇为常见。莱利就坦承自己也经历过类似的痛苦："我和加勒比海有情感上的联系，我不能抛弃它，但又不能离开英国回去。我在思想上拥有一个空间，然而在现实中又在另一个空间建立了联系，于是我始终感到被撕裂。"[1]文化边缘人的出现意味着传统意义上的"家园"的丧失。

D. H. 劳伦斯(D. H. Lawrence)曾说过："每一个洲都有自己伟大的地之灵。每一个民族都被放置于特定的地点，那就是家，家园。"[2]在每个人的心目中，家园代表着归属感，代表着文化之根。家园的缺失意味着丧失了文化归属感。然而，移民神话宣扬的却是没有家园的优势。萨义德认为，"家园总是暂时的。把我们封闭在熟悉领地内的边界也可能会成为监狱的围墙"[3]。那么，没有家园(或者说家园的丧失)是否真的意味着超越一切人类文化的局限？在《无所归依》中，莱利所表现的却是移民神话的不堪一击和因精神家园的丧失而导致黑人女性移民的文化身份发生分裂的悲剧。

雅辛斯离开牙买加前往英国是被父亲所迫。这种被迫的迁移与先前由男作家创作的移民小说有着很大不同，对主人公的影响也不同。在 20 世纪五六十年代的男性移民作家的笔下，主人公的痛苦主要来自对宗主国幻想的破灭。在殖民地推广的殖民教育最大限度地美化了宗主国的一切，使得殖民地臣民把英国想象成人间天堂，是每个人都向往的地方。一个极好的例证便是奈保尔的《到达之谜》。小说主人公义无反顾地去英国感受宗主国的伟大，口袋里没有回程票，以示自己留在英国的决心。但这些移民在到达英国之后往往发现现实与想象大相径庭，由此产生的矛盾便成为当时移民写作的主题。然而，《无所归依》中的雅辛斯在移民英国之前对宗主国没有任何幻想，因此她对宗主国的抵触完全是由英国的社会现实所造成的。在英国期间，雅辛斯一直希望回到牙买加，"回家并感到安全"(第 31 页)是她的梦想。她一直进行着不懈的努力，克服了各种难以想象的困难，最后成功地进入大学学习，目的就是为了实现自己的抱负——将来能够"回到牙买加"(第 46 页)。有批评家认为，移民对家的渴望与对祖国的渴望不是一回事。[4]但

1 Aamer Hussein (2004). "Joan Riley with Aamer Hussein", London/New York: Routledge, p.96.

2 D. H. Lawrence (1961). "The Spirit of Place", *Studies in Classic American Literature*, Harmondsworth: Penguin, p.12.

3 Edward Said (2000). "Reflections on Exile', *Reflections on Exile and Other Essays*, Cambridge: Harvard University Press, p.185.

4 Avtar Brah (1996). *Cartographies of Diaspora: Contesting Identities*, London/New York: Routledge, p.180.

对雅辛斯来说，对家的渴望和对祖国的向往已经合而为一。在她心中，牙买加就是温暖的家，乔伊斯姑妈给了她母爱，她的两个同学辛西娅和弗朗西斯给了她友谊。在英国，她始终过着没有爱的生活。在学校，她要忍受种族歧视，得不到老师的爱和同学的尊重；在家里，她是父权制的受害者，得不到正常的父爱和母爱。英国的生活没有使她感受到丝毫温暖，反而激发了她内心的反感和抵触情绪，因而拒绝与定居国的白人文化认同。

雅辛斯拒绝与宗主国认同，但她与故乡的认同也没有建立在现实的基础上。她愈是在现实生活中受到挫折，就愈是刻意美化牙买加的一切，沉溺于对牙买加的想象之中而不能自拔。“她受的苦越多，她就越想念牙买加，更深地沉溺于梦境之中。”(第 74 页)于是，“移民导致了对家的渴望，后者又反过来造就了对家的改写”[1]。雅辛斯心目中的牙买加是人间天堂，在那里，她和乔伊斯姑妈，还有她的两个好朋友，过着快乐的生活。正因为她不能回去，她只能“创造虚幻而无形的、想象的家园”[2]，以逃避残酷的现实。

丹尼斯·沃尔德曾指出，文化身份是历史的产物，在个人层面，是记忆的产物。[3]就雅辛斯而言，在 11 岁之前，她的生活与牙买加联系在一起，移民英国后本应将故乡逐渐淡忘而融入定居国的社会，但英国的现实又使她无法接受新生活。于是，对牙买加的记忆成了她的精神支柱，成了她建构自己文化身份的基础。然而，被一次次美化和修改的记忆已经与现实相距甚远。雅辛斯周围的人们可以清楚地看到她的问题所在。她对牙买加当今的历史和政治形势一无所知，这就注定她对故乡的认同是空中楼阁，缺乏坚实的现实基础。正如她的好友波琳所言：“你一直在谈论回到牙买加，但它不是天堂，雅辛斯。现在它很糟。牙买加乱成一锅粥了。”(第 121 页)

移民返回故乡时遭遇的感情危机在后殖民小说中并不鲜见。埃默切塔的《双重枷锁》、卡莱尔·菲利普斯的《独立状态》(*A State of Independence*, 1986)和恩古吉的《玛蒂嘎利》(*Matigari*, 1989)等都描述过主人公返回故乡后遇到的新问题。在卡莱尔·菲利普斯的《最后的旅行》(*The Final Passage*, 1985)的结尾，女主人

1 Carole Boyce Davies (1994). *Black Women, Writing and Identity: Migrations of the Subject*, London/New York: Routledge, p.113.

2 Salman Rushdie (1991). *Imaginary Homelands: Essays and Criticism 1981—1991*, London: Granta Books, p.10.

3 Dennis Walder (1998). *Post-Colonial Literatures in English: History, Language, Theory*, Oxford: Blackwell, p.121.

公莱拉带着身心创伤又回到了加勒比海地区，但能否就此开始新生就不得而知了。在《无所归依》的结尾，重返牙买加并未给雅辛斯带来任何快乐，而是更使她意识到作为文化边缘人的痛苦和无奈。

当雅辛斯最终获得奖学金回到牙买加首都金斯敦准备攻读硕士学位时，她才发现记忆与她开了个大玩笑。在肮脏破败的小屋里，乔伊斯姑妈已经因病卧床多年，形似一具骷髅，还沾染上了酗酒的坏习惯。她对好朋友辛西娅的记忆也出现了问题。在雅辛斯离开牙买加之前，辛西娅就被她那发疯的父亲给活活烧死在屋里了。而弗朗西斯已变成了一个身材臃肿、憔悴不堪的老太婆。与雅辛斯对好友的温馨记忆形成鲜明对比的是，她们刚一见面，弗朗西斯就抱怨她对姑妈的冷漠无情，因为雅辛斯多年来没有给姑妈写过一封信，也没有提供过任何经济上的帮助。

在对亲人和好友失望之余，雅辛斯还看到了牙买加的社会现实："她回到了黑人统治的地方，却发现那不过是个梦。他们依旧是奴隶，依旧贫穷，依旧被践踏。"(第 143 页)在英国，她感到自卑，缺乏安全感，"在白人中间她感到格格不入，在梦境里也是"(第 67 页)。在牙买加，她也有同样的感觉："她像是被剥光了衣服。她的黑很丑陋，同胞也不愿与她为伍。"(第 142 页)如此一来，记忆中充满爱的故乡就成为"一个回不去的地方，即使有可能回到那被看做是'故乡'的地理位置"[1]。

在拉什迪的短篇小说《求爱者》("The Courter", 1994)中，当主人公最终成为英国公民并可以享受往返于故乡和定居国之间的自由时，他依然感到被两种文化撕裂的痛苦："我的脖颈也套有绳索，背负到今天，把我拉往这个方向，拉往那个方向。东方与西方，套索渐渐勒紧，命令道，选择，选择。"而他的回答是："我拒绝选择。"[2]如果说拉什迪的主人公拒绝在两种文化之间作出选择，那么《无所归依》中的雅辛斯是不知道应该如何选择，因为她既不属于英国也不属于牙买加，双方都不愿接受她。她不愿意成为英国人，因为"英国社会还没有接受我们的存在。我们逗留在某种社会监狱里，处于无形的状态"[3]。与此同时，她也拒绝回到牙买加定居，因为落后闭塞的故乡与她的想象差距太大，而且牙买加把雅辛斯之类的移民看成是在英国赚了大钱后衣锦还乡的"外国人"。雅辛斯最

---

1 Avtar Brah (1996). *Cartographies of Diaspora: Contesting Identities*, London/New York: Routledge, p.192.

2 Salman Rushdie (1994). "The Courter", *East, West*, London: Vintage, p.211.

3 Lauretta Ngcobo (1988). "Introduction", *Let It Be Told: Essays by Black Women Writers in Britain*, ed. Lauretta Ngcobo, London: Virago, p.10.

终发现自己在两种文化的边缘徘徊，成为名副其实的文化边缘人。

除了在物质和文化两个层面上表现女性的生存困难，在小说样式上，莱利还对西方传统的成长小说进行了改良。原先反映白人成功经历的成长小说在莱利的手中变成了反映黑人女性移民在英国的生存困难和文化认同危机的后殖民女性成长小说，从而凸现了她对女性自身完整生存的关注。

第四节　《无所依归》与西方成长小说

“成长小说”一词(the *Bildungsroman*)源自德文，由两个词组成：“bildung”意为“教育”，而“roman”意为“小说”。两个词合起来的意思应该是“教育小说”。这就点明了成长小说的创作宗旨——以教育年轻人为基本目的。最早的成长小说是维兰德(Christoph Martin Wieland)的《阿伽通的故事》(1766—1767)，但人们普遍认为歌德的《威廉·迈斯特的学习时代》(1795—1796)是第一部真正意义上的成长小说。成长小说的主题一般是讲述一个敏感而有才能的人因为种种原因离家出走，经历了许多艰难困苦，终于走向心理和情感成熟的过程。在英语文学中，有许多经典作品可以划入“成长小说”这一文类。夏绿蒂·勃朗特的《简·爱》(*Jane Eyre*, 1847)，查尔斯·狄更斯的《远大前程》(*Great Expectation*, 1861)，路易莎·阿尔科特(Louisa May Alcott)的《小妇人》(*Little Women*, 1869)，马克·吐温的《哈克贝利·芬历险记》(*The Adventures of Huckleberry Finn*, 1912)，詹姆斯·乔伊斯的《青年艺术家画像》(*A Portrait of the Artist as a Young Man*, 1942)[1]，D. H. 劳伦斯的《儿子与情人》(*Sons and Lovers*, 1955)，等等，都是英语文学中较为经典的成长小说。尽管上述作家在小说主题和创作技巧上存在很大差异，他们都旨在展现白人男孩或女孩为实现自我价值而经历的与社会的种种矛盾和冲突。

2002 年，伊莱恩·肖尔瓦特在一篇研究男孩成长故事的文章中指出，1950 至 1999 年的占主导地位的英国小说是“浪漫的、喜剧的、大众的男性忏悔小说”，其主要代表人物是金斯利·艾米斯父子，但这种趋势在 20 世纪末开始衰退。[2]肖

1 《青年艺术家画像》还可归入“成长小说”之下的一个次文类——“艺术家小说”(künstlerroman)，因为它主要描写斯蒂芬·蒂达勒斯成为艺术家的过程。

2 Elaine Showalter (2002). “Ladlit”, *On Modern British Fiction*, ed. Zachary Leader, Oxford: Oxford University Press, p.60.

尔瓦特的判断有失偏颇，因为在 20 世纪的最后二十年，白人男性作家的地位已经开始动摇，后殖民女性成长小说开始吸引人们的目光并逐渐在英国文坛占据重要位置。有评论家在研究印度文学时注意到，成长小说已成功地完成从帝国中心到印度的迁移，发展成一个跨文化的文学形式——“后殖民成长小说”[1]。事实上，对成长小说的创造性运用不仅发生在印度，在整个后殖民女性文学中都存在。在后殖民语境下，“成长小说”作为小说的一个文类被赋予了更加丰富多彩的内容。

根据主题的不同，后殖民女性成长小说大致可分为以下几类：一是把居住在前殖民地的女孩作为故事的主人公，其成长过程通常与当时的政治运动密切相关。如多丽丝·莱辛的《暴力的孩子们》(*Children of Violence*, 1952—1969)五部曲就描写了女主人公玛莎·奎斯特寻求自我但最终失败的故事。玛莎的一生都在追求自身的自由。为了自由她不惜反抗一切社会制度，早年离家出走，后来积极投身政治，但很快又感到厌倦，又开始了新的追求。在爱情上，她也一直更换伴侣，期望能找到自己的真爱。通过描写一个女子的成长，莱辛意在探索困扰当时人们的一些重大问题，如妇女的社会地位、各种族之间的关系、二战后的政治氛围，等等。同样，纳丁·戈迪默的《博格的女儿》(*Burgher's Daughter*, 1979)也把女主人公罗莎·博格的成长同南非的种族隔离制度联系起来。罗莎原本可以在欧洲享受舒适的生活，但得知父亲入狱的消息立即回到南非，用自己掌握的技术帮助别人，最后也被当权者关进了监狱。茨茨·丹嘎雷姆伽(Tsitsi Dangarembga)的《神经紧张》(*Nervous Conditions*, 1988)则通过对一组女性成长过程的描写再现了 20 世纪 70 年代津巴布韦的社会状况。

除了政治色彩颇浓的成长小说外，后殖民女作家还倾向于把成长小说转变为弗里德里克·詹姆逊(Fredric Jameson)所说的“民族寓言”(national allegories)[2]。牙买加·金卡伊德(Jamaica Kincaid)的《安妮·约翰》(*Annie John*, 1983)从表面上看是关于一位安提瓜女孩在成长过程中对母亲怀有的爱恨交加的情感，这种情感使女孩最终被迫离开家乡去别处谋生。但实际上，这种错综复杂的母女关系恰恰象征了安提瓜与宗主国的关系，因而是一则典型的“民族寓言”。

---

1 Leela Gandhi (2001). "'Learning Me Your Language'; England in the Postcolonial *Bildungsroman*", *England through Colonial Eyes in Twentieth-Century Fiction*, ed. Ann Blake et al., Houndmills/New York: Palgrave, pp.57-60.

2 Fredric Jameson (1986). "Third-World Literature in the Era of Multinational Capitalism", *Social Text*, no.15, pp.65-88.

除了上述两类作家，还有一些女作家把目光投向殖民地女性在海外生活的经历。这类以迁移为背景的成长小说又可分为两种情况。一是在宗主国短暂居住后又返回祖国的成长小说。此类小说通常把帝国中心——伦敦作为背景，以烘托女主人公寻求自我而不可得的痛苦。克里斯蒂娜·斯特德(Christina Stead)的《只是为了爱》(*For Love Alone*, 1944)刻画了一位名叫特丽莎的女子为寻求爱情而耗费四年时间省吃俭用，终于攒够了去伦敦的路费。但到了伦敦之后发现幻想破灭，伦敦没有想象中那么美好，爱情也是一场空。杰西卡·安德森(Jessica Anderson)的《河边云雀叫得欢》(*Tirra Lirra by the River*, 1978)则讲述了诺拉·罗奇在澳大利亚不尽如人意的生活。为了逃避令人窒息的环境，诺拉前往伦敦，渴望开始新生活。但伦敦的一切令她倍感失望，最终老年的诺拉还是回到澳大利亚定居。上述两部小说都不约而同地把伦敦作为女主人公在海外生活的场所。灰色调的伦敦加重了女主人公与环境的不协调，最终迫使她们重返祖国。

与上述这种在宗主国逗留的小说形成对比的是有一些后殖民作家反其道而行之，表现白人到第三世界的经历。安妮塔·德赛伊的《鲍姆加特纳的孟买》(*Baumgartner's Bombay*, 1989)就描写了一个德国犹太人为躲避纳粹而逃到印度的故事。她的另一本小说《伊萨卡之旅》(*Journey to Ithaca*, 1995)也是以一对从欧洲到印度旅游的夫妇为主角。然而，不管题材如何变化，德赛伊小说的根本点依然是表现移民的漂泊和无根，再现东西方的文化冲突。

在所有以迁移为背景的后殖民女性成长小说中，反映殖民地女性定居前宗主国(或欧美)的成长小说占据着相当重要的地位。波尔·马歇尔(Paule Marshall)的《褐肤色姑娘，褐砂石楼房》(*Brown Girl, Brownstones*, 1959)讲述了一位巴巴多斯移民的女儿在经济大萧条时期在美国纽约布鲁克林区的成长故事。小说以黑白文化间的冲突为背景，凸现了女儿与母亲之间错综复杂的关系。芭拉提·穆克吉(Bharati Mukherjee)的《贾斯敏》(*Jasmine*, 1989)描绘了一个印度女子离开祖国四处漂泊的故事。她先是满怀希望地前往特列尼达，后又飞到北美，渴望被美国文化同化。在不断的迁移中，她的社会地位却在不断下降，从银行职员最终沦落为妓女，自我的实现也变得遥遥无期。在此类描绘从殖民地到帝国中心定居的成长小说中，由英国黑人女性移民作家创作的小说颇具代表性。凯撒·默莱兹(Cesar Meraz)和莎纶·默莱兹(Sharon Meraz)指出，英国黑人移民小说中的主题之一是通过成长小说的形式来表现黑人孩子在英国的经历。这个特点在女性创作中更是得到发扬光大。[1]在英国黑人女作家的笔下，成长小说已经成为再现移民经历、反抗殖民统治的重要武器，其中，莱利更是通过对西方成长小说的改良而表达了对黑人女性移民无法完整生存的忧虑。她的小说《无所归依》成为以英国女性移民为主角的后殖民女性成长小说的典范。

与创作传统成长小说的白人作家相比，莱利对成长小说这一题材的挖掘更为深入。白人作家大多注重对主人公在主流社会里遭遇各种挫折的描绘，而莱利不仅深刻地揭露了种族歧视对女性移民造成的心理创伤，同时还控诉了本民族内部的父权制对女性的压迫。可以说，通过雅辛斯这一女性移民形象，莱利传递着这样一个信息："移民"意味着夹在两种文化的中间，意味着双重压迫，即殖民压迫和男人对女人的压迫。[2]更为重要的是，《无所归依》还有力地驳斥了移民的神话，说明黑人女性移民在英国只能获得创伤性的经历，根本没有完整生存的可能。

除了小说主题之外，在创作目的、人物塑造和小说结尾的安排等方面，《无所归依》与传统成长小说都存在着诸多差异。传统成长小说主要是为白人社会的读者而创作，注重描写白人少年从青春期到成年期的转变，目的是树立恰当的榜样，以便读者仿效。虽然其中也有一些主人公的形象不合当时的社会潮流，颇具叛逆色彩，但作者的用意不过是再现个体与社会之间暂时的矛盾。相形之下，莱利并非单纯为了黑人女性读者而创作《无所归依》。作为一位有着强烈使命感的作家，莱利在许多场合都强调自己的写作目的是把读者的注意力引向女性移民遭遇的种族歧视和生存危机。在一篇谈论《无所归依》的文章中，她明确指出："让读者重回舒适的世界里、不接受他们在解决那些并不随着最后一个句号而远去的问题中扮演的角色——这就没能实现这本书的写作目的。"[3]因此，在《无所归依》中，莱利并不是要为青年读者塑造一个学习的榜样，而是要引起全社会对黑人女性生存环境的重视。

传统成长小说一般都是从欧洲中心主义的角度讲述白人少年的个人奋斗史，而莱利却讲述了一个牙买加女孩雅辛斯在英国充满创伤的成长经历。在父亲的要

1 Cesar Meraz and Sharon Meraz (2000). "The Thematic Tradition in Black British Literature", http://www.cwrl.utxas.edu.

2 Gina Wisker (2000). *Post-Colonial and African American Women's Writing: A Critical Introduction*, Houndmills/London: Macmillan, p.277.

3 Joan Riley (1994). "Writing Reality in a Hostile Environment", *Into the Nineties: Post-Colonial Women's Writing*, ed. Anna Rutherford et al., Armidale: Dangaroo, p.552.

求下，年少的雅辛斯离开牙买加来到英国随父亲生活，从此陷入种族歧视和父权制的双重压迫之下。虽然她最后凭借自己的努力上了大学，并获得一笔可以让她回牙买加攻读研究生的奖学金，可是牙买加的现实使她的幻想彻底破灭。在传统的成长小说中，白人少年大多对生活有着乐观向上的态度，即使在经历了许多挫折之后，主人公仍然对未来充满希望，决心要走出一条自己的路，以证明自己的价值。因此，传统成长小说的基调是宣扬个人英雄主义，而《无所归依》中的雅辛斯却是被动地接受命运带给她的一切，很少主动抗击命运的不公。她对生活态度悲观，同时又有着分裂的文化身份。在白人面前，她唯唯诺诺，毫无斗志。在黑人同胞面前，她又自视甚高，把别人都不放在眼里。

在传统的成长小说中，白人少年即使遭受挫折也不会就此把自己封闭起来。但在《无所归依》中，社会上的种族歧视和家庭内的暴力使雅辛斯渴望回到牙买加却不能成行，就此沉溺于对牙买加的想象而无法自拔。对幻想的追求和对现实的失望促使她排斥宗主国，想要与故乡认同，最终的结果是成为文化边缘人。

传统成长小说的主人公在经历了与社会的矛盾和冲突之后都会重归社会，因为拥有对特定群体的归属感是主人公建构完整自我的基础。而雅辛斯虽自认为属于牙买加，但实际上她不属于任何地方。出现在梦境中的牙买加只不过是经过她的大脑有意识的筛选而过分美化了的牙买加。在现实生活中遇到困难时，雅辛斯没有得到过在英国的牙买加黑人群体的任何帮助。缺乏归属感使得雅辛斯四处漂泊，成为无根的浮萍。

在传统成长小说的结尾，主人公通常获得了一个完整的自我和心理上的成熟，为主流社会所接受。而雅辛斯，尽管也经历了各种磨难，依然不知道自己究竟属于哪里。英国不愿意接受她，牙买加认为她是外国人。雅辛斯最终还是处于两种文化的边缘。当与白人女性读者讨论《无所归依》时，莱利着重说明，她特意避免了给小说一个快乐的结尾，因为她认为快乐的结尾会使读者与小说反映的现实继续保持距离，会导致把性别歧视和种族歧视包装成可以被清除的东西。[1]

通过对西方成长小说这一样式的运用，莱利突出了《无所归依》在许多方面与成长小说的差异，表达了她对黑人女性移民生存问题的深切关注。

---

1 转引自 Gabriele Griffin (1993). "'Writing the Body': Reading Joan Riley, Grace Nichols and Ntozake Shange", *Black Women's Writing*, ed. Gina Wisker, Houndmills/London: Macmillan, p.24.

第五节 小 结

1988年，在题为《贱民可以说话吗？》的文章里，斯皮瓦克提出了“表现”(representation)的问题。在她看来，贱民没有话语权，不能表现自己，因此，他们只能被人表现。英国黑人女性移民身处社会的最底层，长期以来成为所谓的“认知暴力”(epistemic violence)的受害者。然而，近年来，黑人女作家开始打破沉默、讲述她们在英国的移民经历。伊安·瓦特(Ian Watt)从现实主义小说的角度出发，曾指出，小说成功与否的主要标准是“忠实于个人经验”[1]。英国黑人女作家正是在忠实于个人亲身经历的基础上撰写出大量的移民小说，塑造了许多为生存而苦苦挣扎的女性移民形象，以表明她们对女性移民能否在英国实现自身完整生存的忧虑。她们的作品不仅扩展了原先白人女作家对性别问题的关注，也成为后殖民妇女主义的一个重要组成部分。

英国黑人女作家对宗主国并非都是一味地排斥。第一代移民作家在作品中倾向于塑造文化边缘人的形象，作品大都比较悲观，而第二代移民作家则充满自信地认同定居国文化并把自己看做是英国人。尤其是在21世纪的当代英国女性移民小说中，故乡的文化影响逐渐削弱，渴望与定居国文化认同的意识逐渐加强。但不管怎样，女性移民能否在英国完整生存依然是黑人女性创作的主题。

对移民而言，强调不同文化之间的相互交流而不是敌对，或许显得更为重要。在差异的基础上彼此包容，这也应该是英国黑人女性移民小说所倡导的主题。移民作家认为他们的优势在于他们比生活在本民族文化中的作家拥有更广阔的视野，更能看清不同文化的长处与不足。作为拉什迪眼中的“东西方之间的逗号”[2]，移民作家把自己看做是连接两种文化之间的桥梁，拥有“对两个分开但又连接的世界的了解”[3]。卡莱尔·菲利普斯认为移民作家与两种文化的关系是既超越又连通。如果处理得当，那么“这种移民状态，以及由此产生的失落感，

1 Ian Watt (1957). *The Rise of the Novel: Studies in Defoe, Richardson, and Fielding*, London: Chatto & Windus, p.13.

2 转引自 D. C. R. A. Goonetilleke (1998). *Salman Rushdie*, Houndmills/London: Macmillan, p.131.

3 同上。

可以是对有创造力的心灵的礼物"[1]。在莱利看来，作为一个移民作家，"跨文化对话是我需要坚持的事情"[2]。也就是说，黑人女作家进行文学创作的首要目的要让读者意识到英国长期存在的种族歧视，通过展现黑人女性在需求完整生存时遭遇的种种困难以引起白人的关注，而最终目的是要让英国社会承认移民的存在，同时也使移民更好地与定居国认同。正如克里斯・维登(Chris Weedon)所言，英国社会面临的问题是要把自己变成没有种族歧视的地方，既容许归属感，又鼓励身份和归属感的积极建构。[3]

1 Caryl Phillips (2001). *A New World Order: Selected Essays*, London: Secker & Warburg, p.131.

2 Aamer Hussein (2004). "Joan Riley with Aamer Hussein", *Writing across Worlds: Contemporary Writers Talk*, ed. Susheila Nasta, London/New York: Routledge, p.100.

3 Chris Weedon (2004). "Identity and Belonging in Contemporary Black British Writing", *Black British Writing*, ed. R. Victoria Arana and Lauri Ramey, Houndmills/New York: Palgrave Macmillan, p.95.

第三章

土著民族的未来："完整生存"的民族情结

后殖民女作家对不同层次的完整生存的关注构成了后殖民妇女主义的核心。在英国黑人女性移民作家的笔下，后殖民妇女主义表现为对女性自身能否在英国完整生存的关注。而在澳大利亚土著女作家手中，后殖民妇女主义得到新的诠释，具体表现为对民族完整生存的关注。土著女作家从关心民族生死存亡的角度出发，把重写土著历史、重构土著文化身份作为文学创作的两个重要任务。这两者都与土著民族能否在当代澳大利亚社会完整生存密切相关。

重写殖民地历史和重建民族文化身份一直是后殖民文学的创作重点。长期的殖民统治使得英国殖民者充分意识到文化殖民的重要性，在军事殖民的同时不忘输出自己的文化，而且认识到军事殖民是暂时的，文化殖民却可以持久。文化殖民成为维持殖民统治、控制被殖民者精神的最佳方式。早在 1801 年，威廉·拉赛尔(William Russel)就看到了文化输出在殖民扩张中的重要地位："在征服一个野蛮国度时，聘请教师和购买书籍奖品所花的一千英镑抵得上步兵和弹药所花的四万英镑"[1]。而到了 1835 年，在充斥着欧洲中心论思想的《印度教育备忘录》("Minute on Indian Education", 1835)中，托马斯·麦考莱(Thomas Macaulay)更是大谈输出英国文学的必要性。他指出："我们现在必须尽力培养一个阶层，充当我们和我们管理的数百万人之间的翻译。一个阶层，血液和肤色是印度的，但品味、观点、道德标准和智力是英国的。"[2]自此以后，殖民地的臣民被迫接受殖民

1 转引自 Ismail S. Talib (2002). *The Language of Postcolonial Literature: An Introduction*, London/New York: Routledge, p.9.

2 Thomas Macaulay (1995). "Minute on Indian Education", *The Post-Colonial Studies Reader*, ed. Bill Ashcroft, Gareth Griffiths and Helen Tiffin, London/New York: Routledge, p.430.

者文化的灌输。殖民者使用的英语取代了殖民地人民原先的民族语言，以莎士比亚为代表的英国文学的经典作品被当做各殖民地学校的教科书，英国文学所反映的历史经验被当做放之四海而皆准的真理。

文化殖民不仅导致被殖民者无法拥有完整的文化身份，而且使得他们的民族历史被埋没。正如凯思·沃克(Kath Walker, 土著名字是 Oodgeroo Noonuccal)所言：“分裂和征服一个种族的最好方法是夺走他们的语言，让他们学外语。”[1]恩古吉·瓦·提昂古也曾一针见血地指出，“子弹是让身体臣服的工具，而语言是精神臣服的手段”[2]。他认为，强加在殖民地人民头上的英语破坏了他们与母语及周边环境的和谐关系，造成“殖民疏离”(colonial alienation)，即与殖民地的现实疏远而与宗主国的文化认同。[3]这种教育与现实的脱节造成被殖民者在接受教育的过程中逐渐认同英国殖民者的价值观念，轻视本民族的文化，形成所谓的“殖民心态”，成为法侬眼中有着黑皮肤却戴着白面具的人，最终导致被殖民者文化身份的分裂。

在殖民统治结束之后，以前的被殖民者要在后殖民社会获得完整生存的机会就必须重建由于殖民统治而变得支离破碎的民族文化身份。对澳大利亚土著人而言，文化身份是民族完整生存的必要条件，而文化身份的重构又取决于土著人能否从本民族的角度重新讲述殖民地的历史。作为当代土著文化从口头向书面语转化的标志，[4]澳大利亚土著女性创作的生命故事(life-story)[5]集中体现了女作家对民族完整生存的关注。赛莉·摩根(Sally Morgan)的《我的位置》(*My Place*, 1987)和茹比·兰福德·吉尼比(Ruby Langford Ginibi)的《别把你的爱带到城里去》(*Don't Take Your Love to Town*, 1988)是土著女性生命故事的两座里程碑。两部作品重新书写了殖民地的历史，颠覆了白人作家塑造的土著人的刻板

1 Candida Baker (1987). *Yacker 2: Australian Writers Talk about Their Work*, Sydney/London: Pan Books, p.294.

2 Ngugi wa Thiong'o (1986). *Decolonising the Mind: The Politics of Language in African Literature*, London: James Currey, p.9.

3 同上，p.28.

4 Anne Brewster (1996), *Reading Aboriginal Women's Autobiography*, Sydney: Sydney University Press, p.8.

5 有些评论文章在讨论土著女性创作的此类作品时依然使用“传记”而不是“生命故事”一词，如 Anne Brewster 的 1996 年的专著。在 Elizabeth Webby 主编的 *The Cambridge Companion to Australian Literature* (2000)中，Penny van Toorn 和 Gillian Whitlock 撰写的论文均用“自传/传记”而非“生命故事”的提法。

形象，使土著民族走上自我表现之路。在小说文类上，摩根和吉尼比对西方传记进行创造性改良，加入了口述形式和其他土著文化的特点，从而深化了民族完整生存这一主题。

赛莉·摩根(1951－)生于西澳大利亚的珀斯，母亲有四分之一的土著血统，父亲是白人。父亲曾参加二次世界大战并被日军俘虏，身心遭受严重摧残，在摩根9岁的时候自杀身亡。摩根和四个兄弟姐妹都由母亲和外祖母抚养长大。1974年摩根毕业于西澳大利亚大学，获心理学学士学位，后又毕业于西澳技术学院，获研究生学位，专业为心理咨询、计算机和图书管理。作为摩根的第一部作品，《我的位置》被认为是土著女性文学的里程碑，在地广人稀的澳大利亚售出了近50 万本，成为罕见的有关土著题材的畅销书，受到白人读者和评论家的热烈追捧。可以说，《我的位置》的出版使得白人有史以来第一次对和他们一起生活在这块广袤大陆上的土著人产生了兴趣。该书讲述了摩根一家在澳大利亚生活的故事，主线为摩根的外婆戴茜、母亲格莱迪斯和摩根本人的故事，摩根的舅公亚瑟的生活经历也穿插其中，这样就构成了土著人在澳大利亚的近百年的历史画卷。除《我的位置》外，摩根还出版了生命故事《华纳摩拉干亚》(*Wanamurraganya*, 1989)、《母亲与女儿：黛西和格莱迪斯·克鲁纳的故事》(*Mother and Daughter: The Story of Daisy and Gladys Corunna*, 1990)、《亚瑟·克鲁纳的故事》(*Arthur Corunna's Story*, 1990)、土著故事和传奇集《会飞的鸸鹋和其他澳大利亚故事》(*The Flying Emu and Other Australian Stories*, 1991)、剧本《姐妹》(*Sisters*, 1992)，等等。摩根还擅长土著风格的绘画，她的作品被位于堪培拉的澳大利亚国立美术馆收藏。自20世纪90年代中叶开始，摩根偏重于儿童文学的创作。

茹比·兰福德·吉尼比(1934－)生于新南威尔士州北部海岸的一个土著人定居地，是土著邦加龙部落的成员。中学毕业后先在悉尼的一家工厂从事缝纫工作，后因生活所迫而从事各种重体力活。吉尼比一共生育了9个孩子，主要依靠自己的力量养活他们。《别把你的爱带到城里去》是吉尼比的第一部作品，主要讲述了作者五十多年的生活，其中也包含了她的祖父、父母和子女的故事。此后她还创作了生命故事《真的致命》(*Real Deadly*, 1992)、《我的邦加龙亲人》(*My Bundjalung People*, 1994)、《往事如烟》(*Haunted by the Past*, 1999)、《我那一伙人》(*All My Mob*, 2007)，等等。吉尼比还是社会活动家，经常到各地演讲，为改善土著人的生活状况而奔走呐喊。

虽然家庭背景和教育程度不同，但是摩根和吉尼比都凭借各自的生命故事在澳大利亚文学中占有了一席之地。作为土著女性生命故事的代表作，《我的位置》

和《别把你的爱带到城里去》体现了土著女性文学的基本特点，即表达作者对土著民族在当代澳大利亚社会能否完整生存的密切关注。

第一节 土著女性生命故事的萌芽与发展

《我的位置》和《别把你的爱带到城里去》并非两部孤立的作品，而是澳大利亚土著女性文学发展到一定阶段的产物，具有划时代的意义。作为土著女性生命故事的典范，这两部作品反映了土著女作家对整个土著民族命运的担忧。

据考证，土著人在四万多年以前就在澳洲大陆定居，土著文化的形成始于约1600年以前。但自从1788年首批白人殖民者登上澳洲大陆之后，土著人无忧无虑的"梦想时代"(the Dreaming)便告结束。在随后的近两百年的时间里，土著人被迫处于长期沉默和失语的状态，成为白人社会的边缘人和"他者"。在白人殖民以前，土著人有两百多种口头语言而无书面语。他们依靠口头陈述把本部落的历史文化传统代代相传。但由于白人殖民者先是在殖民初期对土著人实行种族灭绝政策，1940年以后又采取同化手段，致使土著人口锐减，土著历史被人为割断。时至今日，土著人的生活条件仍极为恶劣，在基本生活设施和福利方面比白人落后至少二十年。

与土著人低下的社会地位相应的是土著文学长期以来一直处于被忽略的状态。这种现象从不同年代出版的文学史中可见一斑。在较权威的文学史中，如格林(H. M. Green)编纂的《澳大利亚文学史》(*A History of Australian Literature*, 1961)和丽奥尼·克莱默(Leonie Kramer)主编的《牛津澳大利亚文学史》(*The Oxford History of Australian Literature*, 1981)中，土著文学根本没有被提及。编纂者们津津乐道的是白人文学如何在澳洲发展壮大。只是到了1986年，在庆祝白人殖民两百周年之际出版的由肯·戈德温(Ken Goodwin)撰写的《澳大利亚文学史》(*A History of Australian Literature*，1986)中，土著文学才首次作为一个部分出现。戈德温用四页的篇幅介绍了用英语写作的土著作家凯思·沃克、杰克·戴维斯(Jack Davis)、凯文·吉尔伯特(Kevin Gilbert)、科林·约翰逊(Collin Johnson, 土著名字是Mudrooroo)和阿奇·韦勒(Archie Weller)等人。他注意到土著文学中的一个现象，即传记写作成为土著文学的一个重要组成部分。[1]

1 Ken Goodwin (1986). *A History of Australian Literature*, New York: St. Martin's Press, p.267.

从严格意义上讲，土著文学(书面文学)发轫于20世纪五六十年代，正好顺应了当时土著人要求享受与白人同等权利及归还被掠夺土地的政治运动的需要。因此，从一开始，土著文学就与土著民族谋求完整生存联系在一起。土著文学的核心之一是挖掘土著文化的内涵，连接被殖民者刻意隐瞒而割裂的土著历史，重塑土著文化身份，因此它的崛起也与澳大利亚试图在后殖民社会中重新认识自己民族身份的浪潮密切相关，甚至可以说，土著文学的成功崛起“直接地启动了当代澳大利亚文学认识自我并重塑自身形象的历史进程”[1]。有史以来出版的第一部土著文学作品是戴维·尤纳庞(David Unaipon)的《本地传奇》(*Native Legends*，1929)。第一本由土著女性撰写的作品是厄秀拉·麦克康奈尔(Ursula McConnel)的《芒肯人神话》(*Myths of the Munkan*，1957)。而首次吸引白人主流社会目光的土著文学作品当推凯思·沃克于1964年出版的诗集《我们要走了》(*We Are Going*, 1964)。该诗集控诉了白人对土著人的压迫，“开辟了新的传播渠道，让主流社会听到了土著人多年来一直在说的话”[2]。次年出版的马都鲁的小说《野猫掉下来》(*Wild Cat Falling*, 1965)是土著人创作的第一部小说。马都鲁以自己的生活经历为蓝本，塑造了一个在种族歧视中寻求出路的土著青年形象。

自土著女性文学萌芽以来，对土著民族完整生存的关注就成为其发展的主线。这与澳大利亚主流社会实行的种族歧视政策是分不开的。在土著人口中，女性人数众多，男性较为稀少。究其原因，主要是政府的种族灭绝政策导致土著男性奇缺。澳大利亚最知名的土著人权利活动家之一罗伯塔·赛克斯(Roberta Sykes)曾一语道破个中的原因：“(在六七十年代)每四个土著男性中有一个将在三十岁的时候死去，剩下的三人中有两个将会被关进监狱。”[3]因此，土著女性不得不挑起养家糊口的重担，成为没有男人的家庭中的顶梁柱。社会现实使得土著女作家必须正视土著民族有可能由于男性稀少而灭绝的危险，因此关注民族的完整生存，而不是局限于女性自身的完整生存，就理所当然地成为土著女性文学的主题。

在文学评论界，土著作家群体同样面临着在主流社会的歧视中生存的困难。土著作家创作的作品常常会受到来自白人作家和评论家有关“真实性”

1 王腊宝：《从“被描写”走向自我表现——当代澳大利亚土著短篇小说述评》，《外国文学评论》，2002年第2期，第134页。

2 Penny van Toorn (2000). “Indigenous Texts and Narratives”, *The Oxford Companion to Australian Literature*, ed. Elizabeth Webby, Cambridge: Cambridge University Press, p.29.

3 转引自 Anne Brewster (1996), *Reading Aboriginal Women's Autobiography*, Sydney: Sydney University Press, p.9.

(authenticity)的质疑。在一些白人眼中，土著作品的"真实性"有三层含义：作者土著身份的真实；土著历史的真实；反映的是作者的亲身经历。澳大利亚联邦政府对土著"真实性"的定义则是：了解自己土著血统的细节；认同土著身份；作为土著人被一个土著群体所接纳。一些土著作家由于不符合"真实性"中的某一条标准而遭到出版界和评论界的排斥，他们的作品的质量也受到怀疑。马都鲁、阿奇·韦勒、罗伯塔·赛克斯等都曾因不能证明自己拥有土著血统而受到质疑。但正如加里·格里菲斯(Gareth Griffiths)所说，把澳大利亚土著作家放在"真实性"标签下的做法是一种话语暴力的行为，在许多方面等同于把"原住民"放入"野蛮人"的标签下。[1]由于白人作家从未受到过类似的限制，因此专门针对土著作家的"真实性"标准的本身就象征着文化霸权主义，是人为地制造另一种形式的种族歧视。主流社会一味苛求土著作家文化身份的做法使得土著女作家更加关注本民族的生存。在她们看来，文学创作中所谓的"真实性"，简而言之就是忠实于自己，忠实于自己的经历。[2]土著女性生命故事就是女作家在忠实于自己亲身经历的基础上的产物。

关注土著民族的完整生存是土著女性生命故事的主题，但这并非说明土著女性只擅长创作生命故事。事实上，在诗歌、小说和戏剧等领域，土著女性都成绩斐然，但唯有在生命故事中，女作家对民族完整生存的关注才得到较为充分的表露。

从 20 世纪 70 年代末第一本由土著女性创作的生命故事的出版到现在，土著女性生命故事在思想性、政治性以及艺术性等方面逐步从幼稚走向成熟，对民族完整生存的关注也始终贯穿其整个发展过程。卡特琳娜·隆利(Kateryna Olijnyk Longley)认为，土著女性生命故事有着深远意义，因为它是以自己的方式重构过去、重新界定自己的理想媒体，"它有着主要历史记录的权威但又享受个人的想象"[3]。在迄今为止出版的土著女性生命故事中，《我的位置》和《别把你的爱带到城里去》具有独一无二的地位，起着承上启下、继往开来的重要作用。

1 Gareth Griffiths (1994). "The Myth of Authenticity: Representation, Discourse and Social Pratice", *De-Scribing Empire: Post-Colonialism and Textuality*, ed. Chris Tiffin and Alan Lawson, London/New York: Routledge, p.71.

2 转引自 Graham Huggan (2001). *The Post-Colonial Exotic: Marketing the Margins*, London/New York: Routledge, p.157.

3 Kateryna Olijnyk Longley (1992). "Autobiographical Storytelling by Australian Aboriginal Women", *De/Colonizing the Subject: The Politics of Gender in Women's Autobiography*, ed. Sidonie Smith and Julia Watson, Minneapolis: University of Minnesota Press, p.371.

从其发展轨迹来看，70 年代是土著女性传记的萌芽期。伊冯 • 古拉贡(Yvonne Goolagong)的《伊冯：行动起来！》(*Yvonne! On the Move*, 1973)，玛格丽特 • 塔克(Margaret Tucker)的《如果大家都在乎》(*If Everyone Cared*，1977)，莫尼卡 • 克莱尔(Monica Clare)的《卡罗布兰：一个土著女孩的故事》(*Karobran：The Story of an Aboriginal Girl*，1978)，以及艾拉 • 西蒙(Ella Simon)的《透过我的眼睛》(*Through My Eyes*，1978)，都是较早的土著女性生命故事。这些作品把个人经历作为整个土著民族遭遇的缩影，初步表达了对土著民族完整生存的渴望。然而，由于当时的政治环境尚未成熟，加之出版这些作品的都是些名不见经传的小出版社，故而未能引起主流社会的关注。在寻求土著民族完整生存的方式上，这些生命故事也有欠缺之处。作品往往以讲述土著女性在澳大利亚社会的遭遇为线索，塑造的是面对种族歧视和压迫选择逆来顺受、不敢为争取自己和民族的完整生存而积极斗争的女性形象。

进入 80 年代后，土著女性生命故事开始层出不穷且佳作迭出。对民族完整生存的关注也得到凸现。谢莉 • 史密斯(Shirley Smith)在罗伯塔 • 赛克斯的帮助下出版的《谢莉大妈自传》(*Mumshirl: An Autobiography*, 1981)，爱尔西 • 拉夫赛(Elsie Roughsy)的《一位土著母亲谈古论今》(*An Aboriginal Mother Tells of the Old and the New*, 1984)，玛妮 • 肯尼迪(Marnie Kennedy)的《生为混血儿》(*Born a Half-Caste*，1985)，伊达 • 威斯特(Ida West)的《以骄傲面对偏见》(*Pride against Prejudice*, 1987)，还有格林莉思 • 沃德(Glenyse Ward)的《流浪女孩》(*Wandering Girl*，1987)等，都是这一时期的优秀作品。但这个时期最有影响的土著生命故事当推摩根的《我的位置》和吉尼比的《别把你的爱带到城里去》。前者在澳大利亚庆祝白人殖民两百周年的前一年出版，第一次把主流社会的注意力引向长期被忽略的土著群体的生存状况，后者则致力于通过描述日常生活中的小事来展现土著人的悲惨生活，以表明在白人社会里身为土著人的真正含义。这两部作品很快就成为高等院校学生的必读书。正是由于这两本生命故事的巨大成功引发了 90 年代土著女性生命故事的出版热潮。

从总体看，80 年代出版的土著女性生命故事依然以女性为主人公，但讲述的故事不再限于单一的女性，而是覆盖某一个土著群体的生活经历。也就是说，这一时期的生命故事采用土著女性的视角，但刻画的却是土著民族的整体形象。这些作品在叙述土著人经历的同时也开始对造成土著民族完整生存困难的根源进行思考。如《我的位置》和《别把你的爱带到城里去》就致力于从抗议种族歧视、重写殖民地历史、重构文化身份等方面为土著民族在当代社会的完整生存铺平道路。

90 年代出版的重要生命故事包括多丽思·平克顿(Doris Pilkington)的《怪想：畜牧工的女儿》(*Caprice: A Stockman's Daughter*，1991)和《漫漫回家路》(*Follow the Rabbit-Proof Fence*，1996)，爱丽思·南纳(Alice Nannup)的《鹈鹕笑的时候》(*When the Pelican Laughed*，1992)，以及杰西·哈金斯(Jackie Huggins)的《丽塔姨》(*Auntie Rita*，1994)。此外还有罗伯塔·赛克斯的《蛇梦》(*Snake Dreaming*)三部曲：《蛇摇篮》(*Snake Cradle*，1997)、《蛇舞》(*Snake Dancing*，1998)和《蛇圈》(*Snake Circle*，2000)。如果说在 90 年代以前，为了弘扬土著文化传统、提高土著人的社会地位，大部分土著女作家专注于讴歌和美化土著人生活的光明面以实现民族完整生存的目标的话，那么在 90 年代，她们把这一目标同客观地审视和反映土著生活联系在一起。如赛克斯在《蛇舞》中不仅讲述自己如何被同胞所欺骗，还描述了土著政治组织内部的矛盾和冲突。

土著女性生命故事的发展也折射出土著女性对政治的不同态度。在 80 年代以前，大部分土著女性只是停留在控诉种族压迫和歧视的层面上，把自己的遭遇简单地归咎于白人的残暴，而从未对如何改善土著人的处境进行深层次的思考。稍后的土著女性逐渐意识到土著人社会地位的提高取决于她们参与政治活动的程度，也就是说，她们必须奋起抗争以改善自身的边缘化地位。基于这样的认识，她们开始积极投身于土著人的政治运动，呼吁政府给予土著人和白人一样的权利和机会。莫尼卡·克莱尔、吉尼比、罗伯塔·赛克斯、希尔达·莫伊(Hilda Jarman Muir)等都是较为活跃的社会活动家。吉尼比在《别把你的爱带到城里去》中就阐述了她在 60 年代是如何对土著人的政治活动产生了兴趣，然而这种对政治的兴趣由于遭到当时男友的阻挠而很快被扼杀，直到 80 年代她才重新唤起对政治的热情并很快成为土著人的代言人之一。赛克斯在《蛇舞》中更是详细地叙述了她如何逐步走上政治舞台，积极投身于为土著人争取平等权利的斗争。土著女性对政治活动的参与表明她们已经把政治作为土著生活中一个不可分割的部分，并且认识到政治活动与土著民族完整生存之间的密切联系。

第二节　重新书写殖民地的历史

作为土著女性生命故事的代表作，为实现土著民族的完整生存，《我的位置》和《别把你的爱带到城里去》颠覆了殖民者撰写的官方历史，站在土著人的立场上重新书写了殖民地的历史。如果说“历史是我们了解彼此创伤的途径”[1]，那么这两部生命故事为土著人重新审视殖民统治造成的历史创伤提供了契机。

在后殖民语境中，重述殖民地的民族历史占有重要地位。由于“西方有着肮脏的记录，既否认它殖民的地区任何有价值的历史的存在，也摧毁了包含那种历史的文化”，因此“后殖民工作的一个重要方面就是恢复或重新评价殖民地的历史”[2]。土著女性重新书写土著历史不仅可以帮助土著人把被殖民统治割裂的民族历史重新连接起来，而且有助于他们重新建构民族文化身份，找到自己在当代澳大利亚的位置。从这个意义上说，重写土著历史是土著民族完整生存的基础。吉莉安·维特洛克(Gillian Whitlock)认为，土著女性生命故事的重要性在于它开创了一个“重新讲述历史的途径，表现的是压迫和贫困下‘看不见’的历史”[3]。也有批评家指出，土著女性创作生命故事“不仅仅是为了‘保存’最近的历史，也是带着更迫切的需要，以证明她们要求重观整个澳大利亚历史的合理性”[4]。而重新书写历史的目的是重构土著人的文化身份，找到自己和本民族在当代社会的位置，并最终实现整个民族的完整生存。

土著女性在生命故事中重写历史标志着土著人夺回了原本属于殖民者的话语权。在长期的殖民统治中，土著人被剥夺了使用自己民族语言的权利，他们与自己文化的联系被完全切断。对土著女性而言，她们处于白人社会等级的最底层，是廉价的劳动力，只配用动物词汇来称呼，而当殖民者想发泄性欲时，她们就成了性奴。因此，当土著女性打破沉默，开始讲述有关自己和土著部落的故事的时候，她们朝民族完整生存迈进了一大步。

对土著人而言，殖民地的官方历史在近两百年的时间里完全由白人殖民者撰写，土著人被完全忽略。正如摩根所说：“所有的历史都是关于白人的。没有任何有关土著人和他们的经历的记载”[5]。吉尼比也指出，“白人一直在记录，但他

1 转引自 Victoria Stewart (2003). *Women's Autobiography: War and Trauma*, Houndmills/New York: Palgrave Macmillan, p.6.

2 Peter Childs and Patrick R. J. Williams (1997). *An Introduction to Post-Colonial Theory*, Essex: Pearson, p.8.

3 Gillian Whitlock (2000). *The Intimate Empire: Reading Women's Autobiography*, London/New York: Cassell, p.160.

4 Kateryna Olijnyk Longley (1992). “Autobiographical Storytelling by Australian Aboriginal Women”, *De/Colonizing the Subject: The Politics of Gender in Women's Autobiography*, ed. Sidonie Smith and Julia Watson, Minneapolis: University of Minnesota Press, p.372.

5 Sally Morgan (1987), *My Place*, South Fremantle: Fremantle Arts Centre Press, p.161. 本章中该书的引文均出自此版本。此后在引文时把书名缩略为《位置》并标明页码。

们的记录并不准确。据我所知，这种错误信息对我们不利。"[1]

虽然侧重点有所不同，但《我的位置》和《别把你的爱带到城里去》都把重述殖民地历史作为创作的中心任务。如果按照安·布鲁斯特的看法，官方历史叙述中对土著历史的抹杀主要是为了维持英雄"过去"的神话和把文明带给原始人类的信念，[2]那么土著女作家就应该打破白人编造的这种神话，站在土著人的角度讲述他们的经历。《我的位置》讲述的土著人历史从 19 世纪末一直延续至 20 世纪 80 年代。《别把你的爱带到城里去》的时间跨度也同样大。两部作品都力图从土著人的角度讲述整个澳大利亚历史，并把土著人放在中心位置，这就与官方历史中土著人的缺席形成鲜明对比。通过展现土著家庭的生活经历，摩根和吉尼比都力图把白人眼中的私人知识(private knowledge)转化为公共知识(public knowledge)。她们不仅要让白人读者了解土著人在过去两百年的悲惨遭遇，也要让土著人了解自己的历史和文化，以便土著民族在当代澳大利亚社会能够完整生存。

摩根的标题表明了她对于整个土著民族的完整生存的关切。"我的位置"包含三个渐次递进的含义：个人在土著大家庭的位置；土著家庭在所属部落的位置；土著民族在当代澳大利亚社会和历史中的位置。基于此出发点，摩根把土著人重述历史作为寻找自己和整个民族在当代社会中的位置并重建文化身份的一个途径。

从表面上看，吉尼比的书名仿佛和土著人没有丝毫联系。"别把你的爱带到城里去"源自美国乡村歌手肯尼·罗杰斯(Kenny Rogers)的一首歌曲，讲述一个名叫茹比的女人在太阳落山时分开始涂脂抹粉，梳妆打扮，准备到城里去寻欢作乐，却把自己年老体衰的丈夫丢在家中。歌曲暗示城市是一个藏污纳垢的地方，告诫女人不要前往。作为土著女性，吉尼比生活在城市并非是由于城市的各种诱惑，而是被生活所迫。吉尼比用这首歌作为题记之一以表明土著人在白人殖民之后已经被迫完全放弃了原先的游牧生活。他们离开乡村去城市定居，远离祖先的土地和土著文化，为生存而苦苦挣扎："采集食物、法律和歌曲都被终止了，我这一代人四处游荡，就好像我们是部落成员，但实际上过得比最穷的白人还要糟糕。"[3]

---

1 Ruby Langford Ginibi (1994). *My Bundjalung People*, St. Lucia: University of Queensland Press, p.12.

2 Anne Brewster (1996), *Reading Aboriginal Women's Autobiography*, Sydney: Sydney University Press, p.21.

3 Ruby Langford (1988). *Don't Take Your Love to Town*, Ringwood: Penguin, p.96. 本章中的引文均出自此版本。此后在引文时把书名缩略为《别》并标明页码。

在《别把你的爱带到城里去》中，吉尼比的土著大家庭是中心，这个家庭以女性为主角，依靠女性的辛勤劳动和精心呵护得以维持。因此，吉尼比的生命故事立足于土著人在当代澳大利亚的日常生活，以表明在白人主宰的社会里身为土著人的真正含义。在该书的“致谢”中，吉尼比明确指出“这是一个土著女人在分裂成黑白文化的澳大利亚社会里努力抚养九个孩子的真实故事”，而且她把这本书“献给每一个努力养家糊口并且保持幽默感的土著女人”。

在《我的位置》中，摩根首先展示的是黑白两个种族的女性对话语权的争夺。白人农场主霍顿·德莱克-布鲁克曼的发家完全建立在土著人辛勤劳作的基础之上，而戴茜更是把一辈子都奉献给了主人一家。在血缘上，戴茜是男主人和土著女人所生的混血女儿，但德莱克-布鲁克曼又和戴茜乱伦生下了格莱迪斯。以戴茜和格莱迪斯为代表的土著女性出于对白人高压手段的惧怕和对自己出身的羞愧，选择了隐匿自己的真实身份，谎称来自印度。她们对一切政府机构都竭力避开，生怕孩子们会被夺走。即使进入了20世纪80年代，当摩根希望撰写一部家族史的时候，她们一开始仍然拒绝合作，希望继续保守秘密。虽然选择保持沉默也是一种抵制殖民统治的手段，但戴茜和格莱迪斯的沉默使得摩根转向德莱克-布鲁克曼家依旧在世的女性寻找真相，把话语权拱手相让。而德莱克-布鲁克曼家的女性所讲述的历史充满了虚伪的谎言。她们从白人中产阶级的立场出发，为了维系家族的体面和辉煌“过去”的神话，不惜对历史进行粉饰和篡改，谎称戴茜的生父是马耳他人，还指认白人工程师是格莱迪斯的父亲，而且把她们与戴茜的主仆关系描绘成亲如一家。

面对白人的谎言，戴茜和格莱迪斯被迫打破沉默，开始还原历史的真相。戴茜在十一二岁的时候就被德莱克-布鲁克曼家带到珀斯当女佣，而用他们的说法是送她去学校念书。戴茜没日没夜地干家务、照顾主人的孩子们，却不得不把自己的女儿锁在房间里任她哭喊。戴茜的天真善良多次被主人加以利用。她几次被他们从家里赶走，但后来又被叫回去干活，直到最后戴茜也没有拿到足额的工资。

如果说戴茜的生活经历是那个时代土著女性生活的缩影，那么亚瑟和格莱迪斯就代表了“被偷走的孩子”(Stolen Generations，又被称为Stolen Children)的普遍遭遇。

“被偷走的孩子”是澳大利亚联邦和州政府长期实行的白澳政策的体现，至20世纪70年代才废止。从“被偷走的孩子”的角度反映种族歧视和压迫一直是土著女性生命故事的主要任务之一。从19世纪末开始，澳大利亚政府结束一百多年的种族灭绝手法，转而实行同化政策，为的是彻底改变土著人的人种，使土著人心甘情愿地接受白人的殖民统治，以便在不久的将来土著人自动在澳洲大陆消失殆尽。出于此种考虑，政府成立了土著人保护委员会，名为保护土著人，而实际上"到目前为止他们所给予的保护就是迫使人们离开自己的土地和拆散家庭"(《别》，第 38 页)。土著人保护委员会负责把土著与白人所生的混血儿送到政府或教会开办的儿童福利院，迫使他们说白人的语言，接受基督教的熏陶，进而接受白人的价值观念和生活方式。等到这些孩子长到十五六岁时就开始为白人干活以获取微薄的报酬。这些"被偷走的孩子"没有人身自由，他们属于土著人保护委员会。他们与部落和家人的一切联系均被切断。"我不再是土著，但永远不是白人。我现在是丢脸的坏东西，被称作混血儿。"[1]更有甚者，"白人不认为土著人是人"，在福利院，混血儿们"因为肤色而感到像罪犯"[2]。在土著人眼中，"土著人保护委员会的主要功能是歧视土著人"(《别》，第 48 页)，是夺走孩子、造成骨肉分离的罪魁祸首。

在向民众宣传其同化政策的优越性时，白人政府装扮成救世主的模样，要把土著人从野蛮落后的原始社会拯救出来，让他们一步跨入资本主义的文明社会。在政府机构的宣传中，土著孩子在福利院过着乐不思蜀的幸福生活，而许多土著女作家在作品中都讲述了自己作为"被偷走的孩子"的悲惨遭遇。她们用亲身经历强烈控诉种族歧视和压迫，戳穿政府的谎言。希尔达·莫伊在《漫漫旅程》(*Very Big Journey: My Life as I Remember It*, 2004)中详尽地讲述了她在卡林福利院的生活。管教嬷嬷和她的上校丈夫极为暴戾，任何人说部落语言就会受到鞭挞。孩子们睡在地板上，只有一条毯子包裹全身。窗户上没有玻璃，室内除了桌凳外空无一物，夜间靠走廊的一盏风灯照明。每天晚上嬷嬷用两把挂锁把孩子们的宿舍锁上，以防他们逃跑。食物永远单调乏味，而且分量不足，致使孩子们时常处于饥饿状态。[3]对于政府宣称的土著孩子能够在福利院接受良好教育的说法，土著作家也大胆地说出了真相："我们只能上到四年级，这样女孩就可以给白人公务员当佣人和帮手，男孩学着当畜牧工、杂工、花匠或苦力，为白人干些有用的活儿。他们给我们一半的教育，就好像我们一半是人，不白也不黑。混血儿受一半的教育。"[4]

1 Hilda Jarman Muir (2004). *Very Big Journey: My Life as I Remember It*, Canberra: Aboriginal Studies Press, p.43.

2 Marnie Kennedy (1990). *Born a Half-Caste*, Canberra: Aboriginal Studies Press, p.19.

3 Hilda Jarman Muir (2004). *Very Big Journey: My Life as I Remember It*, Canberra: Aboriginal Studies Press, pp.47-49.

4 同上，p.45.

土著男性作家，如马都鲁和阿奇·韦勒等人，由于受到西方存在主义和虚无主义思想的影响，在反映种族压迫的同时常会流露出对生活的悲观绝望。相形之下，女作家更注重从姐妹情谊和家庭中汲取力量，作品的基调也较为欢快。以"被偷走的孩子"遭遇为主题的生命故事反映种族压迫，更反映了在压迫面前土著人表现出的乐观主义和坚忍不拔的精神。多丽思·平克顿在《漫漫回家路》中就讲述了三个"被偷走的孩子"(她的母亲和两个阿姨)的故事。为了回家，女孩们逃离了教区的福利院，以防兔子篱笆为路标，历时两个月，行程两千公里，最后终于与父母团聚。而在《流浪女孩》中，格林莉思·沃德以白人家庭为舞台揭示了黑白两个种族间的对立。女主人公是一个十五六岁的"被偷走的孩子"，为白人市长做女佣。在白人眼中她不配拥有名字。主人在背后谈论她时用的是"黑佣"，要给她派活时就如同对待牲口一般吹口哨。主人喝茶用精美的瓷器，而给她的却是用来喂牲口的马口铁茶杯。土著女孩的单纯善良与主人的虚伪做作、教区土著孩子间的友情与主人的冷漠自私、女孩的辛勤劳作与主人的奢侈生活都一一形成鲜明对比。

在《我的位置》中，亚瑟被强行从母亲身边带走，说是去上学，实则被带到了专为混血儿开设的学校。在那里，亚瑟要干许多活儿，还要忍受虐待和鞭笞。最后，他逃离学校，开始了自由人的艰苦拼搏。吉尼比和妹妹也曾在类似的学校生活过。吉尼比本人在做饭时被烧伤，满脸都是水泡，眼睫毛被烧掉，但是白人不带她去看医生。她的妹妹不慎跌倒在刀锋向上的斧头上，要缝十针，白人也不带她去医院。白人经常让土著孩子在腐蚀性很强的苏打水中洗澡，导致孩子们皮肤过敏。

同亚瑟相比，格莱迪斯更为不幸。在她只有三四岁的时候，德莱克-布鲁克曼家又是打着受教育的幌子把她从戴茜身边拖走，送进了帕克维尔儿童之家。在那里，她总感到饥饿，还学会了撒谎，因为"我们学会了最好不要说真话，这只会造成更多的麻烦"(《位置》，第 264 页)。在儿童之家，格莱迪斯还开始为自己的土著身份而羞愧。她意识到，作为一个土著人意味着"我永远不被接受，永远不被允许做成任何事"(《位置》，第 279 页)。

无论是《我的位置》还是《别把你的爱带到城里去》都反映了澳大利亚社会无处不在的种族歧视。正如格莱迪斯所说，"土著人被当做最低等的人来对待。就好像他们是地球上唯一一个无所奉献的种族"(《位置》，第 305 页)。有一年过节的时候，格莱迪斯得到德莱克-布鲁克曼家女主人给的一个黑娃娃作为礼物。那个黑娃娃的穿着打扮和当佣人的戴茜的装扮毫无二致，而主人家的孩子得到的却是一个打扮成公主的金发洋娃娃。戴茜的亲戚生病住院，医生让她献血。由于医生的不负责任，所抽的第一袋血被弄丢，只好又抽一袋。过度的抽血让戴茜差点死掉。

谈到同化政策时，吉尼比尖锐地指出：“政府的同化政策意味着分裂土著群体……就政府而言，同化工作进展顺利，最终将不再有任何土著的问题。”在她看来，政府在对待土著人的问题上自相矛盾：“土著人参军，为我们没有发言权的国家战斗是可以的，但你不能和伙伴倚着酒吧喝啤酒。”(《别》，第 48 页)

作为土著人实现民族完整生存的基础，重构文化身份不仅包括重新讲述殖民地的历史，也同样包括寻根。在土著女性生命故事中，土著女性往往回到自己的出生地或找到自己所属的部落，目的是确立自己的文化身份。吉尼比在《我的邦加龙亲人》的一开头就提出寻根是为了回到真正归属的地方，如土著人保留地或出生地，为的是建立与家族和过去的联系，因为那是真理的真正所在。[1]寻根还能帮助土著人回归原有的文化身份，明确自己在现实社会的位置。摩根认为，如果不去寻根，“我们或许可以生存，但不是作为完整的人。我们将永远不知道自己的位置”(《位置》，第 233 页)。白人的殖民统治使土著人饱尝无根的痛苦：“我们中的许多人认为很难理解古老的部落方式，因为他们被禁止接触传统文化和教诲，以至于现在他们在自己的土地上挣扎。”[2]寻根不仅帮助土著女性改写了殖民地历史，而且使她们在后殖民社会重新拥有了文化身份，同时为土著民族的完整生存奠定了基础，因而意义极为深远。

在土著女性生命故事中，土著语言的使用为女性重写殖民地历史增添了活力，因为运用土著语言讲述过去本身就是对白人历史的抵抗。在《我的位置》中，摩根注意到当戴茜讲述往事时，她的声音发生了变化：“当她(戴茜)愿意的时候她能说完美的英语，通常是的，只是偶尔会遗漏一个词的开头或结尾。但是当谈论过去的时候，她的语言变了，就好像她又回到了过去，让一切复活。”(《位置》，第 351 页)在《别把你的爱带到城里去》中，吉尼比和她的大家庭也经常使用土著语言来表达对白人(尤其是白人警察)的蔑视。土著语言在土著女性生命故事中的出现使得后者的民族完整生存主题得到进一步的凸现。这也符合马都鲁对使用土著语言的提倡，因为土著语言的使用能够构成土著文学表达的基本

1 Ruby Langford Ginibi (1994). *My Bundjalung People*, St. Lucia: University of Queensland Press, p.1.

2 同上，p.122.

途径，起到连接过去、现在和未来的桥梁作用。[1]

除了站在土著人的角度重写殖民地的历史外，《我的位置》和《别把你的爱带到城里去》还颠覆了白人作家塑造的土著人的刻板形象，使土著人从沉默的“他者”走上自我表现之路。

第三节　土著民族的自我表现

以批判殖民统治为己任的后殖民作家极为注重文学创作中的“表现”的问题。究竟是听任殖民者肆意表现还是获得了话语权后走向自我表现是衡量后殖民创作是否成熟的试金石。

迪派克·巴里认为“表现”存在着主动与被动的二元对立：“表现总是虚幻的、片面的，因为它必须想象性地建构自己的领地，也因为它可以随意侵占那些不能表现自身的人的空间。”[2]殖民者文学在本质上就是殖民者的主动“表现”与被殖民者的被动“表现”所形成的二元对立。由于殖民者对殖民地臣民的“表现”通常带有白人中心主义的烙印，并不真实客观，因此他们在文学作品中塑造的被殖民者形象大都是歪曲的刻板形象。贝尔·胡克斯曾分析过歪曲的黑人形象对黑人建构文化身份的危害：“对黑人而言，认识到不能控制自己形象、不能决定如何看待自己又如何被别人看待的痛苦是如此深重，它从根本上动摇了我们为建构自我和身份而付出的努力。”[3]正是由于刻板形象对被殖民者的消极影响，后殖民文学必须彻底颠覆殖民者对前殖民地臣民的歪曲“表现”，重新树立殖民地人民的新形象。

在澳大利亚土著女性生命故事中，从被殖民者的角度对白人的歪曲“表现”提出挑战、塑造土著人的新形象也是实现民族完整生存的前提条件之一。在《新种族》(“New Ethnicities”, 1989)一文中，斯图尔特·霍尔以英美黑人文学为例，把后殖民文学中的“表现”分为两个“经常相互重合又相互交织”的阶段。他认为，在第一阶段，“黑人经验”超越了不同群体的种族和文化差异，成为具有“霸

1 Mudrooroo (1995). “White Forms, Aboriginal Content”, *The Post-Colonial Studies Reader*, ed. Bill Ashcroft et al., London/New York: Routledge, p.231.

2 Deepike Bahri (2004). “Feminism in/and Postcolonialism”, *The Cambridge Companion to Postcolonial Literary Studies*, ed. Neil Lazarus, Cambridge: Cambridge University Press, p.207.

3 bell hooks (1992). *Black Looks: Race and Representations*, Boston: South End Press, p.4,

权”意义的象征。这个阶段的“表现”是黑人作家塑造正面而积极的黑人形象来对白人塑造的黑人刻板形象进行驳斥。而在“表现”的第二阶段，存在着“一个从表现关系的斗争到表现自身的政治转变”[1]。这种转变具体体现为黑人作家开始塑造更为客观和真实的黑人形象，不再刻意隐瞒本民族文化中的消极面。换言之，后殖民文学中的“表现”的第一阶段带有权力政治的特点，而第二阶段则更注重如何进行客观的自我表现的问题。

《我的位置》和《别把你的爱带到城里去》综合了斯图尔特·霍尔所说的后殖民文学中“表现”的两个不同阶段。在致力于塑造土著人的正面而积极的形象的同时，《我的位置》和《别把你的爱带到城里去》都尽量不美化土著人形象，在展示他们长处的同时不讳言他们的弱点。

在相当长的时期内，“土著人通过英国人的眼睛和文化被观察，被用英国文学形式写下来”[2]。以这种方式塑造的土著人形象通常都带有种族歧视的色彩。在白人作家笔下，土著人在智力上仅相当于5岁的孩子。土著男人都愚蠢而懒惰，酗酒成性，还爱偷别人的东西。土著女人比男人还要愚蠢，她们只会干家务或者被性欲操纵。因此，对土著女作家而言，走向自我表现的第一步是通过塑造土著人的新形象来颠覆白人统治阶级长期以来塑造的土著人的刻板形象，从而消除人们心目中对土著人的偏见。

作为“幸存者(而不是胜利者)讲述的历史”[3]，《我的位置》和《别把你的爱带到城里去》都着力刻画土著人的吃苦耐劳和心地善良，以驳斥白人作家塑造的小偷、游手好闲者或麻烦制造者的形象。在《我的位置》中，亚瑟、戴茜和格莱迪斯都是拼命工作的人。亚瑟从学校逃跑之后干过各种各样的农活。他聪明能干，很受白人的欢迎。他把帮人干活积攒下的钱买了个小农场，自己当上了农场主。虽然在经济萧条时期，亚瑟过得十分艰难，但最后还是渡过了难关。戴茜为主人家干了一辈子活，连足额的工资都没有拿到。离开主人家之后，戴茜和格莱迪斯一家住在一起，又不辞辛劳地照顾孙儿辈的起居和饮食。格莱迪斯先是尽心照顾患病的白人丈夫比尔，后者因在二战中遭受日本人的虐待而患有身心疾病。在比

---

1 Stuart Hall (1996). “New Ethnicities”, *Stuart Hall: Critical Dialogues in Cultural Studies*, ed. David Morley and Kuan-Hsing Chen, London/New York: Routledge, pp.442-443.

2 Mudrooroo (1995). “White Forms, Aboriginal Content”, *The Post-Colonial Studies Reader*, ed. Bill Ashcroft et al., London/New York: Routledge, p.229.

3 Edward Hills (1997). “‘What Country, Friends, Is This?’: Sally Morgan’s *My Place* Revisited”, *The Journal of Commonwealth Literature*, 32(2), p.100.

尔自杀、一家人的生活陷于困顿之时，格莱迪斯一人挑起了养活全家七口人的重担，并成功地将子女抚养成人。

吉尼比的作品也同样刻画了辛勤劳作的土著人形象。她的父亲是土著男性的代表。他勤劳能干、爱护子女、有强烈责任心，在白人面前保持着土著人的骨气。当吉尼比就读学校的校长希望她依靠土著人保护委员会的资助去上师范学院时，她父亲的回答是："如果她想上师范学院，她就得依靠自己的力量，而不是通过土著人保护委员会的帮助。"(《别》，第 37 页)在吉尼比的作品中，刻画最为成功的勤劳土著人形象当属她自己。从 16 岁开始，吉尼比的生活就是在不同时期和不同的男人(白人或土著人)一起生活，忙于怀孕、生育、养家糊口，并因此而饱尝生活的艰辛。她很早就了解浪漫的想象和现实的差距："知道怎么缝裤子是一回事，但知道如何在丛林中生存并能够在星空下睡觉，是另一回事。"(《别》，第 83 页)当她住在丛林里的时候，她的工作包括"给母牛挤奶，喂鸡和马，做饭洗衣看孩子"，晚上还要诱捕兔子(《别》，第 78 页)。迫不得已的时候，她像男人一样干重体力活："我们面对面坐着，一棵接一棵地锯树，真是流大汗的累活儿……我的手上也有水泡，我们夜里睡得像死人。"(《别》，第 85 页)如果对土著男性来说，种族歧视使得生存变得很艰难的话，那么对土著女性而言，生活就更加悲惨，因为"男人爱你一段时间，更多的孩子出世了，男人喝酒、赌博，然后就消失了。有一天他们受够了，就不再回来"(《别》，第 98 页)。在这种情况下，吉尼比被迫挑起了养家糊口的重担，她不仅实现了自身的完整生存，还成功地将所有的孩子抚养成人。《别把你的爱带到城里去》塑造了像吉尼比一样吃苦耐劳的土著人新形象，与此同时，他们的生活经历不仅折射出土著人传统生活方式的逐渐改变和在白人社会中土著人的艰难处境，还隐含着黑白两种文化间的矛盾与冲突。吉尼比一直生活在土著人的中间，饮食起居也保留了土著人的传统。如同其部落祖先一样，她四处流浪。但不同的是，"梦想时代"的土著人过着无忧无虑的生活，而吉尼比是作为白人社会的边缘人，在绝境中求生存。

在格雷厄姆·哈根看来，《别把你的爱带到城里去》的题记表现出吉尼比采用的是三条不同的叙事线索：肯尼·罗杰斯的歌曲是城市经历的寓言；罗伯塔·赛克斯的引文预示土著女性政治意识的觉醒；惠特曼的诗句象征个人抱负和民族命运的日益结合。[1]这三条叙事线索实际上象征了土著女性生活的三个渐次

1 Graham Huggan (2001). *The Post-Colonial Exotic: Marketing the Margins*, London/New York: Routledge, p.166.

递进的阶段：城市生活使得她们远离土著部落、遭遇种族歧视和压迫，由此引发她们对自身处境的重新认识和政治意识的萌芽，并开始为改变命运而斗争。最终土著女性意识到个人命运与整个民族的命运密切相连，从单纯关注个人的完整生存上升到关注整个民族在当代社会的完整生存。

摩根和吉尼比在表现土著人的长处的同时并不隐瞒他们性格的弱点。在《我的位置》中，对戴茜和格莱迪斯的刻画就体现了作者力求公正客观地表现土著人的创作理念。虽然戴茜母女和亚瑟都是勤劳能干的人，但是他们都以某种方式把种族歧视加以内化，以白皮肤为美，因为"如果你是白人，你就可以做任何事情"(《位置》，第 107 页)。戴茜长期和白人家庭生活在一起，不知不觉地接受了白人的价值观念和审美标准，导致她看不起其他土著人，"为自己的家庭而羞愧"(《位置》，第 148 页)。在她与亚瑟的争吵中，她宣称："我或许是黑人，但我不像你。我穿着体面，知道如何做人。看看你，一个成年男人，竟然用根绳当裤腰带！"(《位置》，第 147 页)这些都表明她对于一个人的判断完全建立在白人中产阶级的标准上。戴茜和格莱迪斯看不起土著人，宁愿和白人交朋友，虽然作为混血儿，她们"对白人来说太黑，对黑人来说又太白"(《位置》，第 336 页)。

戴茜和亚瑟把种族歧视内化的另一表现是他们对德莱克-布鲁克曼的态度。身为亚瑟和戴茜的生父，德莱克-布鲁克曼对他们干了许多坏事。他强行把亚瑟送去学校，使后者在那里受尽折磨。他以上学为名带戴茜到珀斯，实际是让她当女佣。他甚至和戴茜乱伦，使她生下两个女儿。他一直到死都没有承认戴茜和亚瑟是他的儿女，也不允许他们使用他的姓氏。然而，当戴茜和亚瑟提起他时，依然满怀敬意。

吉尼比在作品中也并没有把自己塑造成十全十美的土著女性，她对自己的缺点十分坦诚。她和不同的男人生育了 9 个孩子。生存的压力迫使她讲求实际。在谈到男友戈登时她极为坦率："我爱他，因为他是个勤劳的男人而我是个勤劳的女人，但他老是忧心忡忡，对孩子们也没表现出多少爱。但这时候事情都很实际，不浪漫，于是我们相互适应了。"(《别》，第 77 页)在另一个场合，她坦承虽然和戈登的感情变淡，两个人仍凑合着过日子："如果他在利用我，那么我也在利用他。我的首选是孩子们，有人时不时地赚点钱回来挺有帮助的。"(《别》，第 81 页)除了对自己的客观描写外，吉尼比在作品中还展现了许多土著文化的阴暗面。和其他殖民地的女性一样，土著女性在外要忍受种族歧视和压迫，在内是父权制的受害者。在家庭暴力面前，她们往往首当其冲。吉尼比自己就多次被男友暴打，牙齿被打落，头被打破。她的一个女性朋友也有着相似的经历："她的丈

夫常酗酒，然后就不停地吹口琴，剩下的时间就和她打架。我总是看到她带着黑眼圈和淤伤。”(《别》，第 58 页)

与土著女性的勤劳形成对比的是，酗酒和不负责任成为土著男性的通病。吉尼比的几任男友都陷入了同一个怪圈：刚开始的时候和吉尼比一起努力干活，渐渐染上酗酒的毛病，夜不归宿，也不再挣钱养家，最后不告而别，永远消失。当孩子们都长大成人后，吉尼比又多了一项任务——从一个法庭走到另一个法庭，为她的儿子们出庭辩护。由于白人社会长期以来对土著人所抱有的偏见和歧视，土著男性几乎没有机会接受良好的教育，也看不到未来和希望。吉尼比的儿子们经常因为一些小事和警察发生冲突并被投进监狱，受到警察的毒打和折磨。出狱后，由于找不到工作，他们变得意志消沉，开始酗酒和打女人，到处惹是生非。

土著女性生命故事中的自我表现不仅仅局限于塑造男性和女性个体的新形象，而且把土著家庭和群体放在突出位置，强调群体在个人生活中所起的重要作用。在土著文化中，“生存常取决于能和朋友及亲属待在一起”(《别》，第 174 页)，因此家庭在土著女性生命故事中占据了重要地位。在反抗殖民统治的斗争中，土著女性对家庭的重视和对土著生活方式的依赖是对白人政府宣扬的土著人必须融入白人社会的挑战，同时也说明土著文化在土著人生活的重要作用。

在对待家庭的态度上，土著人与白人截然相反。白人男性把家庭看做是行使父权的地方，而白人女性把它看做是父权制剥削压迫妇女的场所，是女性想要逃离的监狱。弗吉尼亚·伍尔夫就曾呼吁要杀死“屋里的天使”，以把妇女从家庭的桎梏中解放出来。与此不同的是，土著女性把家庭看做是抵抗种族歧视和压迫的避风港。家务、烹饪、生儿育女乃至闲聊这些看似婆婆妈妈的事情都是土著文化丰富内涵的外在表现形式。土著女性具有被殖民者和女性双重身份，在种族主义和性暴力面前总是首当其冲。家庭不光是反映土著女性所遭受的双重压迫的一面镜子，同时也是土著文化集中表现的地方。土著文化所固有的凝聚力使其成为土著女性抵抗种族压迫的力量所在。摩根的《我的位置》以家庭为中心反映了土著女性为生存而被迫隐匿土著身份的痛苦与无奈。在该书中，家庭是女性两种互相矛盾的身份发生冲突的场所。在土著家庭里，女性一方面是“家庭历史的传承者”，但另一方面又是“被迫隐匿血缘关系或编造虚假家族谱系”的人。[1]这种矛盾造成戴茜和格莱迪斯的文化身份产生分裂。她们对多年来的遭遇和自己的身世讳莫如深，但在日常生活中她们却始终保持着土著人的生活习惯，如亲近大

1 John Docker (2001). *1492: The Poetics of Diaspora*, London/New York: Continuum, p.235.

自然，喜爱各种动物，善待他人，等等。正是对土著文化的依赖使得戴茜母女后来能够打破沉默讲述自己的遭遇，用亲身经历驳斥官方历史的虚伪性，恢复殖民地历史的本来面目。尽管直到去世戴茜也没有把所有的秘密都公之于众，但这种做法未尝不是另一种对殖民统治的抵抗，因为在土著人看来，有些秘密应该永远埋藏在心底，不让殖民者获取。

相比之下，《别把你的爱带到城里去》中的土著群体在吉尼比的生活中一直起着积极作用。作为土著人，吉尼比的生活永远和群体紧密相连："不论到哪儿我总是有满满一屋子人。这是一种生存方式。"(《别》，第158页)她与自己部落的纽带牢不可破，就因为此，她从未怀疑过自己的土著身份。土著群体帮助吉尼比和她的家人克服了一个又一个困难。在博纳波——吉尼比的"归属地"(《别》，第61页)，当她母亲趁丈夫在外打工时与另一个男人私奔后，是厄尼·奥德叔叔承担了照顾吉尼比和她的两个妹妹的任务。后来，这三个孩子又在山姆叔叔和耐尔婶婶家生活了好几年。当吉尼比遭到男友的背叛而无处可去时，是努拉叔叔让她住在自己家里。这些叔叔和她没有血缘关系，但同样待她亲如家人。无论吉尼比搬迁到哪里，她总是和土著群体在一起。当她因失去一双儿女而意志消沉时，又是她的部落亲人努力安慰她并给她力量。

在她们各自的生命故事中，摩根和吉尼比通过重新书写殖民地的历史和塑造土著人的客观形象来表达对土著民族完整生存的关注。此外，她们还对西方传记进行创造性运用，从而深化了关注民族完整生存的主题。

第四节　土著女性生命故事与西方传记[1]

作为一个文类，传记在西方文学传统中可谓是历史悠久。在古希腊和罗马就曾出现关于个人的简短记录。圣奥古斯丁的《忏悔录》(*Confessions*)一般被认为是西方文学中的第一本真正的传记，而这种观点在劳拉·马克斯看来，仅只表明"传记在本质上是基督教西方文明的一个方面，并且只能在这一语境中

1 传统的文学批评认为传记/生命故事与小说之间的主要差异是前者以事实为基础，而后者立足于想象和虚构，因而属于不同文类。但在本书所讨论的后殖民女性创作中，传记/生命故事和小说的界限变得模糊，两者都可以反映被殖民者的经历和民族历史，也都带有艺术加工的成分。因此，本书认为传记/生命故事是小说的一个分支。

形成和发展”[1]。但是事实证明，在后殖民社会里传记的进一步发展并非取决于西方文学，而是依靠各后殖民国家文学的日益成熟。

在学界，“传记”、“生平写作”(life-writing)和“生命故事”是三个容易混淆的概念。有些学者倾向于用“生平写作”来替代“传记”，但根据唐岫敏的观点，实际上这两个术语仅仅表现了不同专业学者的喜好。沿用“传记”的往往是历史系的学者，而用“生平写作”的常常是英文系的教师。[2]“生命故事”和“传记”两个词一般说来可互换使用，但马克斯·桑德斯(Max Saunders)认为“生命故事”比“传记”的涵盖面更广，前者几乎包含了后者的一切特点，还包括“使传记支离破碎的形式——回忆录、传记性随笔和速写——以及日常书写自我的形式：日记和信件”[3]。在本章中，为区别起见，“传记”(而不是“生平写作”)指的是西方的传统文类，“生命故事”专指澳大利亚土著女性为凸现土著民族完整生存而创作的作品。

据赵白生考证，英语里的“传记”一词的最早文献记载出现在德莱顿的《普鲁塔克传》(*Life of Plutarch*, 1683)，“自传”一词的最早文献记载出自骚塞(Robert Southey)之笔，发表在1807年的《季刊评论》(*The Quarterly Review*)上。[4]有细节描述的传记出现在17世纪的英国。到了18世纪，传记已经成功地跻身于西方文学的文类之列。然而，在相当长的时期内，界定“传记”成为一件很困难的事情。正如加登斯·兰德(Candace Land)所言，“如果从广义上讲，作者总是牵涉在作品中，那么任何作品或许都能被看成传记。这取决于我们怎么去读”[5]。但是学界一般认为弗吉尼亚·伍尔夫在《新传记》(“The New Biography”, 1927)一文中所作的归纳道出了传记的本质，即传记需要“真实和个性”[6]。

凭借自身具备真实性的特点，传记与历史有着密不可分的联系。约翰·德莱

---

1 Laura Marcus (1994). *Auto/biographical Discourses: Theory, Criticism, Practice*, Manchester/New York: Manchester University Press, p.2.

2 唐岫敏：《当代传记研究的好工具——评〈生平写作：传记、自传与相关形式术语〉》，《外国语》2004年第4期，第76-79页。

3 Max Saunders (2004). “Biography and Autobiography”, *The Cambridge History of Twentieth-Century English Literature*, ed. Laura Marcus and Peter Nicholls, Cambridge: Cambridge University Press, pp.286-287.

4 赵白生：《传记文学理论》，北京大学出版社，2003年，第256-257页。

5 转引自 Linda Anderson (2001). *Autobiography*, London/New York: Routledge, p.1.

6 Virginia Woolf (1998). “The New Biography”, *The Essays of Virginia Woolf*, vol.IV: 1925–1928, ed. Andrew McNeillie, London: The Hogarth Press, p.473.

顿(John Dryden)把传记界定为“关于某些特定人物的历史”。爱默生(Ralph Waldo Emerson)则宣称“没有历史，只有传记”[1]。同样，托马斯·卡莱尔(Thomas Carlyle)也指出：“历史是无数传记的结晶。”[2]与上述评论家相比，叶芝(W. B. Yeats)把传记提高到与知识等同的地位：“除了一连串灵魂外一切皆不存在，所有的知识都是传记。”[3]

伍尔夫把传记的发展划分为三个阶段：从詹姆士·鲍斯威尔(James Boswell)到19世纪中叶是第一阶段，维多利亚女王时期为第二阶段，20世纪上半叶为第三阶段。[4]如果伍尔夫的划分有一定道理的话，那么作为当今“最鲜活的艺术形式”[5]，后殖民时期的传记创作就可成为传记发展的第四阶段。在后殖民语境下，由女作家创作的传记取得了前所未有的成功。大批女作家涉足传记领域，对西方传统传记进行改良，使之成为带有后殖民色彩的传记。后殖民女性传记的发展势头如此迅猛，以致一些评论家提出传记需要重新界定，以便把女性形象和她们的自传、回忆录、日记等包括在内。[6]

利用传记来表达殖民统治造成的创伤并非始于后殖民时期。在美国，黑人女性很早就用传记来反映种族歧视和性别歧视给她们带来的身心创伤。早在1861年，美国黑人哈丽特·雅克布斯(Harriet Jacobs)就撰写了反映自己奴隶生活的传记《女奴的生平故事》(*Incidents in the Life of a Slave Girl*, 1861)。哈莱姆文艺复兴时期的女作家佐拉·尼尔·赫斯顿(Zora Neale Hurston)也创作了传记《风尘仆仆》(*Dust Tracks on a Road*, 1942)来讲述自己的生活经历和对人生的感悟。从20世纪60年代开始，由后殖民女作家执笔的传记数量激增，涉及的话题也颇为广泛。玛雅·安吉罗(Maya Angelou)的《我知道笼中鸟为什么歌唱》(*I Know Why the Caged Bird Sings*, 1969)、艾伦·库紫娃友(Ellen Kuzwayo)的《叫我女人》(*Call Me Woman*, 1985)和萨拉·苏莱丽(Sara Suleri)的《无肉的日子》(*Meatless Days*, 1989)等依然聚焦于女性遭遇的种族和性别歧视。詹妮特·弗莱姆(Janet Frame)的三部

---

1 Ralph Waldo Emerson (1841). *Essays*, with Preface by Thomas Carlyle, London: James Fraser, p.10.

2 Thomas Carlyle (1895). *Critical and Miscellaneous Essays*, vol.2, London: Centenary, p.50.

3 W. B. Yeats (1962). *Explorations*, London: Macmillan, p.397.

4 Virginia Woolf (1998). “The New Biography”, *The Essays of Virginia Woolf*, vol.IV: 1925-8, ed. Andrew McNeillie, London: The Hogarth Press, pp.474-475.

5 Jeffrey Meyers (1989). “Introduction”, *The Biographer's Art: New Essays*, ed. Jeffrey Meyers, Houndmills/London: Macmillan, p.9.

6 Joanne M. Braxton (1989). *Black Women Writing Autobiography: A Tradition within a Tradition*, Philadelphia: Temple University Press, p.9.

曲自传《到小岛去》(*To the Is-Land*, 1982)、《我桌旁的天使》(*An Angel at My Table*, 1984)和《镜城来的特使》(*The Envoy from Mirror City*, 1984)则讲述了为实现作家的梦想而经历的种种常人无法想象的磨难。布奇·埃默切塔的《苦苦挣扎》(*Head above Water*, 1986)描绘了自己作为单身母亲带着五个年幼孩子在英国的艰难生存。多萝西·休伊特(Dorothy Hewett)的《离经叛道者》(*Wild Card: An Autobiography, 1923–1958*, 1990)表现了对当时束缚女性的传统习俗的挑战。牙买加·金卡伊德的《我的兄弟》(*My Brother*, 1997)展现了自己的弟弟死于艾滋病的往事。从总体看，这些后殖民女作家创作的传记主要以个人经历为主线，抒发个人的情感，这就证明了“写作有治疗的功效，自传更是如此，因为它为一个人提供了自己生活的万花筒式的视角”[1]。

在后殖民女性传记领域，很少有像澳大利亚土著女性一样的作家群体把西方传记改良为她们自己的生命故事，并以此作为反抗殖民统治、寻求民族完整生存的工具。可以说，由澳大利亚土著女性创作的生命故事在传记领域开辟出了一片新天地。从 20 世纪 70 年代至今，土著女作家不约而同地撰写了大量的生命故事。这些作品不囿于个人的悲欢离合，而是放眼于整个民族遭遇的种族歧视，立足于重构后殖民社会的土著文化身份。这种对整个民族的完整生存所负有的使命感使得土著女性的生命故事成为一个不容小觑的整体，在文坛形成强大的冲击波。可以说，正是由于土著女性生命故事的出现，后殖民传记领域才又重新获得了活力。

伍尔夫归纳的传记的两个特点在土著女性生命故事中都得到体现。土著女性生命故事秉承西方传记对真实性的强调，把土著民族在澳大利亚的生活经历如实反映在作品中。通过创作生命故事，土著女作家重新讲述了殖民地的历史，还原了历史的本来面目。土著女性生命故事也具备独特性。它是澳大利亚土著女性独创的、表达她们对民族完整生存关注的文学形式。在后殖民文学中，澳大利亚土著女性把生命故事这一形式发挥得较为出色。

艾勒克·博埃默认为，在澳大利亚土著文学中，“模仿依旧是有力的策略”[2]。加里·格里菲斯也认为《我的位置》显示了“一个颠覆性模仿和置换的过程”[3]。

---

1 Buchi Emecheta (1986). *Head above Water*, London: Flamingo, p.3.

2 艾勒克·博埃默：《殖民与后殖民文学》，盛宁、韩敏中译，沈阳：辽宁教育出版社、牛津大学出版社，1998 年，第 198 页。

3 Gareth Griffiths (1994). “The Myth of Authenticity: Representation, Discourse and Social Pratice”, *De-Scribing Empire: Post-Colonialism and Textuality*, ed. Chris Tiffin and Alan Lawson, London/New York: Routledge, p.77.

但是，土著女性的生命故事并非一味地模仿西方叙事传统，而是对西方的文学样式进行改良，注入了土著内容。马都鲁就认为土著生命故事并不完全借用了西方传统：在土著文学中"很容易找到这样的文学表达形式，虽然用诗歌创作，但明显是传记"，例如有关梦想时代祖先的生活的神话"显然是传记"[1]。以《我的位置》和《别把你的爱带到城里去》为代表的土著女性生命故事改良了西方小说传统中的传记这一文类，在很多方面有别于西方经典。

首先，这两部作品都体现了对西方白人传记文学叙事传统及策略的解构。随着殖民统治的终结，土著女性从原先的"他者"、"贱民"变为叙事的主体，从边缘走向中心，从"被观察者"变为"观察者"，充分显示了她们的主体意识，因此她们的作品在各个层面上都力图显示与白人传记文学的不同。土著女性常把她们的作品称之为"生命故事"，但在西方传统文学的样式分类中只有"传记"，而无"生命故事"的提法。因此，"生命故事"这一提法首先就揭示了土著女性作品与西方传记的本质区别。土著女性通过生命故事来表现她们在殖民地时期所遭受的苦难、她们的抗争以及对殖民统治的反思。

在西方传记中，性别与文类的关系没有得到体现。西方传记通常以男性名人为传主，运用单一的叙述声音，着重颂扬个体创造的丰功伟绩，宣传个人英雄主义精神。以女性为传记主人公的作品极为罕见。这种男性至上的传记传统始于约翰逊(Samuel Johnson)的《诗人传》(*The Lives of the English Poets*, 1779—1781)和鲍斯威尔的《约翰逊传》(*The Life of Samuel Johnson*, 1791)，由约翰·米尔(John Stuart Mill)的《自传》(*Autobiography*, 1873)发扬光大，在利顿·斯特雷奇(Lytton Strachey)的《维多利亚名人传》(*Eminent Victorians*, 1918)中达到巅峰。[2]但是，这种传统被土著女性的生命故事打破。土著女性生命故事跨越了种族、阶层和性别的限制，让普通平民百姓(尤其是土著女性)成为主角，进入读者的视野。《我的位置》和《别把你的爱带到城里去》的作者都是家庭主妇，多个孩子的母亲，没有让人羡慕的工作和地位，生活在社会的底层，而且即使在作品结尾，她们的生活环境仍然没有较大的改善。这就与西方传记宣扬的个人功成名就背道而驰。

安·布鲁斯特在《文学构成》(*Literary Formations: Post-Colonialism, Nationalism, Globalisation*, 1995)一书中指出，土著女性生命故事具有鲜明的性别特点。如果从单从作者的性别考虑，事实的确如此。但是，从内容上看，生命故

---

1 Mudrooroo (1995). "White Forms, Aboriginal Content", *The Post-Colonial Studies Reader*, ed. Bill Ashcroft et al., London/New York: Routledge, p.230.

2 在利顿·斯特雷奇的《维多利亚名人传》中，南丁格尔是唯一的女性。

事又超越了性别的限制，体现了土著女作家对整个民族完整生存的热切关注。同只注重个人的西方传记相比，土著生命故事不仅讲述个人遭遇，更倾向于表现群体的经历，常以个人为切入点反映一个土著家庭或部落的生活。土著女作家写自己，也写家人，还写部落中的其他人。如《我的位置》就是由摩根的故事和她外婆、母亲和舅公三代人的故事组成。该书的前二十六章讲述的是摩根本人的成长过程，舅公亚瑟的故事占据三章的篇幅，母亲格莱迪斯占两章，最后以外婆戴茜的故事收尾。吉尼比的作品则讲述了前后五代土著人的生活，从她的祖父一直写到她的孙儿辈。这种群体性的特征是土著生命故事与白人传记文学的又一大区别。在土著女性的笔下，西方的个人历史转变成了土著家族乃至部落的历史。

此外，土著女性生命故事与白人传记文学在形式上也不同。白人作家沿用经典文学的模式，采用严格而规范的书面语进行写作，而土著女作家则遵循本民族的口头陈述的传统，采用讲故事的方式，喜用生动活泼的口语。她们把口头文学融入叙事策略之中，创造出有别于白人的叙事方式，以利于土著文化的传承和文化身份的重新建构。土著女性与白人作家的写作目的同样存在着差异。白人作家认为传记写作是私人行为，为的是展示自己的成功。可土著女作家认为传记写作是集体行为。在一次访谈中，吉尼比指出，土著女性创作生命故事的目的是教育所有白人，让他们了解土著人，也让土著人(尤其是“被偷走的孩子”)了解自己的历史。[1]

西方传记继承了本质主义或浪漫派对自我的观点，因此在整部作品中，作者(或传主)自始至终都有一个连贯而不变的身份。而在土著女性生命故事中，为了凸显土著文化和传统的支离破碎，土著女性通常把土著身份也描绘成被两种文化撕裂的破碎状态。有评论家指出，土著人支离破碎的身份展现在一个在传统形式上依赖主体一致的文类框架中，因此更让人触目惊心。[2]

土著作家对白人传记文学的另一种抵抗是逐步摆脱白人编辑对创作的干预。在 20 世纪 90 年代以前出版的生命故事中，“白人统治”的阴影随处可见，其标志是白人编辑在土著传记的形成和出版中起着举足轻重的作用。由于政府的同化政策，土著人接受教育的机会甚少。普通的土著人大多只有小学文化。因此，土著女作家在用英语写作时就面临极大的困难。囿于有限的文化程度，她们不得不

1 Ruby Langford Ginibi and Elizabeth Guy (1997). “Ruby Langford Ginibi in Conversation with Elizabeth Guy”, *Westerly*, Winter, p.10.

2 Kateryna Olijnyk Longley (1992). “Autobiographical Storytelling by Australian Aboriginal Women”, *De/Colonizing the Subject: The Politics of Gender in Women's Autobiography*, ed. Sidonie Smith and Julia Watson, Minneapolis: University of Minnesota Press, p.371.

采取口头讲述的方式，然后由白人编辑把录音整理成文字。正如后殖民理论家斯皮瓦克所说，她们无法表述自己，她们需要被表述。而充当土著女性的代言人的是白人编辑。这些白人编辑对土著文化并不了解，常把自认为不合适的内容加以删除。结果是经过白人编辑修改的土著生命故事无法保持原汁原味，土著女性隐藏在故事的背后，依然沉默无语。七八十年代出版的生命故事，如《卡罗布兰》和《一位土著母亲谈古论今》，都经过白人编辑的大量修改。就连《我的位置》和《别把你的爱带到城里去》也未能幸免。值得庆幸的是，从80年代后期开始，伴随着土著女作家地位的不断提高和创作经验的日益丰富，白人编辑的作用大大减弱。用吉尼比的话来说，"只有我们才有权力界定我们自己"[1]。土著女性即使需要编辑的帮助也不会选择白人，而是选择和她们有着同样文化背景而且受过良好教育的土著人。如吉尼比在创作《我的邦加龙亲人》时就不再与白人合作，而是与自己的养女——一个受过大学教育的土著女子合作。这样的生命故事更具真实性，对白人文化的颠覆性也更强。

第五节　小　结

土著女性生命故事在过去的二十年里层出不穷，方兴未艾，显示出极强的生命力和创造力，成为土著人与白人沟通的主要渠道，也为澳大利亚后殖民文学增添了新的亮点。卡特琳娜·隆利曾指出，土著女性生命故事对后殖民女性文学的最大贡献是证明我们需要灵活性，特别是文学的灵活性，这样所有文类的条条框框都能被打破，以便在任何时候、任何地方都可以包容个人和文化视角的差异。[2]然而，仅注重土著女作家对西方传记的创造性运用就忽视了她们从事生命故事创作的根本目的，即关注土著民族在当代社会的完整生存。土著女作家所表现出的"文学的灵活性"只不过是凸现民族生死存亡的一种手段。

阿什克罗夫特等人认为，"后殖民世界是一个从毁灭性文化冲突变成在平等

1 Ruby Langford Ginibi (1994). *My Bundjalung People*, St. Lucia: University of Queensland Press, p.108.

2 Kateryna Olijnyk Longley (1992). "Autobiographical Storytelling by Australian Aboriginal Women", *De/Colonizing the Subject: The Politics of Gender in Women's Autobiography*, ed. Sidonie Smith and Julia Watson, Minneapolis: University of Minnesota Press, p.383.

基础上接受差异的世界”[1]，故而许多土著女作家都认为生命故事写作既是让白人了解土著人的困境，也是让年青一代土著人了解过去，并不是为了挑起新一轮的种族矛盾。正如凯思·沃克所说，“憎恨不在我的词汇表里”[2]。玛妮·肯尼迪也表示，土著女性创作生命故事的出发点是希望“白人了解我们土著人所遭受的困境”[3]。而让白人了解土著人困境的目的是使白人消除种族偏见，以平等的态度对待土著人，从而使土著民族在当代澳大利亚社会获得生存和发展的机会。土著女作家对民族完整生存的关注超越了单纯对女性自身生存问题的关心，为后殖民妇女主义思想增添了新的内容。

土著女性生命故事在颠覆殖民地官方历史、彰显原殖民地民族文化的深厚底蕴方面起到了积极作用，为人们全面了解澳大利亚的土著女性文学提供了一个契机。《我的位置》和《别把你的爱带到城里去》体现了土著女性生命故事的基本特点，也引起了人们对土著群体能否在当代澳大利亚社会完整生存下去的密切关注。

1 Bill Ashcroft, Gareth Griffiths and Helen Tiffin (2002). *The Empire Writes Back: Theory and Practice in Post-Colonial Literatures*, London/New York: Routledge, p.35.

2 Candida Baker (1987). *Yacker 2: Australian Writers Talk about Their Work*, Sydney/London: Pan Books, p.290.

3 Marnie Kennedy (1990). “Preface” to *Born a Half-Caste*, Canberra: Aboriginal Studies Press, p.1.

第四章

希望的乐土：“完整生存”的历史关怀

2003年，非裔美国女作家、诺贝尔文学奖获得者托妮·莫里森(Toni Morrison)出版了小说《爱》(*Love*, 2003)。该书展示了一个非裔家庭的内部成员由彼此憎恨到彼此包容、彼此相爱的转变，延续了莫里森在“历史”三部曲[1]中对国家完整生存和“爱”的倡导，再一次全方位地体现了莫里森深刻的思想性和历史观。

非裔美国女性文学在后殖民女性文学中占有极为重要的地位，有批评家甚至把非裔女性文学提高到与后殖民女性文学等同的位置。如吉娜·威斯克就认为，非裔女性文学与后殖民女性文学是两个平行发展的文学创作领域，尽管两者有着彼此重合的主题，并对诸如身份、种族和女性生活等有着相同的关注。[2]与英国黑人女性移民小说和澳大利亚土著女性生命故事不同的是，贯穿非裔女性文学发展进程的是关注国家完整生存的主题。这是后殖民妇女主义思想的又一体现。如果说对女性自身和民族完整生存的关注是后殖民妇女主义与非裔妇女主义的共

---

1 早在20世纪80年代，莫里森就计划写一个“三部曲”，对百年来非裔民族的历史作一番梳理和反思。这就是后来的《宠儿》、《爵士乐》和《乐园》。这三本小说被称为“松散的三部曲”，因为它们在时间上存在连贯性，但主角和情节都不同。“三部曲”的提法参见王守仁《新编美国文学史》第四卷第313页。由于三部曲的主题都是反映美国历史，因此本书将其称之为“历史”三部曲。本章中涉及“历史”三部曲的引文均出自下列版本，以后只标明小说标题和页码。

Toni Morrison (1987). *Beloved*, New York: Plume.

(1992). *Jazz*, New York: Plume.

(1997). *Paradise*, New York: Plume.

2 Gina Wisker (2000). *Post-Colonial and African American Women's Writing: A Critical Introduction*, Houndmills/London: Macmillan, p.1.

同之处的话，那么对国家完整生存的关注就是后殖民妇女主义对非裔妇女主义的延伸。作为当代非裔女性小说的典范，莫里森的“历史”三部曲体现出非裔女性文学的新特点。在三部曲中，莫里森从被压迫民族的角度出发，回顾了给非裔美国人造成严重身心创伤的“过去”，重新书写了非裔美国人的历史。与此同时，莫里森提出，种族间的和睦共存是一个国家发展的基础，因此美国社会的黑白种族应该忘却曾经的敌对状态，以“爱”为基础建立一种和谐的新关系，以利于国家的完整生存。

托妮·莫里森(1931—)生于美国中西部俄亥俄州洛雷恩镇的一个贫困的黑人家庭，很小就开始打工挣钱养家。1953 年获霍华德大学英美文学学士学位，1955 年获康奈尔大学文学硕士学位。从 1965 年至 1984 年，莫里森在蓝登书屋担任编辑，并开始从事文学创作。从 1970 年至今，莫里森一共创作了九部长篇小说，其中包括：《最蓝的眼睛》(*The Bluest Eye*, 1970)，《秀拉》(*Sula*, 1974)，《所罗门之歌》(*Song of Solomon*, 1977)，《柏油娃》(*Tar Baby*, 1981)，《宠儿》(*Beloved*, 1987)，《爵士乐》(*Jazz*, 1992)，《乐园》(*Paradise*, 1997)、《爱》和《慈悲》(*A Mercy*, 2008)。此外还有论文集《黑暗中的游戏》(*Playing in the Dark: Whiteness and the Literary Imagination*, 1992)等。伊莱恩·肖尔瓦特认为，莫里森的《最蓝的眼睛》标志着非裔女作家和批评家开始在美国文学评论界发出自己的声音。[1]1993 年，莫里森荣获诺贝尔文学奖，成为获此殊荣的第一位美国黑人作家。王守仁曾指出，莫里森的小说“标志着 20 世纪美国非裔文学史上继赖特、艾里森之后的又一座高峰”[2]。当部分非裔女作家对所遭受的种族歧视和压迫感到愤愤不平时，莫里森高瞻远瞩，提出国家完整生存的理念，充分显示出深刻的思想性。

在评论一本由非裔女作家创作的短篇小说集《午夜的鸟儿》(*Midnight Birds: Stories by Contemporary Black Women Writers*, 1980)时，加拿大作家玛格丽特·阿特伍德敏锐地注意到非裔女作家都肩负使命：“她们为其他美国黑人女性而写作，替失语者说话，她们相信自己作品的力量。”[3]与其他女作家相同，莫里森认为自己对本民族的完整生存负有责任。在接受山迪·拉塞尔(Sandi Russell)的采访时，莫里森这样阐述她的写作目的：“我为黑人女性写作……黑人女作家以爱的方式

1 Elaine Showalter (1989). “A Criticism of Our Own: Autonomy and Assimilation in Afro-American and Feminist Literary Theory”, *The Future of Literary Theory*, ed. Ralph Cohen, New York/London: Routledge, p.352.

2 王守仁：《新编美国文学史》第四卷，上海外语教育出版社，2002 年，第 303 页。

3 Margaret Atwood (1982). *Second Words: Selected Critical Prose*, Toronto: Anansi, p.360.

看待事物。她们写作是为了重新拥有，重新命名，重新被承认。"[1]

莫里森迄今为止出版的九部长篇小说都是以非裔生活为主题。这些作品可大致分为两类：一类是反映非裔黑人在美国社会的异化感以及自我的迷失。《柏油娃》、《秀拉》、《最蓝的眼睛》、《所罗门之歌》等都描绘了主人公在白人中产阶级价值观念的影响下对非裔文化身份产生的困惑。另一类作品则是集中表现非裔群体被长期湮没的历史，主要是她的"历史"三部曲。莫里森极为关注非裔群体的生活，她曾经说："如果我写的东西不是关于(非裔)村庄或群体的，那么它就一无是处。"[2]

然而，"历史"三部曲并非仅只停留于对非裔群体经历的表现。莫里森聚焦于美国历史中的几个重要时期，展现了当时错综复杂的黑白种族关系，指出历史原因造成美国黑白种族间的关系并不是单一的对抗，而是既有对立，也有相互依赖。黑白种族只有相互包容才有利于整个国家的完整生存。这是莫里森的历史观在"三部曲"中的体现，即黑白两个民族应该通过直面惨痛"过去"来吸取历史教训，从而寻求"爱"的可能。

和其他后殖民女性文学相仿，非裔女性文学与社会现实有着密切联系，因此相当一部分女作家倾向于采用现实主义的创作手法来展示非裔民族所遭受的种族歧视和压迫。但莫里森在"历史"三部曲中却独辟蹊径，对西方文学传统中的哥特式小说进行改良，使之成为"后殖民哥特式小说"(postcolonial Gothic)[3]的范例，把非裔美国人最痛苦的体验用哥特式小说加以表现，使人更加难以忘怀，以实现她倡导"爱"的目的。

第一节　非裔美国女性文学的萌芽与发展

自白人殖民初期开始，非裔就被强制带到美洲充当奴隶，"在白人世界中充当一颗固定的星星，一个无法移动的石柱"[4]。种族歧视和压迫一直伴随着非裔

1 Sandi Russell (1988). "It's OK to Say OK", *Critical Essays on Toni Morrison*, ed. Nellie Y. McKay, Boston: G. K. Hall & Co., p.46.

2 Carolyn C. Denard (1991). "Toni Morrison", *Modern American Women Writers*, ed. Elaine Showalter et al., New York: Charles Scribner's Sons, p.318.

3 David Punter and Glennis Bryon (2004). *The Gothic*, Malden/Oxford: Blackwell, p.54.

4 James Baldwin (1962). *The Fire Next Time*, New York: Del Publishing Co., p.20.

在美国的生活。詹姆斯·鲍德温(James Baldwin)指出："几乎没有语言可以描述美国黑人生活的可怕……事实上，黑人作为历史存在和人的真相一直被故意和残忍地对他隐瞒着。"[1]与非裔男性相比，女性的境遇更为悲惨。生活在贝尔·胡克斯所说的由父权制和种族结构留下的"社会化的消极遗产"之中，非裔女性不得不忍受种族、性别和阶级的三重压迫。佐拉·尼尔·赫斯顿是最先为非裔女性的从属地位鸣不平的女作家之一。在《他们眼望上帝》(*Their Eyes Were Watching God*, 1937)中，借詹妮·斯塔克的祖母之口，赫斯顿指出，非裔女性是"世间的骡子"，驮着世上其他人(包括非裔男性)都拒绝背负的重担。多年后，艾丽斯·沃克同样指出，非裔女性"在身体上被如此虐待和摧残，被伤痛折磨得如此黯然神伤，以致她们认为自己连希望都不配拥有"[2]。然而，即使是在如此恶劣的条件下，非裔女性依然成为"艺术家"和"创造者"，因为"她们的精神极为丰富——而这是艺术的基础"[3]。

在非裔女性文学两百多年的发展历程中，女作家首先致力于对黑白种族之间关系的表现。这种对种族关系的关注在整个非裔文学中是普遍现象。乔伊斯·A.乔伊斯(Joyce A. Joyce)指出："对美国黑人与主流社会关系的关注，直到今天依然是美国黑人文学的主题。"[4]小亨利·路易·盖茨(Henry Louis Gates, Jr.)也注意到，当代的非裔作品和两个多世纪以前创作的非裔文本在主题上仍有联系。种族和性别歧视的主题在非裔美国文学中不断重现。[5]但同非裔男性文学相比，女性文学更注重把种族和性别问题放在一起进行探讨。戈达·勒纳(Gerda Lerner)认为，非裔女性的特征是"作为一个群体，她们经历了双重压迫：在一个种族主义社会里的所有黑人都经历的压迫和唯独妇女经历的压迫"[6]。非裔女性遭受的双重压迫在女性作品中得到充分反映。正如芭芭拉·克里斯琴(Barbara Christian)

---

1 James Baldwin (1962). *The Fire Next Time*, New York: Del Publishing Co., p.95.

2 Alice Walker (1983). *In Search of Our Mothers' Gardens*, San Diego/New York: Harcourt Brace & Co., p.232.

3 同上，p.233.

4 Joyce A. Joyce (2000). "The Black Canon: Reconstructing Black American Literary Criticism", *African American Literary Theory: A Reader*, ed. Winston Napier, New York/London: New York University Press, p.291.

5 Henry Louis Gates, Jr. (1988). *The Signifying Monkey: A Theory of Afro-American Literary Criticism*, New York/London: Oxford University Press, p.128.

6 Gerda Lerner (1979). *The Majority Finds Its Past: Placing Women in History*, Oxford/New York: Oxford University Press, p.63.

所说，非裔美国女性小说是"反映这个国家性别主义与种族主义之间关系的镜子"[1]。

从波琳·霍普金斯的时代起，非裔女作家就认识到小说在反对种族、性别和阶级的斗争中的重要性。霍普金斯认为，小说应该被看做是"一代代人成长和发展的记录"[2]。对非裔女性而言，小说更应该是她们在殖民统治下遭遇的记录。在非裔女作家的笔下，种族间的关系在不同历史时期有着不同的表现形式。从南北战争到哈莱姆文艺复兴时期，女作家致力于反映白人对黑人的敌对态度以及由此导致的种族歧视和压迫。从哈莱姆文艺复兴到 20 世纪 60 年代的民权运动，女作家的主要注意力依然放在反映黑白种族间不可调和的矛盾上，但同时开始探讨非裔群体内部对女性的性别歧视。从民权运动至今，女作家的重心转移到重写非裔在美国的历史，同时呼吁黑白种族的和睦相处，实现国家的完整生存。托妮·莫里森就代表了当代非裔女作家对黑白种族间关系的新阐释。

在很长时间里，非裔女性创作被主流社会和非裔男性批评家忽视。艾丽斯·沃克曾归纳总结了其中的原因。她认为，非裔女作家被埋没的第一个原因是由于她们身为女性，第二个原因是她们永远不会向男性霸权低头，无论是白人还是黑人男性。[3]在剖析非裔男性和父权制之间的关系后，贝尔·胡克斯也指出，非裔女性不仅受到种族主义的压迫，还受到非裔群体内部的父权制的压迫："从 19 世纪到现在，对黑人生活有影响的黑人男性思想家和作家的主要作品都支持父权制。他们的作品表明，他们认为黑人父权制对种族的进步是必要的。"[4]

非裔女性文学的最初表现形式是白人殖民初期的奴隶叙事。由非裔女性创作的最早的文学作品是菲力丝·维特利(Phillis Wheatley)的《诗歌》(*Poems*, 1773)。非裔女性创作的第一部小说是哈丽特·威尔逊(Harriet E. Wilson)的《我们的黑奴》(*Our Nig*, 1859)。非裔女性文学的萌芽期从 19 世纪四五十年代开始，到第一次世界大战告终。在此期间，女作家开始有意识地把写作当成表达种族偏见和压迫的手段。这一时期的非裔女性文学以表现种族歧视下非裔女性的悲惨遭遇为单一目标。

---

1 Barbara Christian (1985). "Trajectories of Self-Definition", *Conjuring: Black Women, Fiction, and Literary Tradition*, ed. Majorie Pryse and Hortense Spillers, Bloomington: Indiana University Press, p.234.

2 转引自 Winston Napier (2000). "Introduction", *African American Literary Theory: A Reader*, ed. Winston Napier, New York/London: New York University Press, p.1.

3 Alice Walker (1984). *In Search of Our Mothers' Gardens*, San Diego/New York: Harcourt Brace & Co., pp.260-261.

4 bell hooks (1995). *Killing Rage: Ending Racism*, London/New York: Penguin, p.64.

尽管作为一个族裔，非裔美国人“为核心的美国身份的构建提供了舞台”[1]，但是几百年来，白人男性作家的作品中的非裔形象被贴上了诸如“低等”、“愚蠢”、“肮脏”等标签。这种贴标签的做法本身就象征着白人所具有的优越性，意味着他们具备“界定自己的过去、现在和未来的能力”[2]，而这种能力正是非裔民族在相当长的时间内所缺乏的。

为了使得种族歧视为世人所接受，白人需要把非裔男女“非人化”。出于此目的，白人男性作家塑造了三类非裔女性的负面形象：嬷嬷(the mammy)、荡妇(the loose woman)和女巫(the conjure woman)。这三种形象代表了白人男性对非裔女性的三种需求。“嬷嬷”指的是辛勤劳作的黑人母亲形象。她没有性别，把自己的一生都耗费在全心全意地照顾主人家的孩子们身上，对家人却不管不顾。“嬷嬷”是白人需要的忠心耿耿的奴仆。“荡妇”代表了白人男性对非裔女子的性需求，是白人男性为自己强奸非裔女性寻找的借口。而“女巫”代表了白人心目中对非裔女性的某种惧怕，认为她们有着不可言说的神秘魔力。

除了白人塑造的非裔女性刻板形象，以父权制为特征的非裔群体也部分地内化了白人的思想意识形态和价值体系，认为女性应该扮演特定的角色。由于以上两个主要原因，非裔女性文学从一开始就是“各种强加在黑人女性身上的社会界定的令人吃惊的表达”[3]。在本质上，非裔女性创作就是要颠覆白人和黑人男性强加在她们身上的种种角色，为女性身份寻找新的界定，最终目的是把这些新界定当做“一种改变自己民族对女性和生活本身的看法的渠道”[4]。

在南北战争前后，面对非裔女性的刻板形象，女作家试图塑造新非裔女性形象，以表明她们在人种上并不比白人女性逊色。于是便产生了非裔女性文学中的“悲情混血儿”(the tragic mulatto)形象。这些混血儿属于中上层社会，美丽动人，受过良好的教育，品行高尚，更为重要的是，她们是虔诚的基督徒。这些混血儿美女宁愿保留自己的非裔文化身份而不愿伪装成白人，尽管为此要付出巨大代价。弗朗西斯·哈勃(Francis E. W. Harper)的《艾奥拉·勒罗伊》(*Iola Leroy, or Shadows Uplifted*, 1892)和波琳·霍普金斯的《张力》(*Contending Forces: A Romance*

1 Toni Morrison (1992). *Playing in the Dark: Whiteness and the Literary Imagination*, New York: Vintage, p.44.

2 Joyce A. Ladner (1971). *Tomorrow's Tomorrow: The Black Woman*, New York: Doubleday & Co., p.2.

3 Barbara Christian (1980). *Black Women Novelists: The Development of a Tradition, 1892–1976*, Westport: Greenwood Press, p.71.

4 同上, p.252.

Illustrative of Negro Life North and South, 1900)中的女主人公都属于这种类型。

混血儿美女的形象是如此成功，以致在哈莱姆文艺复兴期间仍然有一些优秀的女作家，如杰西·福塞特(Jessie Redmon Fauset)和内拉·拉森(Nella Larsen)等，延续这一潮流。[1]但是，当非裔人民在为摆脱贫困，争取受教育的权利作斗争时，混血儿美女只是一个试图调和种族矛盾的产物。塑造混血儿美女的目的是抬高非裔的种族地位，赢得白人废奴主义者和中产阶级读者的同情。因此，"这是一种被主流文化批准和包容的抬高"[2]，对改善美国社会盛行的种族歧视并无多少裨益。

从哈莱姆文艺复兴到20世纪六七十年代为非裔女性文学的发展期，女性的自我意识开始觉醒，但对自我的寻求并未与反抗种族歧视的斗争产生矛盾。阿丽克斯·德沃(Alexis DeVeaux)认为，自我是了解群体、民族和世界的第一步。只有先了解自身，才能了解更复杂或庞大的群体。[3]在哈莱姆文艺复兴时期，非裔文学进入了有史以来的第一个高峰。以兰斯顿·休斯(Langston Hughes)和阿兰·洛克(Alain Locke)为代表的非裔男作家强调把写作当成宣传非裔民族和文化传统的手段。他们认为，在反对种族主义的斗争中，塑造正面的非裔形象是至关重要的。然而，女作家对此却有不同看法。在以原有的热情反映种族歧视的同时，她们开始审视性别问题给女性造成的身心创伤，批判非裔群体内部的种种性别歧视，并着力塑造追求自我的非裔女性形象。从此，性别政治在非裔女性创作中占据了十分重要的位置。以杰西·福赛特、多萝西·维斯特(Dorothy West)、佐拉·尼尔·赫斯顿等为首的优秀作家"以关注种族冲突的热情来关注女性的性别身份"，她们的作品"显示出种族和性别是如何造就了无权力的状态"[4]。赫斯顿在

1 福塞特和拉森是早期非裔女性文学中较为重要的两位作家。在20世纪80年代以前为数不多的讨论非裔作家的文学评论专著中，她们都占有一席之地。如第一部研究非裔文学的专著——尼克·福特(Nick Aaron Ford)的《当代黑人小说》(*Contemporary Negro Novel*, 1936)、休·格罗斯特斯(Hugh Glosters)的《美国小说中黑人的声音》(*Negro Voices in American Fiction*, 1948)、罗伯特·波恩(Robert Bone)的《美国黑人小说》(*The Negro Novel in America*, 1958)、阿姆瑞吉·辛(Amritjit Singh)的《哈莱姆文艺复兴的小说》(*The Novels of the Harlem Renaissance*, 1976)等都对福塞特和拉森的作品进行解读并作出很高评价。

2 Patrick Bryce Bjork (1992). *The Novels of Toni Morrison: The Search for Self and Place within the Community*, New York: Peter Lang, p.2.

3 Claudia Tate (ed.) (1983). *Black Women Writers at Work*, New York: Continuum, p.55.

4 Elaine Showalter (1988). "Women Writers between the Wars", *Columbia Literary History of the United States*, ed. Emory Elliott et al., New York: Columbia University Press, p.836.

《他们眼望上帝》中塑造了新的混血儿形象——相貌平常的詹妮·斯塔克，由此“开创了表现更加复杂的女性角色的道路”[1]。随着小说故事的推进，詹妮逐渐从一个被动依赖他人的女孩成长为知道自己想要什么的女性。凭借对詹妮的刻画，赫斯顿也成为非裔女性文学史上第一位对非裔群体内部存在的男权至上和歧视女性的现象进行批判的女作家。

在赫斯顿之后，安·佩里(Ann Petry)在《大街》(*The Street*, 1946)中也塑造了一位生活在充满敌意的非裔群体中的普通女性露蒂。露蒂给人当女佣，想凭借自己的劳动挣钱养家，却遭到失业丈夫的背叛。她带着儿子离家出走，又成为另外三个男人的压迫对象。在与种族和性别歧视作斗争的过程中，露蒂始终是个失败者。格温德林·布鲁克斯(Gwendolyn Brooks)的中篇小说《莫德·玛莎》(*Maud Martha*, 1953)也表现了女主人公追求自我与重男轻女的非裔群体所产生的矛盾和冲突。

在非裔女性小说中，对非裔群体的刻画也是焦点之一。在艾丽斯·沃克看来，这是“一个恰当的视角”[2]，表明女作家对民族命运的关心。沃克的《紫色》(*The Color Purple*, 1982)、格洛丽亚·内勒(Gloria Naylor)的《林登山》(*Linden Hill*, 1985)和《戴大妈》(*Mama Day*, 1988)等都把展现非裔群体内部的状况放在突出位置。与哈莱姆时期非裔男性作家对群体的正面塑造不同，女作家能够更为客观地看待非裔群体，并对其缺陷提出批评。在莫里森的“历史”三部曲中，对非裔群体不足之处的批评依然在延续。《宠儿》中非裔邻居们对赛丝一家的嫉妒直接导致了杀婴事件的发生；《爵士乐》中非裔群体在城市里几乎完全丧失了原有的凝聚力；《乐园》中鲁比镇的非裔群体成为妨碍社会进步的绊脚石。但莫里森并不是单纯地为批评而批评。通过展现非裔群体的种种缺陷，她力图让非裔明了自身存在的问题，以便在将来能够更好地发展。

非裔女性文学的繁荣期从20世纪六七十年代的民权运动一直延续至今。约翰·斯金纳(John Skinner)认为，继理查德·赖特(Richard Wright)、詹姆斯·鲍德温和拉尔夫·艾里森(Ralph Ellison)之后，美国现代非裔小说出现了性别转移(gender shift)，女作家开始使她们的男性同行黯然失色。[3]小休斯敦·贝克(Houston

1 Barbara Christian (1980). *Black Women Novelists: The Development of a Tradition, 1892–1976*, Westport: Greenwood Press, p.57.

2 Claudia Tate (ed.) (1983). *Black Women Writers at Work*, New York: Continuum, p.181.

3 John Skinner (1998). *The Stepmother Tongue: An Introduction to New Anglophone Fiction*, New York: St. Martin's Press, p.140.

A. Baker, Jr.)甚至把当代非裔女性文学的繁荣称之为是黑人女性文学有史以来唯一的一次文艺复兴，[1]其重要性可与哈莱姆文艺复兴媲美。

在当代非裔女性文学创作中，仍有一部分女作家继续关注性别问题，但与此同时，一些作家开始将眼光放得更加长远。她们不再像前辈那样单纯关注女性个体的经历和感受，而是把非裔群体在过去的经历和黑白种族间的关系放在突出位置，力图构建非裔民族在当代社会的文化身份。与此同时，女作家对黑白种族间的关系也作出新阐释。奥德拉·洛德认为，"在我们的工作和生活中，我们必须承认差异是值得庆祝的，而不是招致毁灭的理由"[2]。在承认差异的基础上，非裔女作家倡导用"爱"来消弭种族间的恩怨，实现国家的完整生存。

在这新一轮的转变中，1993 年获得诺贝尔文学奖的托妮·莫里森扮演了极其重要的角色。她的"历史"三部曲以非裔的集体经历(the collective experience)为主线，重写了美国历史，既包含着对过去的反思，更有对未来民族间和谐共存的希冀。三部曲代表着当代非裔女性文学的基本特点。

第二节　从非裔角度撰写美国历史

早在 1968 年，在《黑人艺术运动》("The Black Arts Movement", 1968)一文里，拉里·尼尔(Larry Neal)指出，和其他被殖民的国家和地区一样，非裔群体也在寻找他们丢失的本土传统。重写历史就是寻找民族传统和文化的一种方式。对非裔女作家来说，从非裔角度重新撰写美国历史可以把过去和现在联系起来，以便非裔美国人找到自己在当代社会的位置。

莫里森并非唯一一位对重写美国历史感兴趣的作家。詹姆斯·鲍德温很早就注意到非裔历史和现在的关系："只要非裔美国人不愿意接受过去，他就没有未来。接受自己的过去——自己的历史——和沉溺其中不是一回事，这是学习如何利用历史。"[3]历史在非裔女性创作中占有独特地位。正如苏珊·威利斯(Susan Willis)所说："历史给黑人女性创作以题目和素材。没有人能够读托妮·莫里森、艾丽斯·沃克和波尔·马歇尔的小说而不面对历史，不感到历史的影响并经历历

1 Houston A. Baker, Jr. (1990). *Long Black Song: Essays in Black American Literature and Culture*, Charlottesville/London: The University Press of Virginia, p.xvii.

2 Claudia Tate (ed.) (1983). *Black Women Writers at Work*, New York: Continuum, p.101.

3 James Baldwin (1962). *The Fire Next Time*, New York: Del Publishing Co., p.111.

史带来的变革。”[1]

非裔女作家对重写历史的兴趣始于民权运动之后，表现形式也多种多样。波尔·马歇尔的小说《寡妇的赞歌》(*Praisesong for the Widow*, 1983)是较早的非裔女性试图重新挖掘历史的作品。小说主角是一对非裔夫妇，在辛苦拼搏多年之后终于过上了富裕的生活，但逐渐发现自己处于精神空虚之中。在丈夫去世后，妻子开始回顾过去，挖掘非裔历史，终于重新获得了归属感。莫里森的《爵士乐》与该小说有相似主题。还有的女作家倾向于讲述与奴隶制相关的非裔历史，批判白人的残暴。杰·库伯(J. California Cooper)的《家庭》(*Family*, 1991)就和《宠儿》一样，也是以奴隶制时期非裔的遭遇为主题。

在重新讲述美国历史的同时，女作家对“嬷嬷”的刻板形象进行了解构。在当代非裔女性创作中，“嬷嬷”不再是对白人主子忠心耿耿的奴仆，而是非裔文化的重要传承者，是非裔群体中受人尊敬的长辈。托妮·凯德·邦巴拉(Toni Cade Bambara)的《食盐者》(*The Salt Eaters*, 1980)塑造了一位年长的非裔女性，利用自己的超感官能力帮助非裔群体。格洛丽亚·内勒也在她的小说《戴大妈》中讲述了非裔女性米兰达·戴(戴大妈)的故事。在杀婴事件发生之前，《宠儿》中的宝贝·萨格斯也是布鲁斯通路非裔群体的核心，被称作“圣人宝贝·萨格斯”。在林中空地上，宝贝·萨格斯让非裔男女尽情发泄心中的痛苦和愤怒，以新的姿态迎接生活的挑战。在《爵士乐》中，莫里森把维奥莱特的外婆特鲁·贝尔塑造成一个精明而讲求实际、知道如何为自己和家人获取最大利益的非裔女性形象。特鲁·贝尔离开丈夫和两个女儿去照顾维拉小姐，后来又跟随主人在巴尔的摩定居，希望主人将来能给她全家以自由。在随后的22年里，特鲁·贝尔精心照顾着维拉小姐和混血男孩戈登·格雷。当听到自己女儿遭遇不幸时，她假装自己要死了，于是获得自由回家，口袋里装着22年的薪水——10块鹰洋。她用这笔钱购买生活必需品，把自己和家人们照顾得很好。

与其他非裔女性小说相比，莫里森的“历史”三部曲更为系统地反映了非裔历史。在三部曲中，莫里森不仅重写了非裔在美国的历史，而且突出了黑白种族间错综复杂的关系，即两个民族既有对立，也有融合。这折射出莫里森独特的历史观和深刻的思想性，即直面历史的目的是吸取教训，提倡黑白两个民族间的和睦相处，以利于共同发展。“历史”三部曲体现了后殖民妇女主义所蕴含的国家完整生存的理念。

---

1 Susan Willis (1987). *Specifying: Black Women Wring the American Experience*, London; Routledge, p.3.

在后殖民女性创作中，重写历史是热门主题，但出发点有所不同。澳大利亚土著女性的重写历史发生在整个民族处于生死攸关的时刻，因此她们的根本目的是为了土著民族在当代社会能够完整生存下去。而非裔女性的重写美国历史，是要让黑人和白人对过去进行反思，了解黑白种族间既相互对立又相互依赖的关系，为两个民族用“爱”来包容对方以实现国家完整生存的目标创造条件。

《牛津英语词典》第二版对广义上的“历史”一词作了如下界定：源于拉丁语，意为“对过去事件的叙述；记录，传说，故事”。狭义上的“历史”则指的是“一种构成连续而系统记录的书面叙述，按照时间、重要性或公共事件(尤其是与特定国家、民族、个人相关的公共事件)的顺序排列”。从这两个界定来看，所谓的“历史”应该是纯粹客观的东西，但事实证明，历史不可避免地受到统治阶级主观意识的影响。

自文艺复兴以来，历史作为西方统治阶级掌控的工具，一直带有鲜明的白人中心主义的烙印，压制处于边缘的被压迫者和被殖民者的声音。白人统治者把自己的历史作为唯一的真理强加在被殖民者的头上。20 世纪七八十年代，随着新历史主义的出现，历史的权威性受到空前挑战。新历史主义者认为，历史和文学同属一个符号系统，历史的虚构成分和叙事方式同文学所使用的方法十分类似。在新历史主义代表人物维塞尔(H. Aram Veeser)总结的新历史主义的五个基本原则中，第二条“文学与非文学‘文本’不可分割地流通”，以及第四条“没有话语能接近亘古不变的真理或表达始终如一的人性”，[1]都充分表明了新历史主义者对历史所代表的唯一真理的否定态度。在这股浪潮中，《哥伦比亚美国文学史》的主编艾莫里·埃利奥特(Emory Elliott)也对历史学家的身份作出了新的阐释：“历史学家不是讲述真理者，而是讲故事者。一个民族的官方历史只不过是一个被广泛接受的故事”[2]。

如果说新历史主义意在颠覆传统历史的权威性，那么这种颠覆充其量不过是西方思想体系内部两个阵营的斗争。真正对西方白人统治阶级撰写的官方历史进行颠覆和反拨的是后殖民作家，尤其是澳大利亚土著女作家和非裔美国女作家。她们从各自的立场出发，对殖民地历史进行了重写。以莫里森为代表的非裔女性的重写美国历史不仅突出了非裔被长期埋没的惨痛经历，而且把黑白两个民族间

---

1 Aram H. Vesser (1994). “The New Historicism”, *The New Historicism Reader*, ed. Aram H. Vesser, New York: Routledge, p.2.

2 转引自 Elaine Showalter (1991). “Introduction”, *Modern American Women Writers*, ed. Showalter et al., New York: Simon & Schuster, p.4.

的关系放在重要位置，以期引起人们深层次的思考。在一次访谈中，莫里森指出，作为非裔作家，她的创作是为了“作证”(bear witness)，因为“如果我们在美国的第三世界女性不知道(过去)，那么它就不会为任何人所知”[1]。

作为长期受到种族压迫和歧视的民族，美国非裔一直受到白人霸权话语的压制。在美国文学中，他们始终处于边缘地位，只能被白人作家表现，却无法表现自己。正如莫里森在诺贝尔奖答谢词中所说：“压迫性的语言不仅代表暴力，它就是暴力；它不仅代表了知识的局限，它限制了知识。”[2]

在《历史中的英国小说》(*The English Novel in History: 1950—1995*, 1996)一书中，斯蒂芬·康纳(Steven Conor)提出一个观点，即小说不是被动地打上历史的印记，而是对历史进行创造和再创造的途径之一。[3]作为对美国历史的重写，莫里森的“历史”三部曲第一次完整地再现了一百多年的非裔历史。通过突出少数族裔和平民百姓的遭遇，三部曲实现了对传统历史小说所代表的“宏大叙事”的颠覆。莫里森打破了在以往的历史小说中非裔不能表述自己、而需要由白人来表述的怪现象。她在三部曲中对美国历史所作的梳理和反思也是对长期以来非裔在美国历史中被有意忽略的反抗。作为白人主流社会的边缘人和“他者”，非裔从美洲殖民地创建初期就被剥夺了话语权，处于沉默而失语的状态，在历史书中长期“缺席”，仿佛他们根本就不存在。在《黑暗中的游戏》一书中，莫里森指出，多年来美国历史学家和批评家普遍接受并流行的观点是传统的、经典的美国文学并未受到四百年来非裔美国人存在的影响。然而，对于非裔存在的思考对了解美国的民族文学是至关重要的，它不应该徘徊在文学想象的边缘。[4]“历史”三部曲填补了美国历史的空白，是作为“边缘”的非裔对白人“中心”的改写，使得白人开始关注处于边缘状态的非裔的生活状况，同时也为非裔文学进入美国教育体系开辟了道路。莫里森的叙事，“在文化和社会的缺席中创造了一个(非裔的)声音和身份”[5]。而她获得诺贝尔文学奖的原因也正是由于“在她对于生

1 转引自 Bernard W. Bell (1992). “*Beloved*: A Womanist Neo-Slave Narrative; or Multivocal Remembrance of Things Past”, *African American Review*, vol.26, no.1, Spring, p.8.

2 Toni Morrison (1993). Nobel Lecture. http://nobelprize.org/literature/laureates/1993/morrison-lecture.html.

3 Steven Conor (1996). *The English Novel in History: 1950—1995*, London/New York: Routledge, p.1.

4 Toni Morrison (1992). *Playing in the Dark: Whiteness and the Literary Imagination*, pp.4-5.

5 Rafael Perez-Torres (1998). “Knitting and Knotting the Narrative Thread—*Beloved* as Postmodern Novel”, *Toni Morrison*, ed. Linden Peach, New York: St. Martin’s Press, p.128.

活中和神话中的非裔世界的描绘里，托妮·莫里森一点一点地把非裔美国人的历史归还给他们"。[1]

从表面上看，"历史"三部曲仍然延续莫里森以往的做法，即表现非裔的个人经历，但是，这种私人生活已不再属于个人，而是属于整个非裔民族。如此一来，莫里森的作品表现的是"'过去'和集体记忆的再现成为文化权威的方式"[2]。

三部曲的故事年代分别相距约五十年。《宠儿》的故事发生时间是1873年的战后重建时期，《爵士乐》的故事发生在1926年的哈莱姆文艺复兴时期，而《乐园》则是民权运动时期的1976年。如果把这三部小说的故事串在一起，就构成了一幅反映一百多年来美国非裔生活的历史画卷。在三部曲中，莫里森根据不同历史时期的特点，力图把非裔在各阶段遭受的痛苦具体化。《宠儿》强调的是奴隶制造成非裔不敢爱不能爱子女的痛苦；《爵士乐》凸现的是经济地位的提升带来的却是非裔在精神上的空虚；《乐园》则展现了传统对非裔群体的限制和束缚。莫里森一反以往历史小说偏重于单纯讲述个人历史、刻画单一主人公的做法，着力于塑造非裔群体的形象。

在《宠儿》中，种族歧视和奴隶制成为非裔追求人身自由的最大障碍。小说的叙事时间一直在1855年和1873年之间跳跃，以表明即使在获得自由之后，从前的黑奴依然受到幽灵所代表的奴隶制的影响。对赛丝而言，"每次提到过去的生活都会令她受伤。过去的每一件事都是痛苦的"，过去是"无法言说的"(《宠儿》，第58页)。但是以幽灵为代表的"过去"始终萦绕在她的周围不肯离去。赛丝发现自己永远都无法走出"过去"的阴影。因亲手杀死女儿而怀有的负罪感成为赛丝的心病，也造成了她的失落。

奴隶制的实行使得非裔的社会地位低下，过着牲畜都不如的生活。"甜蜜之家"原先共有五个青壮年黑奴。与其他农场的黑奴相比，他们得到了较为人道的对待，也没有挨过皮鞭。但是"他们只是'甜蜜之家'的男人。离开那地方一步，他们就成了人种的入侵者。"(《宠儿》，第125页)

为了让自己的母亲、摔断了髂骨的宝贝·萨格斯能坐下来休息一会儿，赛丝的丈夫黑尔把五年的周日休息卖给了奴隶主。在小学教师来到之后，"甜蜜之家"黑奴们的不幸从此开始。小学教师丈量黑奴身体的每个部分的大小，用赛丝调的墨水在笔记本里写下她身上的人性和兽性。他的问题让一个黑奴发了疯，也促使

1 Sture Allen (1993). Presentation Speech. http://nobleprize.org/literature/laureates/1993/presentation-speech.html.

2 Jill Matus (1998). *Toni Morrison*, Manchester/New York: Manchester University Press, p.17.

赛丝不惜任何代价逃离“甜蜜之家”。

五个男性黑奴都遭到奴隶主的虐待。用保罗·D 的话来说：“一个疯了，一个被卖掉，一个失踪，一个被烧死，而我的双手被绑在身后，嘴里塞了烙铁。”(《宠儿》，第 72 页)在被卖掉后，保罗·D 因试图杀死虐待他的新主人未遂而被投进监狱，受尽各种各样的折磨，最终趁发大水的时候逃脱，成为五个黑奴中唯一的幸存者。经受奴隶主暴行的并非只有“甜蜜之家”的黑奴。同样住在布鲁斯通路的斯坦普·裴德在做奴隶期间被迫把妻子献给主人的儿子享用，直到他玩腻了为止。他原先与上帝同名，凡事尽量采取克制忍让态度，但在杀死妻子之后，他给自己取名为“邮资已付”(Stamp Paid)，意味着他为获得自由付出的惨重代价。

如果说非裔男性在奴隶制下过着悲惨的生活，那么女性的日子更是生不如死。当决定和黑尔结婚时，赛丝渴望有一个仪式，有牧师和婚纱。可加纳夫人却颇不以为然，因为黑奴结婚不需要什么仪式，只要把两个人的铺盖放在一块儿即可。结果，赛丝只好偷了些碎布头缝制了一条裙子作为结婚礼服。在赛丝逃跑后，小学教师责怪侄子鞭打牲畜超出了它们所能承受的限度。这折射出当时白人的一般看法：非裔等同于畜生。

《宠儿》的主题是母爱，但小说主要描绘的却是在奴隶制的摧残下非裔群体经历的肉体和心灵创伤。在赛丝和保罗·D 的眼中，“自由”意味着“到一个你能够爱任何你想爱的东西的地方——不需要许可”(《宠儿》，第 162 页)。恰恰由于他们没有生活在这样的地方，黑奴没有了爱的资格。赛丝母亲身上的烙印和赛丝背上的伤疤都表明她们是奴隶主的私有财产，是具有生育能力的牲畜。非裔母亲不敢爱子女，因为有的孩子是白人罪孽的产物，其余的则供奴隶主任意发落。赛丝的母亲不愿爱和白人生下的孩子。在贩奴船上，她多次被白人水手强奸，生下的孩子被她扔在一个小岛上。到达美国后，生下的混血儿也都被她扔掉。只有赛丝是她和所爱的黑奴所生，所以被留了下来，但母女俩待在一起的时间总共只有一周。与赛丝一起住在布鲁斯通路的艾拉也不愿意爱自己的孩子。在一年多的时间里，艾拉被关在地窖里，成为一对白人父子的性奴。她连看也不看生下的孩子，听任它死去。在她看来，“爱是严重的残疾”(《宠儿》，第 254 页)。赛丝的婆婆宝贝·萨格斯和 6 个男人生了 8 个孩子，只有最小的一个在她身边呆了 20 年，最后也不知所终。在奴隶制的统治下，“(黑人)男女像棋子一样被移来移去……没人会仅仅因为那些棋子包括她的孩子们而停止下棋”(《宠儿》，第 23 页)。

感受到赛丝对女儿强烈的母爱，保罗·D 也认为：“对一个前女奴而言，如此强烈地爱任何东西都是危险的，特别是如果她决定爱的是她的孩子们。他知道，最好是爱一点点。"(《宠儿》，第 45 页)正因为如此众多的孩子得不到母亲的爱，以赛丝死去女儿的面目出现的幽灵才会变成一个"贪婪的幽灵，需要许多爱"(《宠儿》，第 209 页)。

《宠儿》力图展现奴隶制对非裔的肉体和精神的摧残，而《爵士乐》所要表现的却是哈莱姆文艺复兴时期非裔的精神荒漠。南北战争结束后，非裔向北方工业化城市大规模迁移，他们由奴隶转变成资本家的自由劳动力，经济状况有了明显改善，社会地位也呈现上升趋势，成为新非裔。然而，新非裔依然处于精神荒漠之中。他们一方面依然受到种族歧视的影响，白人不愿意租房子给他们或雇用他们。另一方面，工业化的城市造成了非裔之间沟通的欠缺。《爵士乐》中的维奥莱特、乔和多卡斯等都受到种族歧视的影响，有着各种各样的心理创伤。在 1888 年的重建时期，维奥莱特的父亲因赞成非裔拥有选举权而被迫离家出走，他们居住的房屋受到白人的洗劫，母亲在自己的孩子们面前被白人羞辱，最后投井自杀。维奥莱特被外祖母讲述的故事所吸引，把黑白混血儿戈登·格雷当做爱恋的对象，一直渴望自己变成"白皮肤，浅色头发，年轻"(《爵士乐》，第 208 页)。而乔苦于不知道生身母亲是谁，四处寻找多年却毫无结果，从此患上"恋母情结"而不能自拔。在维奥莱特眼中，"这意味着从一开始我就是个替代品，他也是"(《爵士乐》，第 97 页)。在 1917 年的种族骚乱中，多卡斯的父亲被白人动乱分子从电车上推下摔死，家里的住房被白人纵火焚烧，母亲被活活烧死，自己因为在同学家过夜而幸免于难。她在五天之内参加了两个葬礼，从此变得沉默寡言。心理创伤使得多卡斯把乔当做想象中的父亲，渴望父亲的宠爱与保护。而同样的心理创伤使维奥莱特在生活中逐渐压抑自我，甚至无法宣泄自己的母性，只能偷抱别人的婴儿或者在床下藏个玩具娃娃。

如果说三部曲的前两部小说依然立足于反映以种族歧视为特征的外部环境对非裔造成的身体和精神创伤的话，那么《乐园》在延续对种族歧视的批判时，也把批判的矛头指向了非裔群体内部。当接受维黛尔(A. J. Verdelle)关于《乐园》的采访时，莫里森指出，就许多非裔群体而言，威胁来自内部冲突和互相残杀。[1]从总体看，莫里森创作三部曲的目的有两个：一是试图通过黑白两个种族间关系的演变告诫人们：奴隶制和种族歧视所代表的过去不应该被遗忘，但是更应该着眼于未来。这种努力在三部曲的前两部中得到充分体现。莫里森的另

1 A. J. Verdelle (1998). "Paradise Found: A Talk with Toni Morrison", http://www.findarticle.com/p/articles.

一创作目的是力求客观地展现非裔群体内部的种种不尽如人意的状况，使她的同胞们对此有清醒的认识并加以改变，从而有利于非裔民族的长远发展。《乐园》就是这种认识的产物。

德布拉·古斯(Deborah Guth)指出，莫里森创作小说的动因是探索寻求自我的“现在”和“过去”之间的复杂的相互作用。这个“过去”有时是作为具有养育作用的文化基础，有时是需要摆脱的束缚人的传统，有时是把自己强加在“现在”和自由复兴的“未来”中间的令人恐惧的噩梦。[1]在《乐园》中，非裔群体的“过去”成为他们发展的最大障碍。内战结束后，退伍返乡的非裔老兵找不到一个欢迎他们定居的地方。白人不屑与他们为伍，生活富裕的非裔也远离他们。无奈之下，他们举家迁移至俄克拉荷马的无人居住区，建立小镇哈文，自认为是上帝的选民。二战之后，当年老兵的后代也退伍还乡，基于同样的原因建立了小镇鲁比。鲁比镇有着淳朴的民风，被视为远离白人社会种族歧视的世外桃源。小镇的人们很为自己骄傲，因为没有一个妻子曾经在白人的厨房里干过活或照顾过白人的孩子，“尽管田里的活更苦而且没有地位，然而他们相信在白人厨房干活的女人被强奸即使不是必然，也是明摆着的可能。”(《乐园》，第 99 页)

《乐园》中的“历史”有两个版本：男性版本和女性版本。男性版本是摩根兄弟根据对祖父和父亲言行的回忆而讲述的鲁比镇的官方历史。女性版本则是学校教师帕特里夏里夏·贝斯特撰写的历史。与传统相悖的是，在《乐园》中撰写书面历史的权力被转移到女性手中，而男性只能依靠口述传统。鲁比镇的两种历史的根本区别在于男性历史聚焦于过去，而女性历史也讲述过去的事件，但更注重眼前。

历史的光辉掩盖了鲁比镇的缺陷：它并非世外桃源，而是一个等级制度分明、以男性为中心、同样存在种族歧视的非裔社区。以摩根兄弟为代表的统治阶层死抱着传统不放，对现在的生活却视而不见，认为祖先的英雄业绩可以使他们永远高枕无忧。那口大锅上的铭文被视为至高无上的戒律。一旦有人试图对它进行重新阐释，就会被他们所不容。在这个社区里，非裔女性被视为男性的附属品，仍然要扮演传统的贤妻良母角色。小镇同样盛行种族歧视，只不过与白人社会的种族歧视相反的是，在这里，纯种黑人地位最高，浅肤色的人处于最底层。帕特里夏·贝斯特是混血儿，父亲是纯种黑人，母亲是穷苦的白人。由于娶了“一个没

1 Deborah Guth (1993). “A Blessing and a Burden: the Relation to the Past in *Sula*, *Song of Solomon* and *Beloved*”, *Modern Fiction Studies*, (39)3 & 4, Fall/Winter, p.576.

有姓氏的妻子”，“一个不属于任何群体的妻子，一个有着阳光一样肌肤的妻子，一个削弱种族纯洁的妻子”（《乐园》，第 197 页），帕特里夏的父亲被其他纯种黑人鄙视，也因此被踢出小镇的高层决策圈。当帕特里夏的母亲因难产而生命危险时，镇上的男人故意拖延时间不去找医生，导致她最终在痛苦中死去。帕特里夏的女儿比莉·德里娅继承了她的浅色皮肤，也因此被人看不起。3 岁时，比莉·德里娅为了骑马当街脱下了裤子，从此被打上了“荡妇”的烙印。其他家庭禁止子女和她往来，就连生身母亲也认为她是耻辱的象征，想用熨斗砸死她。

帕特里夏原先打算撰写一部小镇的历史作为献给小镇居民的礼物。但在调查的过程中，她发现小镇的历史与统治阶层公开讲述的历史有出入，很多部分被篡改或隐匿。实际上，鲁比的历史依然是一部以男性为中心的历史，“女人的身份取决于她们嫁的男人”（《乐园》，第 187 页）。

在离鲁比不远的修道院里居住着五个经历各不相同的女人，有白人也有黑人。她们都有着各自的心理创伤。康索拉塔是个被马格纳修女偷走的孩子，在马格纳修女死后成为修道院的主人，也是唯一的白人女子。她有着绿眼睛，茶色的头发，曾和摩根兄弟中的迪肯有过一段婚外情。马维斯曾经是个家庭主妇，家庭暴力的牺牲品。琪琪曾吸毒，是男人的玩物。塞尼卡在 5 岁时被生母遗弃。帕拉斯深爱的男友居然被自己的母亲抢走。这五个女人的经历和行为与鲁比镇的道德规范相悖，故而受到小镇男人的排斥。

随着社会的进步，鲁比也受到外面风气的侵入。社区不再安全，婚外情时有所闻，年轻一代开始反抗父母的管束，就连畸形婴儿也开始在鲁比出生。为了维护他们的光荣传统，鲁比的男人们把矛头指向生活在镇外修道院里的 5 个女人，因为，“联系所有灾难的东西在修道院里。而在修道院里的是那些女人”（《乐园》，第 11 页）。虽然小镇的接生婆洛恩偷听到了他们的计划，并试图阻止他们，但康索拉塔还是被打死。康索拉塔的死亡使以迪肯·摩根为首的鲁比的人们开始忏悔犯下的罪行，反思光荣的“过去”对自己的消极影响。小说最后一章题为“拯救玛丽”(Save-Marie)，即“拯救我”，言外之意是小镇上的任何人都可以得到拯救。换言之，鲁比镇依然还有生存下去的希望。

三部曲的时间跨度达一百多年，以美国黑白种族史上的多个重大事件为主线，涉及南北战争、哈莱姆文艺复兴和民权运动等多个历史时期，系统地反映了非裔在美国的生活遭遇，成功地实现了对美国历史的改写。在《爵士乐》中，莫里森指出乔的特异之处在于“他有复眼。每只一种颜色。哀伤的那只让你看到他的内心，清澈的那只看到你的内心”（《爵士乐》，第 206 页）。这体现了莫里森的历史观，即黑白两个民族需要反思过去，吸取历史教训，同时也需要增进彼此间的了解，共同展望未来。正如艾丽斯·沃克所言："我们经历过失望、幻想破灭，甚至绝望。每一次我们都采取行动。每一次我们都相信世界会变得更好。每一次我们都相信别人像我们所想的那样高尚。"[1]

第三节　黑白民族的和睦共存

作为非裔女作家的代表，莫里森的卓越之处不仅仅在于她重写非裔美国人的历史，更在于她从被压迫民族的立场出发，提出曾经敌对的黑白两个民族应该彼此包容，以实现国家的完整生存。对国家完整生存的提倡是后殖民妇女主义的一个组成部分，也是莫里森的深刻思想性的具体表现。国家的完整生存是莫里森重写美国历史的最终目的，但要实现这一目标，首先要实现非裔个人和群体的完整生存。

在非裔美国人历史中，非裔群体是帮助个人抵制种族歧视和压迫的精神支柱，其作用不容小觑。非裔个人的完整生存离不开所属群体。多年前，马尔科姆·X(Malcolm X)就认可非裔群体在个人生活中扮演的积极角色。他指出，黑人文学应该注重反映黑人的群体生活，而不仅仅是个人的生活。[2]在分析非裔美国文学时，小休斯顿·贝克也认为，"美国黑人文学的特征是集体主义精神"[3]。换言之，非裔文学对群体的关注和表现正是集体主义精神的体现。在许多非裔女作家的笔下，非裔群体有着自身的独立性。它"注重自己的过去，自己的文化形式，而不是根据和外部意识形态或统治阶级的关系来界定自身"[4]。

对个人与群体关系的重视使得非裔文学与美国白人文学形成显著差异。综观美国白人文学，可以看出个人主义思想一统天下，群体的作用可被忽略不计。出于构建自我和获得成功的需要，个人常和所属群体处于对立之中。马克·吐温、

1 Alice Walker (1997). *Anything We Love Can Be Saved: A Writer's Activism*, New York: Ballatine Publishing Group, p.xxv.

2 转引自 Vincent B. Leitch (1988). *American Literary Criticism: From the Thirties to the Eighties*, New York: Columbia University Press, p.335.

3 Houston A. Baker, Jr. (1990). *Long Black Song: Essays in Black American Literature and Culture*, Charlottesville/London: The University Press of Virginia, p.16.

4 Patrick Bryce Bjork (1992). *The Novels of Toni Morrison: The Search for Self and Place within the Community*, New York: Peter Lang, pp.14-15.

西奥多·德莱塞、恩内斯特·海明威都刻画过与群体产生矛盾冲突的白人形象。一些非裔男性作家，如理查德·赖特和拉尔夫·艾里森等，也把自己的主人公塑造成社会的弃儿或另类，以表示对种族歧视的反抗。在"历史"三部曲中，通过展示各个历史时期非裔个人与群体的不同关系，莫里森想要表明：随着时间的推移，非裔群体在非裔个体生存中所起的作用被日益削弱。群体凝聚力的丧失会危及非裔民族和个人的完整生存，进而对国家的完整生存不利。

在《宠儿》中，非裔群体是黑奴反抗奴隶制的精神支柱。赛丝只记得自己生于卡罗来纳(或是路易斯安娜)，十几岁时被卖到肯塔基州的一个名为"甜蜜之家"的农场做奴隶，并在那儿结婚生子。因不堪忍受以小学教师为首的奴隶主的凌辱，她决意摆脱做奴隶的悲惨命运，在非裔同胞的帮助下带着孩子逃到了婆婆家——辛辛那提市布鲁斯通路 124 号。为了庆祝他们的成功脱逃，宝贝·萨格斯举办了盛大的宴会，从而导致其他非裔男女的嫉妒和不满。当奴隶主追踪而来时，没有人给婆媳俩通风报信。为避免女儿遭受和其他黑人妇女同样的悲惨命运，赛丝亲手杀死刚刚会爬的女儿。母亲杀死自己的亲生骨肉违背了做人的伦理道德，因此赛丝不再被非裔群体所接纳，彼此不再往来。直到 18 年后赛丝被幽灵操纵，命悬一线，女儿丹弗第一次走出家门向邻居求救，她们与非裔群体的紧张关系才得到缓和。非裔妇女用部落哼唱而不是白人的语言来驱除奴隶制的鬼魂。在非裔群体的帮助下，赛丝摆脱了幽灵，开始了新生。

《宠儿》中非裔个人与群体间唇齿相依的关系在《爵士乐》中逐渐削弱。城市的诱惑使非裔个人逐渐远离群体，开始接受白人中产阶级的价值观念，忙于挣钱养家。作为经济上独立的新一代非裔女性的代表，维奥莱特大胆追求爱情，选择了与乔结婚。为了实现他们的"美国梦"，夫妇俩在 1906 年从弗吉尼亚州的维斯帕县移居纽约的哈莱姆区。在乡村，他们是廉价劳动力，过着食不果腹的生活。而到了城市，虽然经济状况有了很大的改善，可他们依然觉得自己是在四处漂浮，无所归依。由于缺乏沟通，维奥莱特和丈夫之间产生了隔膜，导致丈夫爱上了年轻姑娘多卡斯。在多卡斯死后，维奥莱特一次次到死者的姑妈家里了解有关死者的情况。在多卡斯姑妈等人的帮助下，维奥莱特重新恢复了自信，决心与乔开始新生活。非裔群体又一次拯救了危机之中的非裔个人。

如果说在《宠儿》和《爵士乐》中，群体最终都成为主人公追求个体完整生存的推动力的话，那么在《乐园》中，等级森严、男尊女卑的非裔群体已经丧失了原先的凝聚力，变成少数人发号施令的工具。在《柏油娃》中，莫里森对雅丹放弃祖先的文化遗产、一味追求城市生活持反对态度，但《乐园》却显示出她的态度有所改变。对于非裔文化所作的反思和批评说明莫里森的态度日趋客观公正。在《乐园》中，不同种族的女人在身心遭受了摧残之后，不约而同地选择了居住在距鲁比镇不远的修道院里。她们不信上帝，只想彼此间相互扶持，享受不受别人控制的生活。但鲁比镇上以摩根兄弟俩为代表的男人们却认为这些女人的行为损害了小镇的好名声，导致不良社会风气的产生，因此要把她们赶尽杀绝。非裔群体和修道院的女性产生对立，成为迫害女性的罪魁祸首。除了批评鲁比镇的非裔群体具有的男权至上思想之外，莫里森对他们死抱着传统不放、自我封闭、拒绝和外界交流等做法也提出了批评。

在三部曲中，通过展现非裔群体内部的缺陷来强调黑人民族完整生存只是莫里森的创作目的之一。更为重要的是，莫里森试图通过三部曲来展示黑白种族间错综复杂的关系，用历史事实证明两个民族之间存在着既相互排斥又相互依赖的关系，从而为国家的完整生存提供依据。

与莫里森不同，一些早期的非裔女作家在反映女性所经历的种族和性别歧视时经常心怀怨恨，为女性的遭遇愤愤不平。这种态度对非裔民族的长远发展不利。在莫里森看来，“未来就是要把过去逼得走投无路”（《宠儿》，第 42 页），也就是说，她认为非裔在当代社会的生活不能像赛丝一样被代表“过去”的幽灵左右。因此，莫里森在描写非裔遭遇的时候，刻意突出黑白两个种族间既相互对立又相互依赖的状态，用以表明两个种族间业已存在的共生关系，为提倡国家的完整生存做好铺垫。正如爱娃·伯奇(Eva Birch)所说，以莫里森为代表的非裔女作家“对种族和性别压迫的反抗并不是出于憎恨，而是出于对包容所有差异的、充满爱的完整社会的渴望”[1]。

当莫里森获得诺贝尔文学奖时，斯图尔·阿伦教授(Sture Allen)在颁奖词中指出，莫里森“把非裔美国人的存在看成是实现美国梦基本但隐含的先决条件”。他认为莫里森的作品表明“白人把黑人当做他的长期伙伴，把种族的他者当做他自己的影子”[2]。这种关系说明黑白种族都不可能离开对方而独自生存。在三部曲中，莫里森对黑白种族关系的这种处理集中体现了她的高瞻远瞩。

黑白种族间彼此依存的关系在三部曲的互文性上也得到体现。所谓互文性，指的是作家在传统文本的基础之上进行的改写和重新阐释。在三部曲中，互文

1 Eva Lennox Birch (1994). *Black American Women's Writing: A Quilt of Many Colours*, London/New York: Harvester Wheatsheaf, p.11.

2 Sture Allen (1993). Presentation Speech. http://nobleprize.org/literature/laureates/1993/presentation-speech.html.

性表现为莫里森对非裔文本与白人文本的混合使用。《宠儿》源自女奴玛格丽特·加纳的故事。面对奴隶主的追捕,加纳宁愿杀死女儿以抗拒重新当奴隶的命运。《爵士乐》依据的是詹姆斯·范·德·塞(James Van De Zee)所拍摄的关于哈莱姆葬礼的照片。《乐园》则突破了单纯对非裔文本的改写,把视线转向对白人的经典文本《圣经》的戏仿。《圣经》中反映的是男权至上的白人社会的等级制度,而《乐园》中的鲁比镇是一个等级制度森严的黑人小镇,女性地位低下,浅肤色受到歧视。通过戏仿,莫里森突出了对非裔群体内部缺陷的批评。

莫里森在控诉奴隶制和种族歧视的同时也表现了黑白两个种族之间的相互融合,以凸现国家完整生存的必要性和可能性。在早年创作的一篇题为《宣叙》("Recitatif", 1983)的短篇小说中,莫里森第一次描绘了黑白种族间的和睦。在历经波折之后,两个一同在孤儿院长大的女孩泰娜和罗伯塔之间的友谊终于被保持了下来。可是,直到小说结束,读者也没有弄清楚究竟哪个女孩是白人,哪个是黑人。

在《宠儿》中,莫里森不仅塑造了诸如小学教师之类残暴的奴隶主形象,也精心刻画了一些心地善良的白人。“甜蜜之家”的奴隶主加纳夫妇把黑奴看成是雇用劳动力,尊重他们。在赛丝和黑尔结婚时,加纳夫人给了她一对水晶耳环作为礼物。他们还慷慨地让宝贝·萨格斯获得人身自由,把她送到布鲁斯通路安顿下来。布鲁斯通路124号的主人鲍德温兄妹也是支持废除奴隶制、同情黑奴的白人。他们不仅为宝贝·萨格斯免费提供住处,还为她找到工作,使她能够自食其力。

身怀有孕的赛丝在第一次逃离“甜蜜之家”时被抓住,小学教师等人把她折磨得奄奄一息,“小学教师让一个侄子撕开我的背,当它合上的时候成了一棵树。它现在还长在那儿。”(《宠儿》,第 17 页)坚强不屈的赛丝带着伤再次逃跑,在奄奄一息之际幸遇白人女孩艾米。艾米为她清理已无法辨认的双脚和血肉模糊的背部,还为她接生。正是由于艾米的精心护理,赛丝才起死回生,终于到达布鲁斯通路和婆婆及孩子们团聚,刚出生的女儿也以艾米的姓“丹弗”命名。

《爵士乐》虽然以维奥莱特和乔等非裔为主角,但其中也穿插着两个民族在血统上的融合。维斯帕县的维拉·路易斯·格雷小姐爱上了陪她骑马的黑小伙。怀孕后的维拉被父母赶出家门,带着女仆在巴尔的摩居住。出生的混血儿戈登得到了母亲的姓氏和两个女人的宠爱,是“两人的生命之光”(《爵士乐》,第 139 页)。成年后的戈登在寻父途中邂逅无名的黑姑娘,又生下了乔。黑白种族在血统上的一次次融合说明彼此的关系已经牢不可破。

在《乐园》中，莫里森有意使五个不同种族的女人住在修道院里，而且在一开头没有说明哪一个是白人。这种对种族的弱化表明了作者的态度：在当代社会里，种族歧视和压迫应该成为过去，不同种族间的和睦相处、国家的完整生存更为重要。正如《宠儿》中的艾拉所说："未来是落日，过去应该被抛弃。如果它不愿被抛弃，那么，你或许要踩死它。"(《宠儿》，第256页)在《宠儿》的结尾，莫里森也一再强调："这不是一个代代相传的故事。"(《宠儿》，第274页)与以往的莫里森作品不同，三部曲的小说都有一个光明的结尾：《宠儿》中的赛丝被非裔群体拯救后将与保罗·D开始新生活；《爵士乐》中的维奥莱特和乔调整了心态，也开始了快乐的两人世界；在《乐园》的结尾，除了已经死去的康索拉塔，原先在修道院生活的四个女人也开始了各自的新生活，与此同时，鲁比镇的非裔群体也开始自我反省。种种处理都表明莫里森对民族间的和睦与国家的完整生存充满信心。

第四节 "历史"三部曲与西方哥特式小说

莫里森的"历史"三部曲以回顾历史、倡导国家的完整生存为主题。在小说文类上，莫里森对西方哥特式小说进行改良，从而使三部曲的主题得到进一步深化。

西方文学传统中的哥特式小说(the Gothic novel)始于18世纪的英国，当时被称为"哥特式传奇故事"(the Gothic romance)。在哥特式小说中，作家凭借丰富的想象力勾勒出一幅幅"中世纪的景象，以及在空旷阴森的哥特式城堡中上演的邪恶场景"[1]。最早的哥特式小说是贺拉斯·沃尔浦(Horace Walpole)的《奥特朗托堡》(*The Castle of Otranto*, 1764)。J. A. 古登(J. A. Cuddon)认为，哥特式小说之所以得名部分地是由于沃尔浦在他的"哥特式城堡"中创作的《奥特朗托堡》，部分地是因为此类小说的内容和中世纪以及野蛮、血腥的事情联系在一起。[2]在《英国小说史》中，侯维瑞和李维屏经过考证发现，作为一种通俗小说的名称，哥特式小说在20世纪60年代得到确立，当时美国王牌丛书的编辑杰拉尔德为一

1 Peter Childs and Roger Fowler (2006). *The Routledge Dictionary of Literary Terms*, London/New York: Routledge, p.100.

2 J. A. Cuddon (1991). *The Penguin Dictionary of Literary Terms and Literary Theory*, 3rd edition, London/New York: Penguin, p.381.

家女性阅读的读物冠以“哥特式小说”的名称。[1]

传统哥特式小说的故事一般在人迹罕至的哥特式城堡或修道院里展开，主要表现正义与邪恶、理性与非理性之间的斗争，最终结果总是正义和理性获得了胜利。小说的男主角或是邪恶的化身，或是代表恶势力的怪物，总而言之是代表正义一方眼中的“他者”。女主角通常年轻貌美，是男性贪婪和性暴力的受害者，根本无法依靠自身的力量逃出牢笼。这种故事模式在传统哥特式小说中非常普遍。如《奥特朗托堡》中的伊莎贝拉被奥特朗托堡的主人曼弗雷德囚禁在古堡中。在安·拉德克利夫(Ann Radcliffe)的《乌尔多福的奥秘》(*The Mysteries of Udopho*, 1794)中，艾米莉被她那专横而阴险的姑夫挟持到远离法国的一座古堡中。马修·格雷戈里·刘易斯(Matthew Gregory Lewis)的《僧人》(*Ambrosio, or the Monk*, 1795)里的安东妮亚在被自己的亲哥哥强奸后也被幽禁在修道院里。

然而，哥特式小说并非局限于英国或欧洲大陆的古堡，小说中的“他者”也并非永远是怪物或白人恶棍。丽莎白·帕拉维希尼-戈波特(Lizabeth Paravisini-Gebert)注意到传统的哥特式小说和殖民主义之间存在着联系。她指出：“到 18 世纪 90 年代，哥特式小说作家很快认识到英国日益增多的殖民地臣民可以成为令人恐惧的‘他者们’的源头。作为沃尔浦或拉德克利夫小说中的意大利恶棍的替代品，这些‘他者们’将给这一文类带来新鲜感和多样性。”[2]白人眼中野蛮落后的英国殖民地为哥特式小说家提供了无限的想象空间，因此一部分小说家把哥特式小说的场景放到了殖民地。夏洛蒂·史密斯(Charlotte Smith)的中篇小说《亨利埃塔的故事》(“The Story of Henrietta ”, 1800)就以牙买加的蓝山为背景。托马斯·坎贝尔(Thomas Campbell)的《希望的快乐》(*The Pleasures of Hope*, 1799)和玛丽亚·埃奇沃斯(Maria Edgeworth)的《贝琳达》(*Belinda*, 1801)都以非洲作为故事的发生地。在当时的哥特式小说家笔下，殖民地被描绘成一个恐怖而阴森的地方，罪恶滋生，如同地狱一般。与此同时，有色人种成为哥特式小说中的“他者”和恶势力的代表。在夏洛蒂·勃朗特的《简·爱》中，来自西印度群岛的克里奥人伯莎·梅森相貌丑陋，精神失常，最终在焚烧了桑菲尔德庄园后跳楼而死。在艾米莉·勃朗特的《呼啸山庄》(*Wuthering Heights*, 1847)中，来历不明的、深肤色的希斯克立夫在爱情受挫后实施报复计划，霸占了两座山庄并导

1 侯维瑞、李维屏：《英国小说史》(下)，南京：译林出版社，2005 年，第 775 页。

2 Lizabeth Paravisini-Gebert (2002). “Colonial and Postcolonial Gothic: the Caribbean”, *The Cambridge Companion to Gothic Fiction*, ed. Jerrold E. Hogle, Cambridge: Cambridge University Press, p.229.

致数人因他而死。

在后殖民时期，哥特式小说以其“恐怖、神秘、超自然”的特点仍然吸引了作家的目光。他们从反抗殖民统治的角度对传统哥特式小说进行改写，使之成为“后殖民哥特式小说”。如奈保尔的《游击队员》(*Guerillas*, 1975)改写了《呼啸山庄》，琼·里斯的《藻海无边》(*Wide Sargasso Sea*, 1966)也改写了《简·爱》。这种“与哥特式小说的后殖民对话”[1]在《藻海无边》和牙买加·金卡伊德的《我母亲的自传》(*The Autobiography of My Mother*, 1995)得到较为清晰的表现。作为对《简·爱》的改写，《藻海无边》把罗切斯特塑造成一个恶魔。他用欺骗的手段获得了安多瓦内特的爱情，在结婚后霸占了原本属于他妻子的三万英镑财产，把她逼疯后带回英国，幽禁在类似于哥特式古堡的桑菲尔德庄园的阁楼里。罗切斯特眼中象征一切美好事物的英国，在殖民地臣民看来则是个“该死的地方”，不仅因为那里“冷到把你的骨头冻僵”，还因为英国人都是恶棍，“他们偷你的钱，像魔鬼一样聪明”[2]。在宗主国阴森恐怖的庄园里，来自殖民地的伯莎成为受害者。金卡伊德的《我母亲的自传》也对殖民主义进行了同样尖锐的批评。在书中，金卡伊德把殖民主义比作幽灵，在殖民地四处游荡，左右着人们的生活，使他们彼此憎恨，不知自己究竟是谁。

如果依照伊莱恩·肖尔瓦特所说，美国的女性哥特式小说已经成为美国女性文学中最具多样性和最具权威的文类之一，并且它的一些要素已经改变了女性的角色和美国文化，[3]那么莫里森的“历史”三部曲则彻底改变了以往人们对哥特式小说的看法。为了凸现奴隶制和种族歧视犯下的罪恶，莫里森对西方哥特式小说这一文类进行了改良，具体表现为以下几个方面：

首先，传统哥特式小说中都有远离人烟的哥特式古堡或类似的建筑，以凸现环境的恐怖和女性的孤独无依。在三部曲中，莫里森想要表现的不仅是非裔女性在种族压迫下任人宰割的处境，更要表明整个非裔群体在美国社会的边缘化地位。因此，使非裔在地理位置上处于与世隔绝的状态就显得尤为必要。在《宠儿》中，莫里森把赛丝一家居住的布鲁斯通路124号农舍放在大路的尽头，远离其他

1 Lizabeth Paravisini-Gebert (2002). “Colonial and Postcolonial Gothic: the Caribbean”, *The Cambridge Companion to Gothic Fiction*, ed. Jerrold E. Hogle, Cambridge: Cambridge University Press, p.233.

2 Jean Rhys (1966). *Wide Sargasso Sea*, Harmondsworth: Penguin, p.92.

3 Elaine Showalter (1991). *Sister's Choice: Tradition and Change in American Women's Writing*, Oxford: Clarendon Press, p.129.

非裔的住所，以显示杀婴事件后赛丝已为整个非裔群体所不容。在《爵士乐》中，莫里森让维奥莱特和乔移民到纽约，在那里"建筑物就像电影里的城堡"(《爵士乐》，第 127 页)。维奥莱特夫妇所住的公寓有五六个房间。由于没有孩子，这么多房间显得过于空旷。莫里森通过这种安排来暗示虽然主人公的经济地位较以前的黑奴有了提高，但他们远离非裔群体，生活孤寂，因而处于精神荒漠之中。在《乐园》的开头，莫里森就告诉读者，五个女人居住的修道院坐落在鲁比镇外。鲁比镇离其他城镇有 90 英里，而修道院离鲁比镇也有 17 英里。此外，"修道院内有足够的藏身之处"(《乐园》，第 3 页)。这就表明了鲁比镇和修道院的远离尘世，也暗示着小镇的人们和修道院的女人们都处于自我封闭的状态。

其次，传统哥特式小说中时常会有幽灵在古堡出没，以烘托其阴森恐怖的气氛。在三部曲中，《宠儿》较其他两部小说更具诡异色彩。"甜蜜之家"后面的树林里常有无头新娘出没，而化名"宠儿"的幽灵更是成为"过去"的代名词，是赛丝挥之不去的梦魇，左右着她的行动。在《宠儿》的开头，莫里森就点明了布鲁斯通路 124 号在闹鬼："124 号充满怨恨。满是婴儿的怨恨。屋里的女人知道这一点，孩子们也是。多年来每个人都以自己的方式忍受这种怨恨，但是到了 1873 年赛丝和她的女儿丹弗是仅存的受害者。"(《宠儿》，第 3 页)在赛丝家里，诡异的事情时常发生：橱柜会往前走，房子会摇动，白衣裙会搂着赛丝的腰。

在非裔眼中，鬼屋是遭受过奴隶制迫害的黑奴冤魂的居住地。用宝贝·萨格斯的话来说："这个国家没有一处房子不充满了某个死去的黑奴的悲伤。"(《宠儿》，第 5 页)小说没有写明幽灵的确切身份。她或许是海上奴隶贸易时期奴隶船上的一名女奴，后来被关在某个暗无天日的地方，受尽白人的虐待和摧残。她也或许是被赛丝杀死的女儿转世，为的是要报仇雪恨，要独占赛丝的母爱。幽灵的贪得无厌几乎使赛丝丧命。幸亏另一个女儿丹弗出门寻求帮助，赛丝才摆脱了幽灵的控制，开始了新生。

主人公与环境的关系在传统哥特式小说中有着独特的地位。在比较男女作家创作的哥特式小说的差异时，大卫·庞特(David Punter)和格兰尼斯·拜伦(Glennis Bryon)指出，男作家的哥特式小说倾向于表现男主角想要穿透某种束缚性环境的企图，而女作家的哥特式小说则更典型地表现女主角想要逃离一个令人窒息的环境的愿望。[1]戴安娜·霍维勒(Diane Long Hoeveler)更是认为，以拉德克利夫为代表的女作家在创作哥特式小说时力图表现一种"受害者女性主义"(victim feminism)

1 David Punter and Glennis Bryon (2004). *The Gothic*, Malden/Oxford: Blackwell, pp.278-279.

的观点，即通过把自身定位为腐朽暴君和压迫性的父权制社会的无辜受害者，女性获得了在社会和道德上的特权。[1]但是，在三部曲中，没有一个女性把自己降格为楚楚可怜的受害者以博取男性的同情和怜悯，从而达到攫取权力的目的。莫里森一改传统哥特式小说塑造的柔弱无力、听天由命的女性形象，她所塑造的女性常常坚强不屈，对束缚人的环境更具反叛性，也更主动地尝试改变命运。

赛丝是三部曲中较为坚强不屈的非裔女性。由于不堪忍受小学教师把自己归入低等动物一类，赛丝决定逃离"甜蜜之家"。她先把三个孩子送走，又回头寻找她的丈夫，结果被抓住。在经历严刑拷打之后，赛丝仍然拖着八个月的身孕和一身的伤痛逃跑，终于到达布鲁斯通路和婆婆团聚。赛丝对保罗·D直言不讳自己的与众不同："我背上有棵树，屋里有个幽灵。"(《宠儿》，第15页)赛丝背上的树是奴隶主鞭打后留下的疤痕，是女奴生活给赛丝留下的纪念，但它同时又代表着希望："一棵樱桃树。瞧，这儿是树干——红色的，裂开了，满是汁液。这儿是树枝的分叉。你有许多枝干。还有树叶，看起来就像花儿。小小的樱桃花，白色的。你的背上有一棵完整的树。开着花。"(《宠儿》，第79页)

《爵士乐》中的维奥莱特也是不愿向命运低头的女性。维奥莱特和乔因为乡村生活的无法忍受而迁移到纽约。生活得到了改善，但两人之间却产生了隔阂。得知乔的移情别恋，维奥莱特冲到多卡斯的葬礼上，用小刀割破了死者的脸以泄愤。随后，她又尝试与乔和好，终于获得了成功。在《乐园》的修道院里，除康索拉塔之外的四个女人都在某种程度上是家庭或社会的牺牲品，但她们都采取各种方式来改变自己的生活。马维斯曾经是家庭暴力的受害者；琪琪不止一次遭男人调戏，以自残为乐；塞尼卡5岁时被母亲抛弃；帕拉斯的男友被自己的母亲抢走。但是这些女性都勇敢地离开原先的环境，来到修道院开始新生活。

在传统的哥特式小说中，凶杀案是必不可少的调味品，而杀人动机不外乎是为了名利。"历史"三部曲也有对凶杀案的描写，但主人公杀人的动机各异。当小学教师带着人来到布鲁斯通路时，赛丝试图杀死自己的几个孩子，以免他们又一次成为奴隶主的财产。两个儿子受伤倒地，两岁大的女儿被割断了喉咙，最小的女儿也险遭毒手。赛丝的杀婴违反了母性原则和做人的伦理标准，因而无法为非裔群体所接受。但是她的行为是在特定情况下不得已而为之，是她的母性的最大体现。《爵士乐》中的乔与多卡斯相恋后常在维奥莱特的楼上偷情，但不久多

1 Diane Long Hoeveler (1998). *Gothic Feminism: The Professionalization of Gender from Charlotte Smith to the Brontes*, University Park: The Pennsylvania State University Press, p.2.

卡斯又爱上了别人。愤怒之下，乔在舞会上用无声手枪打死了多卡斯。此处的凶杀是出于挽回失去的爱情的目的。《乐园》中住在修道院的五个女人因行为怪异受到鲁比镇居民的鄙视。为保持小镇的纯洁和好名声，以摩根兄弟为首的非裔男性冲到修道院，打死了康索拉塔。这里的凶杀案体现了守旧的非裔群体和追求自由的女性之间的冲突。

莫里森对传统哥特式小说进行了成功的改良，把原先以恐怖为主题的哥特式小说变为表现非裔在美国惨痛经历的工具，取得了令读者难以忘怀的效果。通过对哥特式小说的运用，莫里森希望黑白两个民族能够直面历史，在当代社会和睦共处，以实现国家完整生存的目标。

第五节 小 结

小亨利·路易斯·盖茨曾指出，莫里森的小说象征着人类的共同命运，超越了性别、种族和阶级的界限。[1]的确，莫里森多年来的小说创作清晰地呈现出作者关注焦点的变化。她最初关注的是非裔个体在美国社会能否完整生存，随后把注意力转向非裔群体在历史上所起的积极作用以及这样的群体能否继续生存下去的问题。在"历史"三部曲中，莫里森又最终把焦点落在对两个曾经严重对立而又彼此依赖的民族能否实现和睦相处、共同发展的担忧上。在这个意义上，莫里森的确如盖茨所言，超逾了种族、性别等的界限。芭芭拉·希尔·里格尼(Barbara Hill Rigney)指出，每一代的非裔女作家都有人试图"在历史中找到她们自己，要获得对她们的存在和价值的承认"，但"像莫里森那样界定历史肯定是最伟大的成就"[2]。凭借其深刻的思想性和历史观，莫里森的文学创作代表了当代非裔女性文学的基本特点，也是后殖民妇女主义思想的结晶，即在关注女性和本民族的完整生存之余，后殖民女作家把目光转向两个(乃至多个)民族的和睦相处，宣传国家完整生存的必要性和可能性。

莫里森并非唯一一位提倡国家完整生存的非裔女作家。40 多年前，詹姆斯·鲍德温就已经预见到黑白种族间联合的必要性："我们，黑人和白人，如果

1 Henry Louis Gates, Jr. (1993). "Preface", *Toni Morrison: Critical Perspectives Past and Present*, ed. Henry Louis Gates, Jr. and K. A. Appiah, New York: Amistad, p.xi.

2 Barbara Hill Rigney (1991). *The Voices of Toni Morrison*, Columbus: Ohio State University Press, p.81.

我们真的想成为一个民族的话，迫切需要彼此”[1]。在莫里森出版“历史”三部曲之后，她对“爱”的提倡逐渐吸引了其他非裔女作家的注意力，得到了她们的共鸣。之后出版的许多非裔女性作品都和“爱”相关。如贝尔·胡克斯的两部文学评论专著《关于爱：新视角》(*All about Love: New Visions*, 2000)和《拯救：黑人和爱》(*Salvation: Black People and Love*, 2001)。艾丽斯·沃克的《地球传送》(*Sent by Earth: A Message from Grandmother Spirit after the Attacks on the World Trade Center and Pentagon*, 2001)虽不以“爱”为标题，但主题同样是用爱来消除仇恨，拯救世界。

对种族间和睦相处的提倡在其他国家的后殖民女性创作中也有所体现。在其获得1985年布克奖的小说《骨头人》(*The Bone People*, 1984)的结尾，新西兰女作家克里·休谟特意让三个来自不同文化背景和种族的人在经历了一系列矛盾冲突之后又和睦地生活在一起。南非女作家、1991年诺贝尔文学奖获得者纳丁·戈迪默在《大自然的运动》(*Sport of Nature*, 1987)中把废除种族隔离制度之后的南非描绘成全体非洲人(包括白人和黑人)的乐园。

在评价非裔女性文学时，德布拉·麦克多维尔(Deborah E. McDowell)曾预言，非裔女性文学创作的下一个发展阶段应该是引导人们超越对敌对民族的仇恨。[2]她的预言在莫里森的“历史”三部曲中得以应验。可以说，作为不可多得的优秀作品，三部曲代表了美国当代非裔女性文学的新特点，即在表达了对本民族完整生存的关注之后，女作家把目光投向多民族之间究竟应该如何相处的问题，倡导国家的完整生存，进而为实现世界和平而奋斗。

1 James Baldwin (1962). *The Fire Next Time*, New York: Del Publishing Co., p.131.

2 Deborah E. McDowell (1988). “The Self and the Other”: Reading Toni Morrison’s *Sula* and the Black Female Text”, *Critical Essays on Toni Morrison*, ed. Nellie Y. McKay, Boston: G. K. Hall & Co., p.79.

第五章

生态和谐的大世界:“完整生存”的生态视域

以后殖民妇女主义为思想核心的英语后殖民女性创作除了展示对女性自身、本民族和所在国家的完整生存的渴望之外,还体现了女作家对人与自然和睦相处的希冀。她们把目光投向人类对自然环境造成的污染和由此产生的种种恶果,担忧人类在未来世界的生存,进而提出整个世界完整生存的理念。对世界完整生存的关注是后殖民妇女主义的较高境界,也同样是对非裔妇女主义的延伸。它说明后殖民女作家在关注与自身相关的一系列问题之余,把人文关怀的范畴扩大到整个地球,开始关注人与自然的未来命运。对世界能否完整生存的关注是后殖民女作家对人类中心主义思想的超越,也体现出她们肩负的社会责任与历史使命。

在以玛格丽特·阿特伍德(Margaret Atwood)为代表的加拿大女作家的创作中,对世界完整生存的倡导得到充分体现,成为加拿大女性文学的重要主题。

从殖民初期到现在,加拿大人一直在为各个层面上的生存而奋斗。早期殖民者面临的是在恶劣的天气条件下和人迹罕至的荒野中生存的挑战。加拿大成为英国殖民地后,她的人民又面临着被帝国文化同化、丧失自己的民族性的压力。二战之后,随着南边邻居——美国的迅速崛起,加拿大又不得不时刻提防着邻国试图把她变为经济和政治附庸的危险。这种长期在逆境中求生存的处境使得加拿大女性文学从一开始就把“生存”问题视为重中之重。“生存”成为加拿大女性创作的主题。作为加拿大女性文学的领军人物,阿特伍德在作品中不仅表达了对女性和民族完整生存的关注,还在此基础上对人类中心主义思想进行批判,提倡人与自然的和谐共存,从而实现整个世界的完整生存。通过展现人类对生态环境的破坏和由此产生的恶果,阿特伍德在《使女的故事》和《奥蕾克斯与克雷克》中表露出自己对人类在未来能否继续生存的担忧。

玛格丽特·阿特伍德(1939－)生于渥太华，是家中三个孩子中的第二个。父亲是生物学家，专门研究昆虫。母亲毕业于师范学院，专业是饮食学和营养学。阿特伍德从20世纪60年代开始从事文学创作，一直笔耕不辍，发表了大量的作品。因其作品在主题、创造艺术等方面的杰出成就，阿特伍德曾获得包括加拿大总督文学奖、加拿大勋章、英联邦文学奖、哈佛大学百年奖章、《悉尼时报》文学杰出奖、法国政府文学艺术勋章、英国布克奖等数十种国内外的奖励和荣誉，因而在国际文坛享有很高的声誉。她在长篇小说、短篇小说、诗歌和文学评论等领域都成绩斐然，[1]尤以长篇小说方面的成就为世人瞩目。

迄今为止，阿特伍德一共创作了13部长篇小说，都是以“生存”为主题。如果再细分的话，这些作品又可大致归纳为两个主题：一是以女性生存为主题的女性小说，主要表现当代社会里女性的生活以及她们的苦闷，具有鲜明的女性主义思想，主要包括《可食用的女人》(*The Edible Woman*, 1969)、《浮现》(*Surfacing*, 1972)、《预言夫人》(*Lady Oracle*, 1976)、《人类以前的生活》(*Life before Man*, 1979)、《肉体伤害》(*Bodily Harm*, 1981)、《猫眼》(*Cat's Eye*, 1988)、《强盗新娘》(*The Robber Bride*, 1993)、《别名格雷斯》(*Alias Grace*, 1996)、《盲刺客》(*The Blind Assassin*, 2000)和《珀涅罗珀记》(*The Penelopiad*, 2005)等。除女性小说之外，阿特伍德还创作了以人类和自然的生存为主题的科幻小说，展现人类文明对自然的侵害，预示人类的未来命运，主要包括《使女的故事》(*The Handmaid's Tale*, 1985)、《奥蕾克斯与克雷克》(*Oryx and Crake*, 2003)和《水灾之年》(*The Year of Flood*, 2010)等。[2]

阿特伍德的科幻小说《使女的故事》和《奥蕾克斯与克雷克》以世界的完整生存为主题，体现了加拿大当代女性文学的基本特点。阿特伍德从关爱整个世界的角度出发，在两部小说中生动地展现了人类对自然环境的毁灭性破坏以及由此产生的恶果。在描绘日益恶化的生态环境的同时，她表达了对人类和地球未来命运的担忧，指出世界完整生存的必要性和迫切性。与此同时，她还通过戏仿等手法的运用批判了历史悠久的人类中心主义思想，表现出后殖民女作家所具备的使命感。

在小说的文类上，阿特伍德对西方文学传统中科幻小说这一样式进行改良并

1 70高龄的阿特伍德近年来依然笔耕不辍。2006年，她出版了《帐篷》(*The Tent*)。这本小册子收录了评论、故事、诗歌、寓言、童话等各类体裁的作品共计35篇。2010年，她延续自己对生态危机的关注，出版了小说《水灾之年》。

2 唯一的例外是《珀涅罗珀记》。该书依然以女性生存为主题，但主角不再是当代社会的女性，而是古希腊神话中的英雄奥德修斯的妻子珀涅罗珀和她的侍女们。

加入部分后现代主义创作手法，使之成为后现代科幻小说，深化了倡导世界完整生存的主题。

第一节 加拿大女性文学中的“生存”主题

加拿大的最早居民是因纽特人(即爱斯基摩人)和美洲印第安人，后来英法两国的商人和冒险家纷至沓来，抢占地盘，进行激烈的贸易竞争，结果导致英法之间爆发战争。1759 年之前，加拿大处于法国的控制之下，但在此后的一百多年时间里，她又成为了英国殖民地，直到 1867 年才由四省联盟成立加拿大自治领，后来又陆续有六个省参加，1949 年才最终形成了今日加拿大的基本格局。

从殖民初期到现在，加拿大人一直在为各个层面上的生存而奋斗。早期殖民者面临的是在恶劣的天气条件下和人迹罕至的荒野中生存的挑战。加拿大成为英国殖民地后，她的人民又面临着被帝国文化同化、丧失自己的民族性的压力。二战之后，随着南边邻居——美国的迅速崛起，加拿大又不得不时刻提防着邻国试图把她变为经济和政治附庸的危险。这种长期在逆境中求生存的处境使得加拿大女性文学从一开始就把“生存”问题视为重中之重。“生存”成为加拿大女性文学的重要主题。

在后殖民国家里，加拿大和澳大利亚可以说是颇有相通之处。它们原先都是英国的定居者殖民地，后来又都成为英联邦的成员国。定居者殖民地的特点使得这两个国家在很长一段时间内缺乏民族和文化的归属感，自认为低人一等。澳大利亚人有着菲利普斯(A. A. Phillips)所说的“文化自卑病”(cultural cringe)，加拿大人则声称自己是英帝国这个大家庭里不被人重视的孤儿，是“被压迫的少数民族”，是“集体受害者”[1]。

在为《加拿大文学史》所写的结论(“Conclusion to *A Literary History of Canada*”, 1965)中，诺斯洛普·弗莱(Northrop Frye)对长期困扰加拿大人的民族身份问题提出了自己的见解。弗莱指出，加拿大文学面临的不是“我是谁？”的问题，而是“这里是哪里？”[2]也就是说，在弗莱的眼中，突出加拿大的本土性才

1 Margaret Atwood (1972). *Survival: A Thematic Guide to Canadian Literature*, Toronto: McClelland & Stewart, pp.35-36.

2 Northrop Frye (1971). *The Bush Garden: Essays on the Canadian Imagination*, Toronto: Anansi, p.220.

是加拿大作家应该关注的问题。在《丛林花园》(*The Bush Garden: Essays on the Canadian Imagination*, 1971)一书的前言中，弗莱又指出，加拿大人的身份问题实际上是“一个文化和想象的问题，而关于这种想象总是有些刻板而受到严格限制的东西”。[1]换言之，弗莱认为加拿大作家普遍比较热衷模仿他们的英国同行，加拿大的文学作品缺乏丰富的想象力和独特性。这种独特性的缺失是加拿大文学的致命伤，因为“对一个国家或文化的成员来说，对他们的地方、他们的‘这里’有共同的了解不是奢求，而是必需。没有这种知识我们将不会生存。”[2]

加拿大作家凸现他们的“这里”的结果是加拿大文学中“生存”这一主题的诞生。正如阿特伍德所见，生存是加拿大的主要象征。[3]作为加拿大文学的主题，“生存”在加拿大女性文学中得到了充分表现，同时，两百多年间女性文学的发展也为“生存”的主题提供了较好的诠释。在加拿大女性文学中，“生存”的含义具体表现为两个层次：女性的生存以及世界的完整生存。这两个层次互相交织，汇成加拿大女性文学的主流，而阿特伍德就是最重要的代表人物。

刘意青注意到，“自 20 世纪中叶起，加拿大的确存在一个别处没有的女小说家群体，她们在表现加拿大独特的存活主题，特别是女人为存活在不同层面上进行的斗争方面，作出了卓越的成绩。”[4]事实上，加拿大女作家对女性生存的关注早在 1769 年就已经显现。当时，加拿大成为英国殖民地之后出现的第一位女作家弗朗西斯·布鲁克(Frances Brooke)在伦敦出版了《艾米莉·蒙塔古的一生》(*The History of Emily Montague*, 1769)。这部专为女孩创作的书信体小说以魁北克为背景，告诉女孩应如何培养优雅得体的行为举止。换言之，布鲁克的写作目的是教导女孩如何在加拿大的中上层社会体面地生存。同样，由露茜·蒙哥马利(Lucy Maud Montgomery)创作的《绿山墙的安妮》(*Anne of Green Gables*, 1908)也讲述了一个女孩在加拿大乡村生存的故事。

与关心女孩生存的作家相比，关注成年女性生存的作家人数更多，创作题材也更为广泛。正如玛格丽特·劳伦斯(Margaret Lawrence)所言，加拿大女作家所力图表现的女性生存：“不仅是物质意义上的生存，而且是精神上的生存，即要

---

1 Northrop Frye (1971). *The Bush Garden: Essays on the Canadian Imagination*, Toronto: Anansi, p.i.

2 Margaret Atwood (1972). *Survival: A Thematic Guide to Canadian Literature*, Toronto: McClelland & Stewart, p.19.

3 同上, p.32.

4 刘意青：《存活斗争的胜利者》，《外国文学研究》2002 年第 1 期，第 153 页。

保留人类的尊严，保留人类走出自我，接触外部世界的热情和能力。"[1]这种多层次的生存在女性创作中得到了多方位的表现。加拿大独特的自然环境要求女性和男性一样具备勇于承受一切艰难困苦的能力。这是女性在加拿大完整生存的必要条件。苏珊娜·莫迪(Susanna Moodie)的《丛林中的艰苦岁月》(*Roughing It in the Bush*, 1852)和《拓荒生活》(*Life in the Clearings*, 1853)都塑造了坚强的加拿大女性拓荒者形象。她们在一望无垠的丛林里生活，经历着常人无法想象的困难，彼此间相互扶持。玛佐·德·拉·罗奇(Mazo de la Roche)的16部加尔纳系列小说(Jalna books)中的第一部《加尔纳》(*Jalna*, 1927)的女主角阿德琳·怀特欧克也是这样一位精力充沛、刚毅果敢的加拿大女性。

乔治·伍德科克(George Woodcock)认为，20世纪50—70年代标志着"加拿大文学从成熟走向自我一致"[2]的转变。在这一转变中，女作家功不可没。女性的生存仍然是她们关注的对象之一。艾瑟儿·威尔逊(Ethel Wilson)的《沼泽地天使》(*Swamp Angel*, 1954)反映的是女性在荒野中寻求实现自我价值的历程。小说讲述了女主人公逃离灾难性的婚姻后在英属哥伦比亚北部的一个偏僻湖畔开始新生活的故事。玛格丽特·劳伦斯的"马纳瓦卡系列小说"(the Manawaka books)——《石头天使》(*The Stone Angel*, 1964)、《上帝的玩笑》(*A Jest of God*, 1966)、《住在火里的人》(*The Fire Dwellers*, 1969)和《占卜者》(*The Diviners*, 1974)——都以女性为主人公。在《上帝的玩笑》中，大龄姑娘蕾切尔在小镇教书，还要做家务、照料患病的母亲，好像永远没有出头之日。但偶然间降临的爱情鼓舞了她，使她恢复了继续生存下去的勇气。《占卜者》讲述的是一个名叫莫拉格的女孩的故事。在小镇成长的经历使她成为一个斗士，即使面对各种挫折也不放弃生存的勇气和希望。

艾丽斯·门罗(Alice Munro)的《姑娘们和女人们的故事》(*Lives of Girls and Women*, 1971)以及《你以为你是谁？》(*Who Do You Think Your Are?* 1978)关注的也是女性的生存问题。[3]前者描绘了一个爱好艺术的女孩在充满敌意的环境中自

---

1 转引自吴元迈主编：《20世纪外国文学史》第四卷，《1946年至1969年的外国文学》，南京：译林出版社，2004年，第731页。

2 George Woodcock (1977). "Possessing the Land: Notes on Canadian Fiction", *The Canadian Imagination: Dimensions of a Literary Culture*, ed. David Staines, Cambridge: Harvard University Press, p.95.

3 门罗的这两本书既可看做短篇小说集也可看成小说。本书把它们当做小说来研究，因为它们各自有一个单一的主人公贯穿始终。

强不息的经历。后者的背景依然是男权至上的加拿大社会，女性的价值通过与男人的关系而得到体现。在这样的环境中，主人公罗丝从不自信的女孩转变为一个独立自主的女性。另一位女作家卡罗·希尔兹的荣获普利策奖的小说《石头日记》(*The Stone Diaries*, 1993)同样聚焦于女性在当代加拿大社会的生存。

被称为"加拿大文学女王"(Queen of Canadian Literature)的阿特伍德更是在多部小说中以女性生存为主题。在《浮现》的结尾，女主人公意识到："最重要的是拒绝充当牺牲品。除非我做到这一点，否则我将一事无成。"[1]在芭芭拉·里格尼看来，阿特伍德对女性生存的关注是"女性主义作家"的表现，因为在早期作品中她关注的是女性心理和物质层面的生存，然后逐渐地发展成对女性社会地位的洞察。这种洞察力是建立在女性的博爱和她们接受被赋予的责任的基础上的。[2]

如果仅把阿特伍德归类于"女性主义作家"，那就完全低估了她的作用。对女性生存问题的关注和探讨仅是阿特伍德文学创作的一个方面。与此同时，她还把视线投向人类的生存。她的两部科幻小说《使女的故事》和《奥蕾克斯与克雷克》反映了发达的科学技术给自然界造成的严重后果，而且这种后果反作用于人类自身，最终导致人类无法在地球上继续生存。在评价阿特伍德的这两部作品时，娜塔莉·库克(Nathalie Cooke)指出，"保护人权是她(阿特伍德)的反面乌托邦小说的内在主题"[3]。但实际上，阿特伍德的写作目的是既要保护人权，也要保护动植物的权利，是要呼吁世界的完整生存。通过对西方文学传统中科幻小说这一样式的改良，阿特伍德为读者展现了一幅未来世界的恐怖景象，但这幅图画实际反映的却是现实社会的人们对自然环境的肆意毁坏以及现存的种种社会弊端。这种假借未来讽刺现在的目的是为了唤起人们对环境问题的普遍关注，也体现了阿特伍德所具备的作家的使命感和知识分子的良知。

虽然这两部作品都以关注世界的完整生存为主题，都反映的是人类面临的生存危机，但侧重点有所不同。《使女的故事》和阿特伍德以前的女性小说相同，仍然以女性为主人公，讲述的是女性在危机四伏的社会中完整生存的故事，但故事的场景被搬到了假想中的未来世界。生态环境恶化不仅导致出生率大幅下降，畸形儿的数量也大大增加，健康婴儿成为人们的奢望。此外，环境恶化还造成政局动荡，美国现行的民主政府被推翻，提倡专制统治的吉列共和国成立。一个被

1 Margaret Atwood (1973). *Surfacing*, Markham : PaperJacks., p.206.

2 Barbara Hill Rigney (1987). *Margaret Atwood*, Houndmills/London: Macmillan, pp.10-12.

3 Nathalie Cooke (2004). *Margaret Atwood: A Critical Companion*, Westport/London: Greenwood, p.6.

吉列国命名为奥弗雷德(Offred, 意即“弗雷德的财产”)的妇女，由于曾生育过健康的孩子而被迫成为使女，沦为替无儿无女的大主教们传宗接代的生育机器。奥弗雷德思念着丈夫和女儿，最后在情人的帮助下终于逃离吉列国。幸存下来的奥弗雷德把自己的故事制成录音带，讲述给后人听。

《奥蕾克斯与克雷克》的主角是人类的最后一个幸存者——吉米(又名“雪人”，因为太阳光对他有着致命的危险)。吉米的好友克雷克是科技精英，对人类现状深感不满。克雷克想仿照《圣经》中上帝创造人类的做法，生产出了一种天真无邪的新人类。奥蕾克斯原先是个从事色情业的女子，后来成为克雷克的帮凶，去世界各地销售他发明的“神药”，同时又周旋于克雷克和吉米之间。奥蕾克斯和克雷克都没有勇气面对浩劫过后的人间地狱，于是，克雷克杀死了奥蕾克斯，又设计让吉米打死了自己。作为最后一个幸存者，吉米要遵守对克雷克的诺言，照顾新人类，同时又要为自己的生存而苦恼。在小说最后，吉米发现沙滩上有人的脚印。究竟是迎上前去打招呼，还是赶紧回避？吉米面临抉择。这种开放式结尾为读者留下了人类在未来世界继续生存的希望。

这两部科幻小说虽然以人类为主角，但是阿特伍德并不是站在人类中心主义者的立场，一味地强调女性或整个人类的完整生存。《使女的故事》和《奥蕾克斯与克雷克》都凸现了自然环境被破坏殆尽之后人类面临的生存危机。“正是这种与将来的认同造就了小说蕴含的预言性警告。”[1]换言之，在阿特伍德看来，实现人类完整生存的必要条件是大自然的完整生存。因此，在她的科幻小说创作中，阿特伍德想要提倡的是世界完整生存的理念。这个理念与后殖民女性创作中所反映的女性自身、民族、国家等完整生存的主题一脉相承，且又有所延伸。这些有关完整生存的主题共同构成了后殖民妇女主义的有机组成部分，充分显示了后殖民女作家所具备的社会责任感和使命感。从这个意义上说，阿特伍德的科幻小说，以其对人类中心主义思想的批判和对世界能否完整生存问题的关注，集中体现了后殖民女作家的社会责任感和使命感。

第二节　女作家的使命与人类中心主义思想

《使女的故事》和《奥蕾克斯与克雷克》中对人类肆意破坏自然环境的批判

1 Sonia Mycak (1996). *In Search of the Split Subject: Psychoanalysis, Phenomenology, and the Novels of Margaret Atwood*, Toronto: ECW Press, p.247.

集中体现了后殖民女作家所肩负的崇高使命。

作家，或者从广义上说，知识分子，是社会中一个比较特殊的群体。学界对知识分子与社会的关系一直有着不同的观点。在萨义德心目中，理想的知识分子应具备“反抗(而不是协调)的精神”[1]，即要与社会形成对立而不是屈从关系。作为先知先觉者，知识分子承担着批评社会弊病、指出统治者的错误、唤起民众沉睡的意识等重大责任。

然而，从另一个角度看，知识分子与社会又存在着一种共生关系。阿尔都塞(Louis Althusser)在《列宁与哲学》(“Lenin and Philosophy”, 1971)一文中指出，以哲学为代表的西方学术知识与政治有着密切关系。在批评了哲学家的狭隘、自负、对政治的漠不关心之后，阿尔都塞提出了一种新观点，即“哲学必须认识到它只不过是政治的某种投资，政治的某种延续，政治的某种反刍”[2]。在阿尔都塞看来，资本主义的知识分子充当了宣传资本主义意识形态的工具。萨义德把阿尔都塞的论断又向前推进了一步。在《东方主义》(*Orientalism*, 1978)中，萨义德一针见血地指出西方知识分子与殖民统治有着共谋关系，他们帮助建立了东方和西方的二元对立并且把西方意识形态体系中的东方妖魔化。

与此同时，也有批评家认为随着社会的进步，知识分子的作用已经发生了本质变化。在《理论之后》(*After Theory*, 2003)一书中，特里·伊格尔顿(Terry Eagleton)认为，自20世纪80年代起，知识分子的作用在逐渐削弱，具体表现为“持不同政见的心灵在逐渐走向混沌”[3]。在《知识分子与权力》(“Intellectuals and Power”, 1977)一文中，福柯(Michel Foucault)认为知识分子已经今非昔比。在过去，知识分子是“以那些被禁止说出真相的人的名义，对那些尚未看到的人说出真相”，因此知识分子就成为社会的“良知、觉悟和雄辩”的化身。然而现在，知识分子是在同把他变成知识、真理、觉悟和话语等领域的臣民和工具的权力形式作斗争。[4]也就是说，知识分子的社会责任已经消失殆尽，取而代之的是他的自我拯救。

如果真如福柯所说，知识分子的社会角色已经消失，他只是忙于拯救自身的

---

1 爱德华·W. 萨义德：《知识分子论》，单德兴译，北京：生活·读书·新知三联书店，2002年，第7页。

2 Louis Althusser (1971). *Lenin and Philosophy and Other Essays*, trans. Ben Brewster, New York/London: Monthly Review Press, p.33.

3 Terry Eagleton (2003). *After Theory*, London/New York: Allen Lane, p.50.

4 Michel Foucault (1996). “Intellectuals and Power”, *Language, Counter-Memory, Practice: Selected Essays and Interviews*, ed. and intro. Donald F. Bouchard, trans. Donald F. Bouchard and Sherry Simon, Ithaca: Cornell University Press, pp.207-208.

话，那么作为知识分子群体中的重要组成部分，作家也应该同样如此。但是，长期以来，作家始终肩负着指出社会弊病、提高人们的道德水平等重要社会责任。可以说，作家的职业要求他们具备强烈的社会责任感和使命感。

萨义德认为，既然西方文学传统中的小说充当着一种功能，一个指涉，或一种含义， 那么小说的创造者——作家也充当着特定的社会角色。[1]以人文主义为主要特征的西方文学传统要求作家具有独立精神和思辨能力，敢于说真话，关注人们的道德问题。诗人雪莱曾骄傲地宣称作家是世界不被承认的立法者。[2]

在 20 世纪早期，在一篇题为《小说的艺术》("The Art of Fiction")的文章中，亨利·詹姆斯指出小说应具备两大功能中的一个："教导性"或"娱乐性"[3]。小说的两个功能反映了应运而生的两个不同的作家群：一是为改良社会，一是为娱乐大众。相比之下，热衷于改良社会的作家具备更强烈的使命感。正如詹姆斯在《小说的未来》("The Future of the Novel")中所说，小说是作家道德和内心的镜子："在某一点上道德感和艺术感相距很近，那就是在显而易见的真理的照耀下，一件艺术品反映的是作者的品质。"[4]在詹姆斯看来，创作出伟大作品的作家都具有高尚的道德情操，因而他们的社会责任感也更强。

利维斯(F. R. Leavis)同样强调作家肩负的道德任务。在利维斯的眼中，一部伟大的小说能够包容经验，有着面对生活的开放式态度和鲜明的道德感。[5]利维斯心目中的理想作家是负有提高整个社会道德水准使命的人。列昂纳尔·特里林(Lionel Trilling)也认为作家应独立于社会意识形态：他们是"文化的精髓，其标志就是他们不屈从于代表任何一种意识形态的群体"[6]。

对生活在第三世界国家的后殖民作家而言，他的作用常常与非殖民化斗争联系在一起。钦努阿·阿契贝在题为《作为教师的小说家》("The Novelist as Teacher", 1965)的文章中提出，在文化非殖民化的进程中，作家应该承担教师的职责，来"帮助社会重拾自信，摆脱多年的侮辱和自我轻视的混合影响"，因此，

1 Edward Said (1991). *The World, the Text, and the Critic*, London: Vintage, p.44.

2 转引自 Margaret Atwood (2002). *Negotiating with the Dead: A Writer on Writing*, Cambridge: Cambridge University Press, p.xviii.

3 Henry James (1956). *The Future of the Novel: Essays on the Art of Fiction*, ed. Leon Edel, New York: Vintage, p.7.

4 同上，p.26.

5 F. R. Leavis (1962). *The Great Tradition*, London: Chatto & Windus, p.9.

6 Lionel Trilling (1957). *The Liberal Imagination: Essays on Literature and Society*, Houndmills/London: Macmillan, p.7.

作家“不能期望被免去必要的再教育和重建工作。事实上他应该走在头里。”[1]弗兰兹·法侬也认为，对第三世界的知识分子而言，最紧迫的任务莫过于“建设祖国”和“发现并鼓励具有普遍意义的价值观念”[2]。法侬眼中的知识分子是同时具备民族意识和国际意识的先进分子，是第三世界的代表。而在斯皮瓦克眼中，对于像她一样生活在西方大都市的后殖民批评家而言，主要任务不是引导人民，而是对置身其中的帝国文化进行批判。[3]

阿什克罗夫特等人对后殖民知识分子的界定则更注重文学批评的层面。他们认为，后殖民知识分子是“那些继续致力于研究殖民话语的社会、文化和政治后果的人”[4]。阿里夫·德里克(Arif Dirlik)则认为，后殖民知识分子“可以亲自创作构成后殖民话语的主题，但把他们界定为后殖民知识分子的却是对这种话语的参与”[5]。

在后殖民女性创作中，作家的社会责任感和使命感并未受到任何削弱。作家依然承担着与不公正的社会现象作斗争的重任。从她们对女性自身、民族、国家、世界的完整生存等问题的热切关注来看，她们都把作家的使命放在首位。在一次访谈中，阿特伍德坦率地承认，在从事写作之时她是“先考虑写作问题，好几年以后才考虑性别问题，或国籍问题的”[6]。换言之，对阿特伍德来说，作家的身份和责任永远放在第一位，其次是女性身份或民族身份。这种认为作家的职责高于一切的想法不仅为阿特伍德独有，其他后殖民女作家，即使没有在言辞上有所表露，至少在作品中是照此实施的。可以说，在后殖民女性创作中，对诸如女性、民族、国家和地球完整生存之类问题的关注正是作家的社会责任和使命感的体现。而对世界完整生存的关注不仅延伸了非裔妇女主义的内涵，也表明后殖民女作家把作家的社会职责发挥到一个新水平。

1 Chinua Achebe (1975). *Morning Yet on Creation Day: Essays*, London: Heinemann, pp.44-45.

2 Frantz Fanon (1967). *The Wretched of the Earth*, trans. Constance Farrington, Harmondsworth/Ringwood: Penguin, p.199.

3 Gayatri Chakravorty Spivak (1993). *Outside in the Teaching Machine*, New York/London: Routledge, p.63.

4 Bill Ashcroft, Gareth Griffiths and Helen Tiffin (2002). *The Empire Writes Back: Theory and Practice in Post-Colonial Literatures*, London/New York: Routledge, p.197.

5 Arif Dirlik (1994). “The Postcolonial Aura: Third World Criticism in the Age of Global Capitalism”, *Critical Inquiry*, 20, Winter, pp.331-332.

6 玛格丽特·阿特伍德：《加拿大文学生存谈》，赵慧珍译，《外国文学动态》，2002 年第 3 期。

对后殖民女作家而言，作家的责任感和历史使命把文学创作同反抗殖民统治、表现被压迫者的经历联系在一起。阿特伍德就认为，作家的责任包括"为那些不能为自己说话的人说话，揭露骇人听闻的冤屈或暴行"[1]。在另一个场合，阿特伍德曾引用另一位加拿大作家的话，说作家的职责就是"你写使你忧心的事情"[2]。在她的科幻作品中，后殖民女作家的使命感具体表现为对人类中心主义思想的批判和对地球未来命运的担忧。在阿特伍德看来，"现在人类对待大自然比大自然对待人类更具毁灭性"，这种毁灭会造成严重后果，因为"毁灭大自然就等同于人类的自我毁灭"[3]。

科拉·豪威尔斯(Coral Ann Howells)注意到阿特伍德作品中存在着一个清晰的"阿特伍德声音"，即当阿特伍德对在她周围发生的事情作出反应时，她更注重从政治和道德角度作出判断。[4]"阿特伍德声音"实际代表的是作者的良知和社会责任感。这种"阿特伍德声音"在《使女的故事》和《奥蕾克斯与克雷克》中同样存在，首先表现为对人类中心主义思想的批判。

在人类的发展历史中，以人是万物之主为核心内容的人类中心主义思想一直处于统治地位。在所有宗教中，基督教最为崇尚人类中心主义思想。被视为"经典之经典"的《圣经》把人的地位无限拔高。依据《圣经》的解释，人乃是上帝依照自己的模样所造，是上帝在地球的代理人，被赋予掌管地球万物的权力。然而，人并不仅仅是大自然的主人。既然上帝和人的相貌相似，那么掌管宇宙一切的上帝也就是人的化身，也就是说，人也是宇宙的主人，有着至高无上的地位，而地球则是宇宙的中心。这是人类中心主义思想的最早体现。人与自然斗争的实质是利益的驱动，因为如果人赢得了对自然的战争，"他将得到回报：他可以征服和奴役大自然"[5]。从19世纪开始，发轫于英国的工业革命逐渐波及整个西方世界，进一步加剧了人类中心主义思想的广泛传播，把人与自然放在完全对立的

1 Margaret Atwood (2002). *Negotiating with the Dead: A Writer on Writing*, Cambridge: Cambridge University Press, p.xxii.

2 转引自 Nathalie Cooke (2004). *Margaret Atwood: A Critical Companion*, Westport/London: Greenwood, p.11.

3 Margaret Atwood (1972). *Survival: A Thematic Guide to Canadian Literature*, Toronto: McClelland & Stewart, p.60.

4 Coral Ann Howells (2005). *Margaret Atwood*, 2nd edition, Houndmills/New York: Palgrave Macmillan, p.186.

5 Margaret Atwood (1972). *Survival: A Thematic Guide to Canadian Literature*, Toronto: McClelland & Stewart, p.60.

状态。随着工业革命步伐的加快，科学技术的日新月异，人类对自然环境的开发利用也变本加厉。这种对自然的无休止索取和对科学技术的滥用使人类自食其果，成为最终的受害者。

从 19 世纪末开始，部分作家就注意到科学技术发达带来的消极影响，因此对自然的讴歌和对工业化的批判就成为一些作品的主题。亨利·梭罗(Henry David Thoreau)的《瓦尔登湖》(*Walden*, 1854)描绘了他本人远离人类文明，在美丽的瓦尔登湖畔生活的日子。维拉·凯瑟(Willa Cather)和舍伍德·安德森(Sherwood Anderson)在承认工业革命必要性的同时，谴责了工业化造成的美国社会的堕落和人们道德水准的下降。凯瑟的《我们中的一个》(*One of Ours*, 1922)力图说明工业化使得人们变得冷酷无情。安德森的《穷白人》(*Poor White*, 1920)展示了机器如何改变小镇面貌并使人们丧失道德良知的过程。D. H. 劳伦斯的多部小说都反映了工业化给人带来的负面影响。他的《儿子与情人》(*Sons and Lovers*, 1913)中的主人公保罗就是非人化的现代工业制度的牺牲品。《虹》(*The Rainbow*, 1915)表现的也是工业化对男女两性关系造成的危害，凸现了现代工业制度对人性、婚姻和家庭的不良影响。科特·冯内古特(Kurt Vonnegut)的《第五号屠宰场》(*Slaughterhouse-Five*, 1969)虽然是一部反战作品，但也勾勒了一幅人类生存的地球成为“屠宰场”的黑暗场景。在唐·德里罗(Don De Lillo)的《白色噪音》(*White Noise*, 1985)中，电视对人们生活的侵入、有毒气体的泄露等都成为科学技术消极影响的例证。他的另一部小说《地下世界》(*Underworld*, 1997)讲述了在内华达核试验场工作的人们遭受放射性坠尘伤害的事情，处理核废料的填埋场也现身其中。

对人类中心主义的批判更多地在科幻小说中得到反映。在《莫洛医生岛屿》(*The Island of Dr. Moreau*, 1896)中，威尔斯(Herbert George Wells)把科学技术被滥用于残害生灵作为主题。莫洛医生依靠器官移植的方法制造出一种半人半兽的兽人，同时制定严酷的法律强迫他们服从自己，以树立自己的权威。与《奥蕾克斯与克雷克》相仿，英国作家石黑一雄在小说《永远别让我离去》(*Never Let Me Go*, 2005)中也以克隆人为主题，批判了人们对科学技术的滥用。

后殖民女作家对人类中心主义的批判丝毫不逊于她们的男性同行。在创作了大量女性题材的小说之后，多丽丝·莱辛从 1974 年开始转而用科幻小说来表现自己对人类未来的认识。她的《八号行星代表的产生》(*The Making of the Representative for Planet 8*, 1982)就以气候反常以至于危及百姓生命为背景。此外，《关于沦为殖民地的五号行星：什卡斯塔》(*Re: Colonised Planet 5, Shikastra*,

1979)和《第三、四、五区域间的联姻》(*The Marriage between Zones Three, Four and Five*, 1980)等都假托地球成为银河系其他帝国的殖民地来抨击现代社会的黑暗。除了莱辛，厄秀拉·勒奎因(Ursula K. Le Guin)、乔安娜·拉斯(Joanna Russ)、格温妮芙·琼斯(Gwyneth Jones)等人也都在描绘“性别差异得到加强或新型性别关系开始起作用的乌托邦世界”[1]的同时，批判了人类中心主义思想。

但是,在科幻小说中对人类中心主义思想批判得较为彻底的当属阿特伍德的《使女的故事》和《奥蕾克斯与克雷克》。通过采用后现代主义的“戏仿”手法，阿特伍德把表现男权至上和人类中心主义思想的西方经典作品作为讽刺对象,以显示人类中心主义思想的可笑和荒谬。

“戏仿”意即作家在形式、内容或细节上对已存在的文本(主要是经典作品)进行颠覆性的模仿或改写，以达到讽刺的效果。阿特伍德的两部科幻小说进行戏仿的目的各有不同。《使女的故事》主要是通过戏仿《圣经》中有关雅可布妻子的故事以显示吉列国女性地位的悲惨。让使女代替自己与丈夫同房并生育的做法源自《圣经》。在《圣经·创世纪》中，作为雅可布的两个妻子，蕾切尔和利亚姐妹俩都遵循父权制对女性的基本要求，把生儿育女看做是女人的最大责任。为了争夺丈夫的宠爱和在生育竞赛中获胜，姐妹俩都让自己的使女与雅可布同房。使女生的孩子也就等同于自己的孩子。在《使女的故事》中，以奥弗雷德为代表的吉列国女性在经历了 20 世纪六七十年代的妇女解放运动之后又被迫回归父权制强加在女性身上的传统角色，成为没有名分的使女。就连专门培训使女的地方也被命名为“蕾切尔和利亚再教育中心”，以示吉列政权对《圣经》故事的推崇。

除了对《圣经》的戏仿外,《使女的故事》还对 14 世纪晚期乔叟的《坎特伯雷故事集》中“巴斯妇的故事”进行了戏仿。乔叟笔下的巴斯妇是个离经叛道的女性。她追求爱情自由和个性解放，是家庭中的统治者，可以让丈夫俯首帖耳，唯她的命令是从。相比之下，吉列国的所有女性——从大主教之妻到非女人——都只能听从男性的摆布，任由专制政权宰割。

此外，阿特伍德还戏仿了有关她的祖先——生活在 17 世纪的玛丽·韦伯斯特——的故事。在清教徒治下的新英格兰，玛丽·韦伯斯特被控使用巫术，于是被送上绞架，可是第二天人们发现她居然还活着。由于当时法律规定一个人不能

1 Scott McCracken (2004). “The Half-Lives of Literary Fictions: Genre Fictions in the Late Twentieth Century”, *The Cambridge History of Twentieth-Century English Literature*, ed. Laura Marcus and Peter Nicholls, Cambridge: Cambridge University Press, p.624.

因同样的罪行得到两次惩罚，玛丽·韦伯斯特就此逃脱厄运，在某个地方过起了优哉游哉的日子。在《使女的故事》中，绞架同样被吉列政权用来绞死各种各样被控使用巫术、实则对政府具有潜在威胁的人。通过对经典作品和历史事实的戏仿，阿特伍德警示人们：在生态危机面前，女性将是最大的受害者，历史有可能出现倒退，而几代妇女争取解放的努力将付之东流。

如果说《使女的故事》主要通过戏仿以实现对未来女性地位可能降低的警告，那么在《奥蕾克斯与克雷克》中，阿特伍德成功地实现了对《圣经》中诺亚方舟的故事和经典文本《鲁滨孙漂流记》(*The Life and Strange Surprising Adventure of Robinson Crusoe*, 1719)的戏仿以达到对人类中心主义思想的批判。在小说中，克雷克成了制造新人类的上帝，可惜他用的并不是黏土，而是高科技的生物技术。新人类被称为“克雷克的子民们”，他们美丽，温顺，“有着抗紫外线的皮肤，生来就具备驱虫的能力，还具有前所未有的消化野生植物的能力”[1]，“他们被设计成在三十岁时死亡——突然地，无病痛地”(《奥蕾克斯》，第364页)。这些新人类如同地板型号一样，有着各种肤色，这就免除了种族歧视和引发战争的危险。他们是素食者，也没有情感需求和性欲，但是他们可以繁殖后代。这样就确保了群体的和平与稳定。和《圣经》中的上帝相似，克雷克毁灭现有人类的理由也是因为人类过于邪恶自私。他发明了一种“神药”，据说可以抵御任何疾病，也可激发性欲，永葆青春，还可以控制人口增长。然而正是这种药片引发了世界范围内的瘟疫。吃过药的人在同一时间内集体发高烧，眼睛和皮肤开始出血，然后是抽搐和内脏器官的衰竭，最后是死亡。依照《圣经》的说法，在洪水退却之后，诺亚全家走出船舱，成为地球上的新主人，飞禽走兽都惧怕他们，地上的昆虫和海里的鱼都受他们管辖，而且上帝以彩虹为记号与他们立约，发誓不再灭绝人类。在《奥蕾克斯与克雷克》里，作为人类的最后一分子，吉米带领克雷克的子民们走出了类似诺亚方舟的模拟天堂，开始新生活。但不同的是，他不再是地球的主人，而是其他人造动物捕食的对象。一旦食品和饮用水耗尽，他也将死去。

丹尼尔·笛福在《鲁滨孙漂流记》中编织了一个荒岛神话，为的是表现英国殖民主义的优越与合理，突出人乃大自然的主人这一主题。鲁滨孙自得其乐地生活在一个荒岛上，独自一人把荒岛变成了物产丰富的世外桃源，还成功地把野蛮人星期五教化成大英帝国合格的仆人，让他接受文明的熏陶。《奥蕾克斯与克雷

1 Margaret Atwood (2003). *Oryx and Crake*, Toronto: Seal Books, p.366. 本章中该书的引文均出自此版本。此后将书名缩略为《奥蕾克斯》并标明页码。

克》的故事也发生在孤岛上，只不过这个孤岛是经历了前所未有的灾难的地球。作为唯一的幸存者，吉米必须信守对克雷克的承诺，照顾那些新人类。这位生活在未来社会的鲁滨孙在肉体上承受着极大痛苦。他给自己改名为“雪人”，因为在太阳光的照射下他会全身起水泡，将同雪人一样迅速融化，乃至死去。鲁滨孙踏上荒岛的第一件事就是巡视他的王国，以便找到一个能生活和摆放食物、工具的场所。而吉米虽然和新人类一起生活在海滩上，但每天太阳升起的时候他就得披上床单，戴上太阳眼镜(哪怕只有一只镜片)，躲在树林里。夜晚，因惧怕由于毒虫的叮咬而丧命，他只能把吊床挂在树上。海水中含有致命的微生物，他根本不能像以前那样去游泳嬉戏。依靠沉船上的物资，鲁滨孙拥有丰盛的食物，其中包括面包、酒和白糖，一旦需要，他还可以打死一只山羊吃烤肉。可吉米一周只能吃一次鱼解馋。由于缺乏足够的动物蛋白补充能量，他变得瘦骨嶙峋。传统的家禽和家畜都已在浩劫中消失殆尽，幸存下来的是各类获得自由的人造动物，它们顶替人类成了地球上的新主人。为了逃避被捕食的命运，吉米四处躲藏。种种情况与鲁滨孙的生活环境产生天壤之别。此外，吉米在精神上也倍感孤独。作为人类的唯一幸存者，他找不到同类可以交谈。克雷克把新人类的语言水平设定为初始阶段，也就是说，任何名称都必须有客观对应物，必须直观，否则他们就无法理解。

从《使女的故事》和《奥蕾克斯与克雷克》中可以看出：人类中心主义思想是导致生态环境急剧恶化的罪魁祸首。人类的急功近利和对大自然的无节制开发造成严重的环境污染，而且环境危机最终将反作用于人类，危及人类在地球上的生存。因此，倡导世界的完整生存就成为这两部小说的共同主题。

第三节　生态恶化与人类的生存

傅俊注意到，从 1987 年开始，阿特伍德“逐渐介入另一个公众关注的领域——环境保护。而以前她一直只是在这个领域的边缘徘徊”[1]。这并不是说此前阿特伍德毫无环境保护意识。事实上，从 20 世纪 70 年代开始，阿特伍德就表现出对人类环境和生态危机的担忧。早在 1970 年，在诗集《苏珊娜·莫迪日记》(*The Journals of Susanna Moodie*, 1970)中，阿特伍德就塑造了一个女性拓荒者莫迪的形象，凸现了莫迪代表的人类文明(主要是欧洲文明)与加拿大的荒野之

1 傅俊:《玛格丽特·阿特伍德研究》，南京：译林出版社，2003 年，第 152-153 页。

间的冲突。《浮现》则通过无名女主人公的经历同样展示了城市代表的文明与乡村代表的自然之间的对立。在表现女性寻求自我的历程的同时，《浮现》从侧面表达了作者对被人类残害的动植物的怜悯与同情。在《人类以前的生活》中，三位卷入三角恋的主人公在即将崩溃的人类文明中挣扎，向往着人类史前的生活。《肉体伤害》虽然以女性为主角，但反映了人类社会已经病入膏肓，各种社会问题威胁着整个人类的生存。

然而，从总体看，最能反映阿特伍德对环境问题的担忧的莫过于《使女的故事》和《奥蕾克斯与克雷克》。作为“个人陈述和政治宣言的交叉”，[1]阿特伍德的科幻作品表现出强烈的政治倾向。她的小说一经出版旋即成为畅销书，为她赢得了大量的读者。阿特伍德极为关注人类的“生存”问题。她认为，生态危机是危及人类生存的罪魁祸首。《使女的故事》从女性角度展现了一个由生态危机造成的两性更加不平等的未来世界，被誉为“女性主义的《一九八四》”。曾进入2003 布克奖六人决选名单的《奥蕾克斯与克雷克》则超越对两性问题的关注，开始思考科技发达对整个人类命运的负面影响。在这两部科幻作品中，我们都可以看到阿特伍德对以美国为代表的人类因滥用先进的科学技术而给自身以及世界带来的灾难表示担忧，关注人类与自然的共同命运。

在科幻作品中表达对人类生存的关注并非始于阿特伍德。很久以前，在一些女作家的手中，科幻小说就不仅仅是为了娱乐读者，相反，它成为表达女性渴望生存在一个更美好的、纯女性的社会中的手段。在 19 世纪初出现的亚马逊乌托邦(the Amazon utopias)就描绘了一群生活在未来的英国或美国的女性。她们不受男性政府和男性制定的法律的约束，过着自由快乐的生活。受此影响，有些女作家在作品中编织了类似的地方作为女性生存的理想之所。伊丽莎白·盖斯凯尔(Elizabeth Gaskell)的《克兰福德》(*Cranford*, 1853)通过一个年轻妇女的眼睛描述了 19 世纪早期一个英国乡村里女性的生活，在那里看不到男性的踪影。夏洛特·吉尔曼(Charlotte Perkins Gilman)的《荷兰德》(*Herland*, 1979)让故事发生在一次大战的前夜，三个男性探险家发现了位于地球的某个偏远地区的纯女性社会。厄秀拉·勒奎因的《黑暗的左手》(*The Left Hand of Darkness*, 1969)刻画了一个类似地球的行星，所有的居民都是雌雄同体。乔安娜·拉斯在《女性的男人》(*The Female Man*, 1975)中描述的理想世界也是由女性组成，所有的男人都在几百

---

1 Margaret Atwood (1972). *Survival: A Thematic Guide to Canadian Literature*, Toronto: McClelland & Stewart, p.13.

年前的那场瘟疫中丧生，只有女人幸存下来。

然而，从 20 世纪 60 年代起，这种对未来的美好遐想逐渐被对当今社会生态危机的担忧所取代。1962 年，蕾切尔·卡森(Rachel Carson)的《寂静的春天》(*Silent Spring*, 1962)问世，把世人的注意力引向杀虫剂滥用的危险。毫不夸张地说，这本书“引发了影响每一个国家社会政策的当代环境运动”[1]。《寂静的春天》对文学创作的影响在于使一些科幻小说作家把生态环境恶化作为主题加以展现。阿特伍德的两部作品莫不如此。

在《使女的故事》中，橙剂以及各类杀虫剂的使用对自然界造成了严重的危害，直接导致了生态毁灭：“空气中充斥着过多的化学品、射线和辐射，水里聚集着有毒分子，所有这些都需要许多年才能清理干净，与此同时，它们渗入你的体内”[2]。环境污染使得农作物产量不断下降，食品严重匮乏，政府被迫实行配给制。患不育症的人数急剧上升，出生率大幅度下降，乃至呈现负增长，且畸形儿的“几率是四分之一”。这些婴儿“头小小的，或者长着狗的鼻子，或者长着两个身体，或者心脏上有个洞，或者没有胳膊，或者有着蹼状的手或脚”(《使女》，第 112 页)。生态危机导致社会矛盾激化，使得吉列政权成功地发动政变，打死了民主制度的总统，开始实行神权统治。《圣经》被奉为治国法典，目的是向人民灌输传统思想，树立传统价值观念，重建良好的社会秩序，以此来解决由生态危机导致的众多社会问题。

类似于《使女的故事》对专制政权的刻画在科幻小说中并不鲜见。前苏联作家叶夫根尼·扎米亚京(Yevgeny Zamyatin)的《我们》(*We*, 1924)讲述的是发生在 26 世纪的一个名为“单一国”(“The Single State”)的国家里的故事。在那里，所有的居民拥有的不是名字而是号码。国家由警察和特工统治。居民的性生活由国家统一管理，女性沦为牺牲品。在乔治·奥威尔的《一九八四》(*Nineteen Eighty-Four*, 1949)中，居民们也受到被称之为“大哥”(“Big Brother”)的独裁者的控制。但上述两部作品把重点放在对独裁统治的无情批判上，而《使女的故事》强调的是生态危机导致了专制政府的产生，继而造成女性的生存困难。在吉列国，女人根据各自的功能被分为六等。地位最尊贵的是夫人，即大主教之妻。她们身着蓝色服装，平时大门不出，二门不迈，专心在家做贤妻良母。她们是典范，是

1 Linda Lear (2000). “Afterword”, in Rachel Carson’s *Silent Spring*, London/New York: Penguin, p.258.

2 Margaret Atwood (1998). *The Handmaid’s Tale*, New York: Anchor Books, p.112. 本章中该书的引文均出自此版本。此后将书名缩略为《使女》并标明页码。

每个女人学习的榜样。其次是在使女训教中心担任教官的嬷嬷。吉列政府相信，为生育或其他目的控制女人的最好和最经济的办法是利用她们自己的同类。嬷嬷们是政府的喉舌和传声筒，负责把使女调教成驯服的生育工具。这些肩负着国家存亡重任的使女们身着象征生育的红色曳地长裙和红色手套，时刻戴着面纱，以免别的男人因看到她们而心怀不轨。除了上述的三种女人外，还有身穿绿色服装的女仆和身着红、蓝、绿三色条纹服装的穷人的老婆——经济妻。在女人中地位最低的是“非女人”(Unwoman)。这些非女人要么不能生育，要么思想激进。她们通常被流放到殖民地去与核废料打交道。如果她们的行为过于偏激，就会被送到化学实验室里开枪打死。

在吉列政权统治下使女的生活通过女主人公的讲述而得到展现。“奥弗雷德”这一称谓只表明这个使女属于一位名叫弗雷德的大主教，是他的私有财产。她的脚踝处被烙上“四个数字和一只眼睛，颠倒过来就是我的护照”，证明她是“国有资源”，完全受政府支配(《使女》，第 65 页)。在使女训教中心墙上的口号——“各人尽她的能力，按照他的需求分配”——显示了男性的权威和女性地位的卑微(《使女》，第 117 页)。

作为“两条腿的子宫”(《使女》，第 136 页)，使女的命运与能否生下一个健康的婴儿休戚相关。“我们是容器，只有我们身体的内部才重要”(《使女》，第 96 页)。奥弗雷德生活的中心就是围绕生育而展开，只有性，没有爱情，没有性高潮。她感到自己降格为一头猪，吃饭是为了让身体摄取维生素和矿物质，成为有价值的容器，就连洗澡也是为了与大主教性交时保持清洁。

女性并不是生态恶化的唯一牺牲品。在吉列政权的军事化管理下，男性的日子也并不好过。在金字塔顶端的是大主教。从表面上看，他们大权在握，养尊处优，可以借没有子女的名义拥有使女。如果使女在一定的期限内未能怀孕，他们还可以更换。但实际上，他们并没有享受到爱情和性生活的快乐，相反，他们是在履行义务。除大主教外，男人还分成在前线作战的天使、在国内维持秩序的卫兵和从事告密工作的眼线等。政府实行包办婚姻，任何人未经允许就发生性关系将受到严厉惩罚。

为加强对人们思想的控制，吉列政权禁止人们读书识字。大学和图书馆等传播知识的场所被关闭。为了避免人们难以抗拒文字的诱惑，就连商店的名称也被各种图像所取代。大学的围墙成为所谓的拯救灵魂的场所，实则用来悬挂罪犯的尸体以儆示百姓。同时，政府禁止一切娱乐活动，电影院和色情场所都被关闭。

如果说《使女的故事》展现的是化学药品的滥用所导致的人类生存危机的话，那么在《奥蕾克斯与克雷克》中，发达的生物技术直接造成了人类的毁灭。在小说中，传统政府被只注重高科技的新制度取代。生物工程师和基因科学家被多国公司雇佣，住在戒备森严的“复合集中区”里。其余的人住在古老而破败的旧市中心，周围怪兽出没，时刻有被吞噬的危险。

在这个假想的未来社会里，人们对生物技术的滥用已经达到无以复加的程度。他们可以随心所欲地利用基因技术合成各种动物，吉米的父亲就是此中的老手。吉米最好的朋友克雷克是生物科技的精英，还精通电脑和网络。吉米和克雷克同时爱上了奥蕾克斯，一个在色情网站当过童妓的姑娘。由于对人类的未来充满绝望，克雷克创造了没有缺陷的新人类——“克雷克的子民们”。同时，他又制造了名为永葆青春实则含有致命病毒的“神药”。这种病毒在世界范围内同时发作，几乎使得人类全部灭绝，其中包括克雷克和奥蕾克斯。作为人类唯一的幸存者，吉米和“克雷克的子民们”在地球上艰难地生活着，不知出路在何方。

在探讨人类将拥有一个怎样的未来时，阿特伍德的看法与奥威尔和赫胥黎(Aldous Huxley)非常接近。她认为，人类的完整生存建立在自然的完整生存基础上。然而，伴随着科学技术突飞猛进的发展，人类对自然的侵害日趋严重，终将自食因滥用科学技术而造成的恶果。对人类而言，未来社会将是一个荒诞恐怖的黑暗社会。因此，阿特伍德在两部科幻作品中竭力渲染未来社会的可怕，以引起人们对现实社会中存在的各类问题的关注。通过《使女的故事》和《奥蕾克斯与克雷克》，阿特伍德试图警告人们：如果对现代社会的种种弊病疏于防范的话，在不久的未来，人们将遭受灭顶之灾。在《奥蕾克斯与克雷克》的题记中，阿特伍德援引斯威夫特的一句话阐明了严肃的创作立场：“我宁愿用最简单的方式讲述事实，因为我的目的是告诉你们，而不是让你们开心。”这充分表明了阿特伍德所具有的社会责任感和使命感。

阿特伍德的作品通过凸现假想的未来社会中人类的悲惨生活，试图告诉读者：为了人类能够在未来世界里继续生存下去，必须倡导世界的完整生存。这是解决人类所面临的困境的唯一出路。为加强这一主题，阿特伍德在形式上对西方文学传统中的科幻小说这一样式进行了改良，加入了一些后现代主义创作手法，使之成为“后现代科幻小说”，目的是表现生态危机的可怕和人类命运的可悲，从而彰显人与自然和谐共存的必要性和紧迫性。

第四节 《使女的故事》、《奥蕾克斯与克雷克》与传统科幻小说

科拉·豪威尔斯注意到，阿特伍德在作品中一直“坚持不懈地挑战传统文类的极限”。[1]这种对传统文学样式的挑战在《使女的故事》和《奥蕾克斯与克雷克》中体现为阿特伍德对传统科幻小说的创造性运用，伴之以后现代主义的创作技巧，使得这两部作品成为后现代科幻小说的代表。但是阿特伍德并非为标新立异而进行改良，她的目的是要引起人们对整个世界能否完整生存的关注。

有批评家(如科拉·豪威尔斯)把阿特伍德对小说文类的改良称之为“重观”(revision)。在豪威尔斯看来，这种“对传统文类的重观”的主要目的是“为女性谈论和书写自己经验开辟空间”。[2]但是“重观”一词由美国诗人、批评家安德利亚·里奇(Adrienne Rich)所创，目的是呼吁西方女性主义者从反抗性别歧视的角度出发，对白人男性文学传统进行重新评价。“重观”包含的仍旧是西方女性主义的“性别政治”，而阿特伍德的改良是为了深化世界完整生存的主题，因而两者的本质截然不同。

“科幻小说”(science fiction)一词最早出现于1851年威廉·威尔逊(William Wilson)的《老题新书》(*A Little Earnest Book upon a Great Old Subject*, 1851)。在书中，威尔逊概括了科幻小说应具备的两大因素：科学事实和引人入胜的故事情节。在科幻小说的众多定义中，布赖恩·阿尔迪思(Brian Aldiss)的界定道出了科幻小说的核心。在《十亿年狂欢》(*Billion Year Spree*, 1973)中，阿尔迪思指出，科幻小说旨在揭示人类发明“另一个世界”的需要和能力。通过科幻小说的创作，作家试图寻求对人类及其在宇宙中的地位的界定，并且这种界定将在我们先进但混乱的知识结构中保持不变。阿尔迪思同时指出，科幻小说的创作模式大多为哥特式或后哥特式。[3]1929年，雨果·根斯贝克(Hugo Gernsback)为凸现自己所编辑的杂志《奇异故事》(*Amazing Stories*)的特点，用“科幻小说”取代了原先的“科学传奇”(science romance)。从此，“科幻小说”一词开始普及。

---

1 Coral Ann Howells (2005). *Margaret Atwood*, 2nd edition, Houndmills/New York: Palgrave Macmillan, p.6.

2 同上, p.16.

3 转引自 J. A. Cuddon (1991). *The Penguin Dictionary of Literary Terms and Literary Theory*, 3rd edition, London/New York: Penguin, p.839.

作为通俗文学的一个组成部分，科幻小说以吸引读者为首要任务。根据作家所采用的叙事模式的不同，科幻小说的发展可分为三个阶段：18、19 世纪为科幻小说的前身——科学传奇阶段。科学传奇通常以科学知识为点缀，主要强调离奇的故事情节，在刻画人物性格方面也有独到之处。埃德加·艾伦·坡和玛丽·雪莱等都曾创作过科学传奇。有人认为，玛丽·雪莱的《弗兰肯斯坦》(*Frankenstein*, 1818)确立了最早的西方科幻小说的创作模式[1]，小说中的怪物更是让人难以忘怀。在他们之后，儒勒·凡尔纳和 H. G. 威尔斯对科学传奇的推广作出了巨大贡献。凡尔纳注重科学普及和探险的结合，而威尔斯则以预言未来见长。作为"科幻传奇演变为现代科幻小说的关键性人物"[2]，威尔斯把科幻小说从对传奇叙事模式的依赖中解放出来，为日后的进一步发展奠定了坚实的基础。

科幻小说的第二个阶段是现代科幻小说的形成和发展期。它始于 20 世纪初，到后现代主义小说崛起时而告结束。在这一时期，科幻小说的发展步伐开始加快，在 30 年代和 60 年代分别经历了两次高潮。以艾萨克·阿西莫夫和 C. S. 刘易斯为代表的一部分作家继续遵循科幻小说创作应该娱乐性和科学性并举的原则，在商业上获得了巨大成功。但同时也有一些作家注重科幻小说的政治性，他们借描绘未来而抨击现实社会，以唤起人们对社会弊病的关注。如乔治·奥威尔的《一九八四》就以"斯大林主义"和当时苏联社会主义制度中暴露出的某些极"左"现象为对象，"对独裁和专制的抨击与嘲弄达到了无以复加的地步"[3]。还有一部分作家则聚焦于科学技术的发达给人类带来的负面影响，竭力描绘和渲染未来社会的可怕，以起到警醒世人的作用。如在《美丽新世界》(*Brave New World*, 1932)的前言里，赫胥黎对自己的写作目的就作了这样的阐释："《美丽新世界》的主题不是科学的进步，而是科学进步给人类造成的影响。"[4]应当指出的是，与科学传奇相比，虽然现代科幻小说的政治性有所增强，但对人物的塑造力度却明显不足。以《一九八四》和《美丽新世界》为例，小说中的人物不再具有鲜明的个性，而是变成作家用以表达个人观点的工具。

在《批评的解剖》(*Anatomy of Criticism: Four Essays*, 1957)中，弗莱注意到通俗文学的重心在逐渐地从谋杀故事转向科幻小说。他认为，科幻小说的迅速成

---

1 王守仁：《新编美国文学史》第四卷，上海外语教育出版社，2002 年，第 523 页。

2 Patrick Parrinder (1980/2003). *Science Fiction: Its Criticisms and Teaching*, London/New York: Routledge, p.10.

3 侯维瑞、李维屏：《英国小说史》(下)，南京：译林出版社，2005 年，第 611 页。

4 Aldous Huxley (1932/1946). *Brave New World*, New York: Harper & Row Publishers, p.xi.

长是当代通俗文学的一个不争的事实。[1]弗莱的观点在一定程度上促进了科幻小说的进一步发展壮大。从60年代末开始，随着后现代主义小说的异军突起，科幻小说进入了第三个阶段——后现代科幻小说时期。

在《后现代主义与消费社会》("Postmodernism and Consumer Society", 1984)一文中，弗雷德里克·詹姆逊认为，最值得注意的后现代主义文化特征是"传统的高雅文化和所谓的大众或通俗文化之间的区别的消弭"[2]。文森特·里奇(Vincent B. Leitch)则更为准确地归纳了后现代主义的重要特征，其中包括：摈弃完整叙述，摈弃广泛或基础的理性，把语言再现和文本阐释问题化，主体不再成为中心，高雅与大众文化界线的消失，批判现代主义和启蒙运动，等等。[3]詹姆逊和里奇都把打破高雅与通俗文化之间的鸿沟作为后现代主义的一大亮点，而科幻小说恰恰符合后现代主义的通俗化主张。因此，科幻小说被注入了新的活力，成为后现代时期的一朵奇葩。

布赖恩·麦克黑尔(Brian McHale)在《后现代主义小说》(*Postmodernist Fiction*, 1987)一书中指出，在后现代时期只存在两种平行的小说创作模式——后现代主义小说和科幻小说，它们彼此取长补短，从而形成了后现代主义小说的科幻化和科幻小说的后现代化的趋势。麦克黑尔充分肯定科幻小说的功能，甚至认为它是唯一杰出的、本体主义的文学样式。[4]麦克黑尔所说的科幻小说的后现代化指的就是在吸取了后现代主义的部分艺术表现手法之后，现代科幻小说已转变为一种新的文学样式——后现代科幻小说。

在《加拿大后现代》(*The Canadian Postmodern: A Study of Contemporary English-Canadian Fiction*, 1988)中，琳达·哈钦(Linda Hutcheon)对加拿大当代文学的特点进行了归纳。她认为，自20世纪七八十年代以来，后现代主义开始在加拿大出现，其主要特征是质疑传统的人文主义者对艺术的地位的认定。[5]这种后现代意识在小说领域具体表现为向"伟大的传统"，尤其是原先属于高雅文化范畴的小说样式提出挑战。阿特伍德置身于加拿大的后现代语境之中，在小说创

1 Northrop Frye (1966). *Anatomy of Criticism: Four Essays*, New York: Atheneum, p.49.

2 弗雷德里克·詹姆逊：《文化转向》，胡亚敏等译，北京：中国社会科学出版社，2000年，第2页。

3 Vincent B. Leitch (1996). *Postmodernism—Local Effects, Global Flows*, New York: State University of New York, p.133.

4 Brian McHale (1987). *Postmodernist Fiction*, New York/London: Methuen, pp.59-72.

5 Linda Hutcheon (1988). *The Canadian Postmodern: A Study of Contemporary English-Canadian Fiction*, Ontario: Oxford University Press, pp.1-2.

作中对文学传统进行挑战也是理所当然。

伊莱恩·肖尔瓦特认为，在当今社会，女性小说家在完成对女性神话和史诗建构的同时，超越了女性传统，以平等或同化的形式彻底融入了文学主流。女性大众化商业小说和高雅文化之间的界线也变得模糊不清。肖尔瓦特指出，女性小说家融入文学主流有三种形式：作为后现代的创新者、对政治感兴趣的观察者和滔滔不绝的讲故事者。[1]在《使女的故事》和《奥蕾克斯与克雷克》中，阿特伍德保留通俗的科幻小说主题，选择性地采用后现代主义的创作手法，既有对传统的借鉴，也有对科幻小说形式的创新。她把后现代主义和科幻两个不同的小说样式进行整合，使科幻小说焕发出新的生命力。在最大限度地展示她的后现代创新者的身份的同时，阿特伍德也使她的两部作品成为后现代科幻小说的范例。

除了戏仿神话和经典作品以实现对人类中心主义思想的批判外，阿特伍德还在《奥蕾克斯与克雷克》中展示了由吉米自己建构的关于奥蕾克斯和克雷克的神话被颠覆的过程。这种创作手法与后现代主义的"元小说"极为相似，目的是表现神话产生的过程，以便作者更好地揭露其本质。在故事的前半部，为应付新人类的提问，吉米处心积虑地编织了有关克雷克和奥蕾克斯的神话。在吉米的神话中，克雷克成了创造新人类的上帝，万物的主宰，而奥蕾克斯则是大地母亲，地球上所有动植物都来自她所生的两个蛋。吉米是他们在地球上的代言人和管理者，也只有吉米才能利用那块早已停滞不前的手表与他们二人联系。但随着故事的推进，吉米最终揭开了事实真相：克雷克是个所谓的"科技精英"，想做世界的统治者却又没有勇气收拾世界末日后的残局；奥蕾克斯原先是个从事色情业的女子，后来成为克雷克的帮凶，去世界各地销售他发明的"神药"，同时又周旋于克雷克和吉米之间。奥蕾克斯和克雷克都没有勇气面对浩劫过后的人间地狱，于是，克雷克杀死了奥蕾克斯，又设计让吉米打死了自己。

此外，阿特伍德还打乱了读者对于时间的一般概念，造成时间的纷乱。在《奥蕾克斯与克雷克》中，从主人公吉米的角度来看，他站在未来社会反观现在。他所说的"现在"就是我们眼中的未来，而他眼中的"过去"就含有我们所处的当代社会的影子。小说自始至终在"现在"和"过去"两个时间段来回跳跃，虽看似混乱，实际上仍有规律可循。阿特伍德用一般现在时表示吉米的"现在"，用一般过去时表示他回忆中的"过去"。整部小说由 15 个章节组成，在前 12 个章

1 Elaine Showalter (2004). *A Literature of Their Own: British Women Writers from Bronte to Lessing*, expanded edition, Beijing: Foreign Language Teaching and Research Press, pp.322-323.

节中，“现在”与“过去”交替排列，各占6章。只有把这些零散的碎片组合起来才构成两幅关于“现在”或“过去”的图画。

题为“过去”的图画以生态恶化为背景，呈现的是吉米的成长过程。阿特伍德把虚构与事实相结合，使读者时常看到当今社会存在的弊端。吉米的父母都是基因科学家，他们在他很小的时候就为是否应该进行基因实验而争吵不休。母亲因为痛恨基因技术的滥用而辞去工作，闷闷不乐地待在家里，最后离家出走，不知所终。吉米一家住在有着高高院墙、戒备森严的“复合集中区”内。吉米对孩提时代的最早回忆就是和父亲一起观看感染了病毒的家畜被焚烧的场面。原先气候宜人的6月已变成湿季，大雨滂沱，洪水泛滥，人们根本无法出门从事任何户外活动。哈佛大学已被洪水淹没。纽约变成了新纽约，在它的北面有一片原先被称为“城市”的荒原，虽有商店和酒吧，但也有野兽横行其间，“复合集中区”里出去的人常被吃掉。为了应对潜在的危险，科学家开始进行不断的实验，“整个世界现在是一个无法控制的实验——它总是这样”(《奥蕾克斯》，第275页)。吉米在中学时代与克雷克相识并成为好朋友。他们两人酷爱上网，在一家色情网站认识了奥蕾克斯并同时爱上了她。奥蕾克斯生于东南亚的一个乡村。气候恶化加剧了原本就困扰着第三世界国家的贫穷，致使许多像奥蕾克斯一样的家庭不得不将子女卖掉以维持温饱。奥蕾克斯就这样落入色情业的火坑，后来又到美国在克雷克的手下工作。奥蕾克斯既是克雷克的情人，又乘他不在时和吉米约会。

在关于“过去”的场景中，阿特伍德致力于表现的是以吉米的父亲和克雷克为代表的人类对生物技术的滥用以及所造成的恶果。以吉米父亲为首的基因科学家们可以培养出人造猪以供移植器官之用。这些猪被注入了快速成长基因，一只猪可以同时长五六个肾脏。这些肾脏移植给人类后不会感染病毒，也不会产生排斥反应。但这样一来，人类就和猪成为了同类，也就无法以猪肉为食物。为给儿子解闷，吉米的父亲随意制造了一只宠物供他玩耍。这只宠物是浣熊和臭鼬的混合体，深受吉米的喜爱，可用吉米母亲的话来说，这是“在干预生命的基础材料。这是不道德的。这是亵渎神灵”(《奥蕾克斯》，第67页)。在换肤中心，吉米的父亲计划培养出新细胞，把已丧失活力的细胞吞噬掉，从而长出既抗皱又无疤痕的新皮肤。克雷克更是将计算机和基因技术的运用发挥到极致，制造出的新人类完全符合他自己设定的每一道程序。

在题为“现在”的画面上，阿特伍德把灭绝全人类的浩劫作为背景，力求凸现吉米遭遇的生活困境，从而实现对诺亚方舟和《鲁滨孙漂流记》的戏仿。虽然浩劫发生在所谓的未来世界，但阿特伍德的细致入微的描绘不禁使人联想起奥威尔和赫胥黎，从而对自己的行为和人类的未来进行思考。

同样，《使女的故事》也打破了时间的一般概念。全书的15章大致按照"夜"和"日"的交错而排列。单数的章以"夜"为题(只有题为"小憩"的第五章除外)，偶数的章以"日"为主题。以"夜"为标题的章节勾勒出奥弗雷德对"过去"(即当代社会)的回想，从她小时候随信奉女性主义的母亲参加反对色情和强奸的示威游行，到她和好友莫伊拉的大学生活，以及和丈夫的相知相爱，等等。点点滴滴的生活片段之中既有温馨的回忆，也有对"过去"人们的过激言论和行为的反思。而以"日"为主题的章节展现的是奥弗雷德在"现在"(即读者眼中的未来社会)的生活。作为使女，她的生活受到专制政府的严格控制。一月一次例行的外出购物要有另一位使女相伴才能成行。除此之外，她大部分时间都待在房间里无所事事，吃饭、睡觉，期待着能够怀孕。这种"日"与"夜"的交叉排列一方面可以使读者对六七十年代的西方社会现状进行深层次的思考，另一方面也把人们的视线引向因环境恶化而可能导致的结果。

阿特伍德运用的另一个后现代技巧是开放式的结尾。《使女的故事》最后一部分题为"关于《使女的故事》的历史记录"，时间转至2195年的某一天，一位依然抱有男性至上思想的专家在研讨会上宣读论文，发表自己对奥弗雷德留下的录音带的看法，同时和在座的女同事开着粗俗的玩笑。这种结尾说明即使再过一百多年，父权制仍然会得到部分男性的拥护，而女性的故事还有可能要有赖于男性的解读才能流传下去。由此可以看出阿特伍德对女性未来的社会地位表示忧虑。

相比之下，《奥蕾克斯与克雷克》的结尾似乎稍微明快一些。小说最后一章的标题为"脚印"，这再次使人联想起《鲁滨孙漂流记》中的同名章节。吉米发现沙滩上有和他一样的人类的脚印，尾随而去，发现是两个男人和一个女人，他们正在烤东西吃。他到底该怎么办？悄悄逃走？走上前去打招呼以示友好？还是干脆利落地把他们消灭掉？故事到此便戛然而止。与《一九八四》和《美丽新世界》在小说结尾没有给人类指明任何出路有所不同，阿特伍德的这种后现代式的开放性结尾毕竟使读者产生遐想，看到了希望，也说明作者本人对人类的未来仍然怀有信心。

反讽也是阿特伍德运用的后现代主义技巧之一。阿特伍德创作科幻小说的目的不单单是描绘未来世界的恐怖，更要揭露当代社会的弊端和现代人的精神空虚，从而凸现世界完整生存的重要性。为此，反讽就成为她警示人们的最佳工具。在《奥蕾克斯与克雷克》中，反讽的效果尤其明显。在关于"过去"的章节中，我们可以看到当前存在的种种弊病。发达的电子技术使得各种网站鱼龙混杂，杀人、暴力、色情应有尽有，甚至还有帮助人自杀的网站，“据说有许多人排队。为了在网站露面并光荣地死去，他们愿意付大笔的钱。为挑选参加者，人们进行了抓阄”(《奥蕾克斯》，第 100 页)。与人们的精神空虚形成鲜明对照的是，各机构加强了对人们的思想和生活的控制。由于母亲的离家出走，吉米多年来一直受到警察的讯问和跟踪。与吉米的母亲一样，克雷克的父亲也反对基因技术的滥用，结果被警察从桥上推下摔死。人们的生活都由所在的机构负责，连性生活也是如此，这样可以避免能量的浪费和不适。除了其他服务，大学里的学生中心还提供性伴侣：“你可以找到任何肤色、年龄——几乎是。任何体形。他们提供一切”(《奥蕾克斯》，第 252 页)。

阿特伍德的反讽技巧还体现在小说对名词的创造性使用上。那些不具备抽象思维能力的“克雷克的子民们”是以人类社会的精英的名字来命名的。亚伯拉罕·林肯、约瑟芬皇后、居里夫人……这些人们耳熟能详的名字被用在目不识丁的新人类头上，是对人类中心主义的绝妙讽刺。为了达到反讽的效果，阿特伍德在小说中还杜撰了大量的新词。她在原词的基础上稍加改动，使词义变得完全不同，既不失幽默，又达到了讽刺的目的。

简言之，通过对西方传统科幻小说的改良并加入一些后现代主义的创作手法，阿特伍德在《使女的故事》和《奥蕾克斯与克雷克》中凸现了现实社会的种种弊端，尤其以环境污染引发的生态危机最为触目惊心。她的目的并非是要娱乐大众，而是要唤起人们对环境问题的高度重视，善待大自然，以利于世界的完整生存。

第五节　小　结

20 世纪 70 年代初，弗莱曾感慨加拿大没有产生过一位在世界范围内有影响力的作家。[1]但是，伴随着阿特伍德在世界文坛的声名远扬，加拿大文学，尤其是加拿大女性文学，有了一位举足轻重的发言人。阿特伍德在科幻小说中表现出的对世界完整生存的关注是加拿大女性文学发展到一定阶段的产物，体现了加拿

1 Northrop Frye (1971). *The Bush Garden: Essays on the Canadian Imagination*, Toronto: Anansi, p.214.

大女性文学的基本特点。

三十多年前，在与格拉姆·吉布森(Graeme Gibson)的访谈中，阿特伍德声称"书本不会拯救世界"[1]。然而，《使女的故事》和《奥蕾克斯与克雷克》证明，如果书本不能拯救世界，那么至少它们会让人们意识到社会问题和迫在眉睫的危险。正如厄秀拉·勒奎因在《黑暗的左手》的前言中所说，读完一本好小说之后，"我们会和之前有所不同，我们会改变一点点"[2]。阿特伍德就是一个能让读者"改变一点点"的作家。作为具有强烈社会责任感和使命感的后殖民女作家，她把严肃的主题通过通俗文学的样式表现出来，以达到警醒世人、呼吁关注世界的完整生存的目的。

《使女的故事》和《奥蕾克斯与克雷克》对世界完整生存的关注说明后殖民女作家不把自己束缚在"性别政治"的范畴之内，她们力图展示"权力政治"在各个层面的运作和体现。在英语后殖民女性创作中，女作家不仅表现殖民主义对女性和被压迫民族造成的身心创伤，也表现她们作为经历过深重灾难的民族对民族间和谐生存的渴望和向往。作为后殖民作家，她们还站在人文关怀的高度，批判人类对自然的随心所欲、肆意掠夺，思考和关注人类的普遍命运。以阿特伍德为代表的加拿大女作家在科幻小说中所体现的正是后殖民妇女主义的较高境界，即关注地球的未来命运，提倡人与自然的共同和谐生存。

1 Graeme Gibson (1973). *Eleven Canadian Novelists*, Toronto: Anansi, p.8.
2 Ursula K. Le Guin (1976). "Introduction", *The Left Hand of Darkness*, New York: Ace Books.

第六章
结 语

在后殖民世界，作家能否继续使用英语进行创作本身就是一个极具争议的问题。在殖民统治结束之后的第三世界国家有一批坚决反对继续使用英语进行创作的作家。他们坚信，当政治领域的殖民统治告一段落之后，西方列强仍会以新的方式，首先在经济和文化领域，继而渗入政治领域，对前殖民地人民的精神生活和物质生活继续加以控制，也就是说，殖民主义会以新的面目出现。为了保持自身在政治上的独立性，抵制新殖民主义，第三世界国家就必须首先保持思想上的独立。英语带有殖民统治的烙印，根本无法表达第三世界人民的殖民经历和感受，因此，在独立之后，如果作家仍然用英语写作，那么只会阻碍文化非殖民化的向前推进。这些激进的民族主义者提出要抛弃英语，恢复用本族语创作本民族文学的传统，从而彻底切断与前宗主国在语言上的一切联系。这种观点本无可厚非，但应当看到的是，殖民统治已经造成了前殖民地人民习惯于使用英语的既成事实，要想改变现状绝非易事。况且，用钦努阿·阿契贝的话来说，继续使用英语也有其优势，“强加给我们的语言在保持我们国家的统一上有着真正的价值”[1]。

一般说来，语言是文化的载体，是反映一个特定群体的历史文化的镜子，而以文学(包括书面文学和口头文学)为代表的特定的民族文化是一个民族界定自我的媒介。特里·伊格尔顿在《文学理论导论》(*Literary Theory: An Introduction*, 1983)一书的开篇就指出，文学是一种意识形态，它和社会权力有着最亲密的关

1 Chris Seale (2004). “Chinua Achebe with Chris Seale”, *Writing across Worlds: Contemporary Writers Talk*, ed. Susheila Nasta, London/New York: Routledge, p.68.

系。[1]后殖民作家面临的两难处境是他们受到来自本民族文化和英国文化两方面的影响，因此，如何处理两者之间的关系成为每一个后殖民作家都必须回答的问题。本书所讨论的后殖民女作家都无一例外地使用英语进行创作。如此一来，她们不可避免地受到西方文学传统的影响。然而，她们并非奴颜婢膝地全盘接受前宗主国的文学传统，而是采取了比尔·阿什克罗夫特等人称之为“废除与挪用”的态度，取其精华，弃其糟粕，以实现反抗殖民统治的目的。

在小说的文类上，后殖民女作家并没有严格按照西方文学传统的创作规则，而是对其中的一些样式进行挪用，使之成为表达她们思想感情的工具，在客观上挽救了濒于垂死的西方小说，使之重新焕发出新的活力。

在小说的内容上，后殖民女作家以反抗殖民统治为出发点，把“生存”作为创作的主题，在各自的作品中充分体现了对女性自身、民族、国家、世界等各个层面的完整生存的密切关注，从而形成了后殖民妇女主义思想的核心。在非裔妇女主义的基础上，后殖民妇女主义的内涵从单纯关注黑人女性的生存扩大到对整个民族，乃至历史上的敌对民族的人文关怀。这种人文关怀看似与西方人文主义精神有相同点，但实际上两者的本质截然不同。西方人文主义以白人为中心，把白人统治阶级的经验作为放之四海而皆准的真理来运用，后殖民女性创作则在体现不同群体的“生存”的同时把关怀的范畴延伸至大自然，充分体现出其不同凡响之处。

在西方学界，“后殖民主义”常被认为是“后现代主义”的一个组成部分。[2]从表面看，两者有不少相同之处，如提倡消解中心、颠覆传统的二元对立，挑战居统治地位的文化，等等，但是，在本书中，四个后殖民国家的女性创作证明后殖民主义与后现代主义有着根本性差异。

在过去的三十多年时间里，后殖民女性创作取得了引人瞩目的成就，在客观上挽救了濒临死亡的西方小说。然而，后殖民女作家同样面临在西方学界挑剔的眼光中完整生存的困难。后殖民女性创作在未来究竟往何处发展，仍是个悬而未决的问题。

1 Terry Eagleton (1983). *Literary Theory: An Introduction*, Minneapolis: University of Minnesota Press, p.22.

2 从严格意义上说，体现在后殖民文学创作中的思想应该被称为后殖民思想，而体现在后现代作品中的思想应该被称为后现代思想。但为着方便起见，本书姑且把两者分别称为“后殖民主义”和“后现代主义”，尽管这两个名称并不十分确切。

第一节　后殖民女作家与西方小说传统

在殖民统治结束后的相当长时间内，原殖民地国家仍然受到原殖民者的霸权话语的影响，其主要表现形式是以英国殖民者的标准衡量原殖民地国家在文化和意识形态领域的一切活动。这种文化霸权把以民族文学为代表的后殖民文学看做是以英国文学为主导的西方文学传统的“他者”，把它们降到边缘而从属的地位。[1]在这种情况下，后殖民文学要显示与殖民文学的区别就应该采用新的文学样式，把民族文学发扬光大，但是历史原因又造成新兴的后殖民文学样式不可能完全脱离殖民文学，而是与后者保持着一定的联系。

后殖民女性坚决反对殖民统治，但对西方文学传统并非拒之于千里之外，而是兼收并蓄。在英语后殖民女性创作中，作家对西方文学传统采取“废除与挪用”(abrogation and appropriation)的态度，把西方小说文类改良成表达自己心声的工具。

“废除与挪用”源自《帝国反击》一书。在书中，比尔·阿什克罗夫特等人提出，后殖民作家与殖民者使用的英语之间存在着“废除与挪用”的关系。“废除”意味着抛弃英语作为唯一标准语言的特权，而“挪用”指的是后殖民作家要对英语进行改良和创新，使它成为表达殖民地人民经历的工具。[2]阿什克罗夫特等人认为，“废除”与“挪用”应该相辅相成，不可偏废。经过“废除与挪用”处理之后的英语具有许多“变异”(variety)，从大写的“英语”(标准英语)变成了小写的“英语”(非标准英语)，以反映不同地区被殖民者的经历和民族精神。

另有一些批评家虽然使用的是不同的术语，但所指的同样是“挪用”现象。如玛丽·普拉特在《帝国的眼睛》(*Imperial Eyes: Travel Writing and Transculturation*, 1992)中对“跨人种的自我表述”(autoethnographic expression)的定义就是“被殖民者用殖民者的话语来表现自身”[3]。在《文化与帝国主义》中，萨义德的“回溯”

1 Bill Ashcroft, Gareth Griffiths and Helen Tiffin (2002). *The Empire Writes Back: Theory and Practice in Post-Colonial Literatures*, London/New York: Routledge, p.7.

2 同上, pp.37-38.

3 Mary Louise Pratt (1992). *Imperial Eyes: Travel Writing and Transculturation*, London/New York: Routledge, p.7.

(the voyage in)指的是同一种行为，即“有意识地进入欧洲和西方的话语，与它混合，改变它，迫使它承认被边缘化或被压抑或被遗忘的历史”[1]。

在本书所讨论的后殖民女性创作中，对曾遭受种族和性别双重压迫的英国黑人女性移民、澳大利亚土著女性和非裔美国女性来说，她们使用的英语也体现出“废除与挪用”的特点，包含着各种适合本民族使用的改良。以澳大利亚土著女性为例，她们首先废除英语作为殖民者语言的特权，然后巧妙地在英语中夹杂大量土著词汇，从而可以更确切地表达土著人的喜怒哀乐。她们用改良过的英语讲述土著人的历史，成功地从文本内部对殖民者的叙事方式和语言进行解构，从而赢得了话语权，使土著民族走上自我表现之路。

“废除与挪用”在后殖民女作家与西方小说传统的关系上同样得到体现。罗伯特·斯科尔斯(Robert Scholes)曾注意到当代小说中出现的新特点，即一度代表普遍价值的小说现在更具地方性的特点，与特定的时代和地方相联系，与特定的群体和他们的兴趣相联系。[2]也就是说，当代社会的小说更具地方色彩，从而也更加具有多样性的特征。作为当代小说的一个重要组成部分，英语后殖民女性创作的多样性是女作家对西方小说传统进行“废除与挪用”的结果。

以创作主题为例，后殖民女作家先废除西方小说传统对作家的各种限制，把原先以表现白人中产阶级的价值观念和生活经历的西方小说变成表现来自不同后殖民国家(地区)的个人或群体经验的工具，因而有着不同的主题。就本书所讨论的作品而言，以琼·莱利为代表的英国黑人女作家把黑人女性移民在英国的生活经历作为主题，表达了对女性自身能否完整生存的担忧。以赛莉·摩根和茹比·兰福德·吉尼比为首的澳大利亚土著女性聚焦于土著民族在澳大利亚实行殖民统治之后的遭遇，把土著民族的生死存亡作为创作的中心议题。作为非裔美国女作家的杰出代表，托妮·莫里森从遭受过种族和性别双重压迫的非裔女性角度出发，重新讲述美国历史，并进而提出长期敌对的黑白两个民族应该忘记旧时恩怨，和睦相处，对国家的完整生存作出贡献。玛格丽特·阿特伍德所代表的加拿大女作家出于对人类未来命运的忧虑，注重展现人类在当代社会对大自然的毁灭性破坏，倡导人们关注整个世界的完整生存。

在人物塑造上，这些后殖民女作家也实行“废除与挪用”的方法，抛弃传统小说以白人为主人公的做法，让原先被边缘化的黑人女性移民、土著人、非裔美

1 Edward W. Said (1993). *Culture and Imperialism*, London: Vintage, p.261.

2 Robert Scholes (1998). *The Rise and Fall of English: Reconstructing English as a Discipline*, New Haven/London: Yale University Press, p.21.

国人等成为主角，讲述各自的故事。

“废除与挪用”除了在后殖民女性创作的主题和人物塑造等方面得到运用之外，在小说文类上也有类似的体现。后殖民女作家从各自的创作目的出发，抛弃某一传统小说文类的既定规则，进行创造性改良，使后殖民女性创作中的小说样式更加多姿多彩。

在殖民初期，为了迎合英国读者的需要，殖民地的白人作家在进行文学创作时仍然站在宗主国的立场上看待殖民地的一切，因此在他们的作品中，殖民地只不过作为点缀而出现在其中。而当被殖民者开始尝试用殖民者的语言进行写作时，换来的是嘲笑和挖苦。然而，就是这些被白人讥讽为“鹦鹉”(parrot)和“嘲鸫诗人”(mockingbird poets)的人[1]，在各自的作品中，在“模仿”(mimicry)殖民者文学传统的幌子下进行着“废除与挪用”的努力。从表面看，殖民地作家都严格遵循殖民主义话语的规则进行创作，在小说的文类上从不逾越雷池半步，但实际上，被殖民者和殖民地的生活被放在了中心位置。如所罗门·普拉杰(Solomon T. Plaatje)的《姆胡蒂》(*Mhudi*, 1930)就模仿了英国的浪漫传奇，但实际上反映的却是非洲黑人的生活。R. K. 纳拉扬(R. K. Narayan)的《斯瓦米和朋友们》(*Swami and Friends*, 1935)也把英国殖民者放在边缘的位置并加以嘲笑。这种“羊皮卷的亚文本”(palimpsestic subtext)为后殖民语境下女作家对西方小说文类的“废除与挪用”开辟了道路，但是，殖民小说虽然以模仿为名，行颠覆之实，可对殖民统治的批判力度仍然较弱。

如果说在殖民时期，殖民地作家虽然在主题上把殖民地生活放在首位，但在小说的文类上依然遵循英国文学传统，那么后殖民作家则完全突破了文类的禁锢，其中尤以后殖民女作家对西方小说传统的创造性运用较具代表性。

在《一间自己的房间》中，弗吉尼亚·伍尔夫指出，19 世纪的英国女性选择创作小说是因为“当女人成为作家的时候，所有较老的文学形式都已经定型。只有小说还是雏形，可任由她摆布”[2]。如果说英国女作家选择小说创作的主要原因是在当时小说是可塑性较强的形式的话，那么大多数后殖民女作家选择小说则是因为英国小说在殖民统治时期已经成为输出殖民文化的主要内容，是英国文明的主要表现形式，而她们恰巧可以通过对前宗主国的代表性文学形式的

1 转引自 Henry Louis Gates, Jr. (1989). “Authority, (White) Power, and the (Black) Critic; or, it’s all Greek to me”, *The Future of Literary Theory*, ed. Ralph Cohen, New York/London: Routledge, p.333.

2 Virginia Woolf (1945). *A Room of One’s Own*, London/New York: Penguin, p.77.

“废除与挪用”来体现她们反抗殖民统治的精神。

作家与文学传统之间究竟应该是怎样的关系一直是人们关注的焦点之一。评论家一般都认为文学传统对作家有着积极影响，因为“没有文学影响的过程……就不会有感染力强烈的经典作品出现”[1]。在《传统与个人才能》(“Tradition and the Individual Talent”,1919)一文中，T. S. 艾略特明确指出了作品与文学传统之间不可分割的联系：“创造一件新艺术作品时发生的事情也发生在所有在它之前的作品上。”[2]但是，文学传统也有负面影响，并在一定程度上可以限制作家的艺术创作。根据哈罗德·布鲁姆(Harold Bloom)在《影响的焦虑》(*The Anxiety of Influence*, 1973)中的分析，男性诗人都经历过俄狄浦斯式的内心挣扎，担心自己处在前辈的阴影之下，无法创作出有独特艺术价值的作品。因此诗人与前辈之间是“竞争”(agon)的关系，这种关系“只能在斗争中展现自己”。[3]正因为此，布鲁姆建议诗人必须要有“坚持不懈的精神，去和强大的前辈斗争，一直到死”。[4]

在布鲁姆“影响的焦虑”的基础上，西方女性主义者总结出白人中产阶级女作家与以父权制为中心的西方文学传统之间关系的实质。在《阁楼上的疯女人》(*The Madwoman in the Attic*, 1979)中，桑德拉·吉尔伯特(Sandra M. Gilbert)和苏珊·古巴(Susan Gubar)认为女作家在创作时遭遇了“作者的焦虑”(anxiety of authorship)：“一种认为她无法创作的强烈的恐惧，由于她永远不可能成为‘前辈’，写作将使她孤立或毁灭。”[5]在女性主义者看来，西方文学传统刻意压制了女性的声音，因而对女作家只能产生负面影响。但正如托里·莫伊(Toril Moi)所说，西方女性主义者的价值观念在本质上是“自由个人主义的、传统的资产阶级人文主义”[6]。伊莱恩·肖尔瓦特也承认，“女性主义批评是妇女运动的女

---

1 哈罗德·布鲁姆：《西方正典：伟大作家和不朽作品》，江宁康译，南京：译林出版社，2005年，第6页。

2 T. S. Eliot (2001). “Tradition and the Individual Talent”, *The Norton Anthology of Theory and Criticism*, ed. Vincent B. Leitch et al., New York/London: W. W. Norton & Co., p.1093.

3 Harold Bloom (1982). *Agon: Towards a Theory of Revisionism*, New York/Oxford: Oxford University Press, p.viii.

4 Harold Bloom (1997). *The Anxiety of Influence: A Theory of Poetry*, 2nd edition, New York/Oxford: Oxford University Press, p.5.

5 Sandra M. Gilbert and Susan Gubar (2000). *The Madwoman in the Attic: The Woman Writer and the Nineteenth-Century Literary Imagination*, 2nd edition, New Haven/London: Yale University Press, p.49.

6 Toril Moi (2002). *Sexual/Textual Politics: Feminist Literary Theory*, 2nd edition, London/New York: Routledge, p.6.

儿，她的父亲是旧的父权制的文学批评和理论”[1]。由此可见，白人女性主义作家在本质上依然与西方文学传统保持一致。

与白人男女作家相比，后殖民女作家与西方文学传统的关系令人耳目一新。后殖民女性创作“不单单是模仿或寄生于白人传统之上”[2]，而是具有自己的独特之处。这种特点在作家与西方文学传统的关系上表现为她们既不像白人男性那样担心自己无法超越前人的成就，也不像白人女性那样虽然反对西方文学传统把女性的边缘化，但实际上仍然遵循传统的创作规则。后殖民女作家对西方文学传统采取的是极为积极主动的态度。

由于历史原因，后殖民女作家深受多种文化的影响。以玛格丽特·阿特伍德为例。她的论文集《与死者谈判》有三段题记，分别摘自童话作家格林兄弟(the Brothers Grimm)、英国经典作家乔叟(Geoffrey Chaucer)和加拿大诗人 A. M. 克林(A. M. Klein)的作品，以表示对这三位作家所代表的三种文学传统——童话、英国文学经典和加拿大文学——的敬意。同样的，本书中所讨论的琼·莱利、赛莉·摩根、茹比·兰福德·吉尼比和托妮·莫里森在深受本民族文化传统影响的同时，也在受教育的过程中对英国文学作品耳熟能详。这就从客观上为她们日后“废除与挪用”传统的西方小说文类创造了条件。对后殖民女作家而言，小说创作有着独特的含义。创作“对她们的人民来说是必需的营养，也是她们更好地了解生活的途径之一”[3]。基于不同的文化和种族背景，后殖民女作家的创作目的各不相同。有的是为了凸现加勒比海女性移民在英国的遭遇；有的是要展示本民族曾经遭受的苦难；有的是从历史教训出发倡导民族之间和谐生存的必要性；还有的是要警示人们注意生态危机的严重后果。由于主题的差异，她们在作品中选择了不同的西方小说文类进行“废除和挪用”，以实现自己的创作目标。

在对待西方小说传统的问题上，阿特伍德的观点代表了后殖民女作家所持的乐观态度。阿特伍德认为：“传统不一定是为了埋葬你而存在，它也能被用作新

---

1 Elaine Showalter (1985). “Introduction: The Feminist Critical Revolution”, *The New Feminist Criticism: Essays on Women, Literature, and Theory*, ed. Elaine Showalter, London: Virago, pp.7-8.

2 Elaine Showalter (1989). “A Criticism of Our Own: Autonomy and Assimilation in Afro-American and Feminist Literary Theory”, *The Future of Literary Theory*, ed. Ralph Cohen, New York/London: Routledge, p.352.

3 Barbara Christian (2000). “The Race for Theory”, *African American Literary Theory: A Reader*, ed. Winston Napier, New York/London: New York University Press, p.281.

起点的素材。”[1]后殖民女作家对小说文类的改良恰好证明了阿特伍德所持观点的正确性。在本书所讨论的后殖民女作家中，莱利把西方成长小说变成了后殖民女性成长小说，用以反映英国黑人女性移民在英国想要完整生存却不能的痛苦经历；摩根和吉尼比把西方传记变成反映澳大利亚土著生活的土著女性生命故事；莫里森使哥特式小说成为表现非裔美国人身心创伤的工具；阿特伍德在科幻小说中注入后现代的创作手法，使之成为后现代科幻小说，用以显示人类面临的生存危机和可能降临的灭顶之灾，以起到警醒世人的作用。由于篇幅所限，还有一些女作家对西方小说文类的改良未能纳入本书所讨论的范围。如艾丽斯·沃克的《紫色》就把传统的书信体小说用作反映非裔女性西丽从忍气吞声的父权制受害者到自食其力的女性的转变。纳丁·戈迪默的《我儿子的故事》(*My Son's Story*, 1990)貌似一则父亲描写儿子的传记故事，实际上却是从儿子的角度表现父亲的婚外恋和南非的政治斗争。在戈迪默笔下，传记创作不再是为了歌功颂德，而是变成反映南非种族关系、批判种族隔离制度的工具。除了一些后殖民女作家对传统小说文类的“废除与挪用”外，也有作家完全抛弃传统的小说形式，走出了一条属于自己的新路。多丽丝·莱辛在《金色笔记》(*The Golden Notebook*, 1962)中就完全打破了人们对“小说”的期望，把五本不同颜色的笔记穿插在一个故事之中。从表面上看，《金色笔记》凌乱不堪，毫无头绪，实际上展现的却是20世纪中叶整个动荡不安的世界的风貌。

也有一些评论家对后殖民文学中出现的“废除与挪用”持反对意见。小亨利·路易·盖茨就提出，黑人作家不应挪用西方传统或希冀在西方文学中占有一席之地，而应该转向黑人的本土传统。[2]西蒙·杜尔伦(Simon During)也曾表现出对后殖民作家继续用英语写作和改良西方小说文类的忧虑。杜尔伦认为，后殖民作家用帝国语言说话或写作会造成文化身份的困惑，作家本人会陷入模仿和自相矛盾之中。[3]然而，英语后殖民女性创作证明作家对西方小说文类的“废除与挪用”起到了反抗殖民统治、深化各个层面完整生存的主题的作用。

小说的内容与形式是构成小说的两大要素。亨利·詹姆斯曾把两者的关系

1 Margaret Atwood (1972). *Survival: A Thematic Guide to Canadian Literature*, Toronto: McClelland & Stewart, p.246.

2 Henry Louis Gates, Jr. (1985). “Writing ‘Race’ and the Difference It Makes”, *Critical Inquiry*, vol.12, no.1, p.12.

3 Simon During (1987). “Postmodernism or Post-Colonialism Today”, *Textual Practice* 1(1), Spring, p.43.

比作“针与线”，互相依赖，缺一不可。[1]但是，相比较而言，内容的重要性要大于形式。如果只是单纯重视形式的话，小说就会成为无本之木，成为作家无病呻吟的工具。因此，后殖民女作家对小说文类的“废除与挪用”归根结底是为内容服务，是为了表现殖民统治的后果和她们提倡的不同层次的完整生存，而完整生存的理念正是后殖民妇女主义思想的具体体现。

与西方人文主义精神相似，后殖民妇女主义也把“人”的完整生存放在首位。但人文主义关注的焦点是白人精英阶层，而后殖民妇女主义把关怀的范围扩大到以前的被压迫民族乃至大自然，这就超越了人文主义的局限性，把人文关怀提升到一个新的高度。

第二节　后殖民妇女主义对西方人文主义思想的超越

虽然“人文主义”(humanism)[2]一词在19世纪初才首次出现在德国，[3]但西方人文主义思想的萌芽最早可追溯到古希腊时期。在古希腊，人文主义思想与人们注重历史、哲学、戏剧等学科的学习密切相关。当时的人们普遍认为，一个人受的教育越多，他就越有人性。盛行于14、15世纪的欧洲文艺复兴极大地加强了对人和人性的关注，以抵制中世纪时神权凌驾于一切之上的做法。文艺复兴成为人类历史上第一场带有鲜明的人文主义色彩的思想运动，但当时的人文主义者主要由知识分子和贵族阶层构成，因而不可避免地带有精英阶层的烙印。到了18、19世纪，启蒙运动的积极分子们在提倡科技进步的同时，也注重宣传人文主义思想。他们强调“以人为本”，力图扭转社会对人的不公正态度，反对奴隶制。但从根本上说，启蒙运动依然以知识分子为中心，而且他们倡导的人文关怀也没有播撒到平民百姓中间。

不管怎样，自文艺复兴以来人文主义思想就逐步成为西方思想体系的精髓是不争的事实。然而，要对它作出一个恰到好处的界定却非易事，其主要原因在于人文主义思想并不是一场轰轰烈烈的运动，况且它本身也缺乏完整的理论体系。

---

1 Henry James (1956). *The Future of the Novel: Essays on the Art of Fiction*, ed. Leon Edel, New York: Vintage, p.21.

2 英语中的“humanism”在中文里可表示“人文主义”、“人本主义”或“人道主义”等。本书译为“人文主义”。

3 Jeaneane Fowler (1999). *Humanism: Beliefs and Practices*, Brighton/Portland: Sussex Academic Press, p.18.

迄今为止，最广义的“人文主义”表明它关注人的一切，并且以“人的存在”为中心。[1]具体地说，人文主义思想的基本点就是关注人的生存问题。

安托尼·弗卢(Antony Flew)在《哲学词典》(*A Dictionary of Philosophy*, 1979)中描述了“人文主义”含义的演变。在弗卢看来，“人文主义”最早指的是文艺复兴时期欧洲的思想运动。那时的人文主义者对人类的能动性极为乐观，赞赏人类的伟大，对人类成就充满激情。但是，进入20世纪之后，“人文主义”一词被那些拒绝一切宗教信仰的人使用，他们号召人们把在这个世界的世俗生活作为唯一的关注点。[2]弗卢给出的“人文主义”的第二个含义指的是20世纪的新人文主义(或称“世俗人文主义”)，即一种对生活的无神论的态度，强调在快乐、公正、民主和和平的世界里实现个人的潜力。[3]

以人的生存为中心、强调在人世的生活是西方人文主义思想的核心部分，也是西方文化的集中体现。特里·伊格尔顿指出，英语是一个竞技场，人类生存的最基本的问题成为最细致的考察的对象。[4]马尔科姆·布莱德伯里(Malcolm Bradbury)更是断言，伟大的小说通常具备“决定性的开放”和“人文主义精神”两个特点。[5]由此可见，人文主义思想是西方传统小说的精髓，是衡量小说成功与否的重要标准。那么，作为后殖民女性创作在理论层面的体现，后殖民妇女主义思想是否复制了西方人文主义的核心内容？

后殖民妇女主义与西方人文主义都提倡“以人为本”，关心人的生存问题，具有浓厚的人文关怀的色彩。但实际上，两者在许多方面存在着差异。

在20世纪晚期，不少思想家认为，随着工业化进程的加快，西方人引以为傲的人文主义思想已经消失殆尽。在《人文主义：西方文化的废墟》(*Humanism: The Wreck of Western Culture*, 1993)一书的开篇，约翰·卡罗(John Carroll)就直截了当地宣称：“我们生活在人文主义伟大的、绵延五百年的废墟中。”[6]卡罗的意

1 Jeaneane Fowler (1999). *Humanism: Beliefs and Practices*, Brighton/Portland: Sussex Academic Press, p.5.

2 Antony Flew (1984). *A Dictionary of Philosophy*, revised 2nd edition, New York: St Martin's Press, p.153.

3 Jeaneane Fowler (1999). *Humanism: Beliefs and Practices*, Brighton/Portland: Sussex Academic Press, p.21.

4 Terry Eagleton (1983). *Literary Theory: An Introduction*, Minneapolis: University of Minnesota Press, p.31.

5 Malcolm Bradbury (1973). *Possibilities: Essays on the State of the Novel*, Oxford: Oxford University Press, p.12.

6 John Carroll (1993). *Humanism: The Wreck of Western Culture*, London: Fontana Press, p.1.

思是说，人文主义的根本目的是反对非人化，提倡个人主义，注重个人的成就和幸福，但科学技术的突飞猛进使人在享受生活便利的同时却陷入了精神的荒漠，丧失了文化之根。所以，他认为人文主义作为西方人的精神支柱已经坍塌。同西方人文主义思想五百多年的历史相比，起源于20世纪70年代的后殖民妇女主义显得无足轻重。但值得注意的是，后殖民妇女主义崛起之时正是西方人文主义思想日益衰落之际，而且在三十多年的时间里，以其丰富的内涵和深刻的思想性，后殖民妇女主义在三个层面上拓展了西方人文主义的范围，避免了西方人文主义的局限性。

首先，发源于意大利的文艺复兴运动从根本上说是要摆脱在中世纪至高无上的神权的控制，拒绝宗教及其教义。因此，人文主义思想带给西方的是全新的"人"的理念，其核心是对"个体"的关注。[1]在人文主义者看来，人不再是上帝面前驯服的臣民，永远居于次要地位，而是有着巨大的主观能动性和潜力。为此，他们关注人在地球上的生存。然而，人文主义者眼中的"人"专指精英阶层里的白人男性知识分子，其种族和阶级局限性是不言而喻的。罗伯特·扬认为人文主义是"西方自恋症"的反映。[2]在他看来，作为欧洲文明的最高体现之一的人文主义与殖民主义存在共谋关系，在殖民主义的意识形态中扮演了重要角色。[3]艾美·塞赛尔在《殖民主义话语》中把人文主义称之为"伪人文主义"(pseudo-humanism)，因为在人文主义和文明使命的幌子下，殖民者认为自己有充足的理由对被殖民者采取任何行动。在为弗兰茨·法侬的《全世界受苦的人》所写的前言中，让-保尔·萨特(Jean-Paul Sartre)指出："没有比种族主义与人文主义的结合更一致的事物了，因为欧洲人只有通过创造奴隶和魔鬼才能成为人"。[4]

以反对父权制和性别歧视为目标的白人女性主义者，虽然把人文主义关注的对象从白人男性扩大到白人女性，但并没有从本质上改变它原有的种族和阶级属性。唯有后殖民妇女主义打破了种族的不平等，把关爱的目光投向殖民地女性能否完整生存的问题，以及整个被压迫、被殖民的民族的生存。在各自的作品中，后殖民女作家既描写女性的遭遇，也表现男性的经历。这种做法真正

1 Peter Childs and Roger Fowler (2006). *The Routledge Dictionary of Literary Terms*, London/New York: Routledge, p.111.

2 Robert J. C. Young (1990). *White Mythologies: Writing History and the West*, London: Routledge, p.17.

3 同上，p.121.

4 Jean-Paul Sartre (1967). "Preface", in Frantz Fanon's *The Wretched of the Earth*, trans. Constance Farrington, Harmondsworth/Ringwood: Penguin, p.22.

体现了对生活在地球上的所有人的生存问题的关注，是较高境界的人文关怀，是一种“世界主义的人文主义”[1]。后殖民妇女主义对“爱”的提倡“创造了重新人化的语境”[2]。

其次，西方人文主义在注重提升“人”的地位的同时，把增进整个社会的幸福快乐作为目标，注重全社会的和谐发展。人文主义的“博爱”的出发点，用阿诺德(Matthew Arnold)的话来说，是“人类是个整体，人性中的同情不允许一位成员对其他成员无动于衷，或者脱离他人，独享完美之乐”[3]。“博爱”的目的是要建立一个“美、和谐与人性全面完善的思想”能够得到体现的社会。[4]但阿诺德所关注的是在提高人们的道德水准的基础上白人主流社会的和谐发展，这种和谐以牺牲殖民地人民为代价。相比之下，后殖民妇女主义的“完整生存”理念是从曾经经历过各种苦难的被殖民者的角度，以博大的胸怀和前瞻性的眼光，号召曾经敌对的民族抛弃仇恨，和睦相处，以维护世界和平，同时也有利于人类的共同发展。马尔科姆·布莱德伯里认为，小说所具备的功能之一是它“不仅仅是一个自我维系的整体，而是一个教导的种类”[5]。这种教导，体现在后殖民女性创作中，就是号召读者关注各个群体的生存状况，进而关心地球的未来命运，以利于人类和大自然的完整生存。

最后，西方人文主义重视“人”的初衷是反对宗教对人类世俗生活的控制，但这样导致的直接后果是人类中心主义思想的泛滥。“人”被放到至高无上的地位，被尊为地球的主人，而大自然则沦为人类欲望的牺牲品。从某种意义上说，人类中心主义也是殖民主义的一种表现形式，只不过被殖民的对象是自然界的万物。后殖民妇女主义的出发点是反抗各种各样的殖民统治，因此它超越了单纯对“人”的生存问题的关注，把关爱对象扩大到大自然，把生态环境恶化与人类的未来命运相联系。虽然关注的中心依然是人类在地球上的继续生存，但后殖民妇女主义的思想性比西方人文主义前进了一大步。

---

1 Cheryl Townsend Gilkes (2001). *"If It Wasn't for the Women...", Black Women's Experience and Womanist Culture in Church and Community*, New York: Orbis Books, p.187.

2 同上，p.188.

3 马修·阿诺德：《文化与无政府状态》，韩敏中译，北京：生活·读书·新知三联书店，2002年，第10页。

4 同上，第17页。

5 Malcolm Bradbury (1973). *Possibilities: Essays on the State of the Novel*, Oxford: Oxford University Press, p.292.

综上所述，尽管后殖民妇女主义的发展历史不及西方人文主义那样悠久，但它表现出的对各个层面的"生存"问题的关注说明它比西方人文主义具有更大的优越性和发展空间。

第三节　后殖民还是后现代？

当后殖民文学进入繁荣期之后，欧美不少评论家试图把它归入后现代主义创作的旗帜下，以证明后者具有极大的影响力。尤金·本森(Eugene Benson)和L. W. 康诺利(L. W. Conolly)就认为后殖民主义是西方的产物，因为后殖民理论家们在萨义德的《东方主义》之后出现在西方世界，从后殖民世界的边缘迁移到帝国中心工作。[1]埃利斯·凯什莫尔也指出，后殖民主义是"欧洲和美国学术界的产物"[2]。在《与理论共存》(*Living with Theory*, 2008)中，文森特·里奇甚至干脆回避"后殖民主义"一词，把族裔文学和跨民族文学的飞速发展笼统地归之于全球化语境中英美文学的后现代转变。[3]

从表面上看，后殖民主义与后现代主义有不少共同之处。两者都出现于二次世界大战结束之后，都提倡消解中心，颠覆传统的二元对立，挑战占统治地位的文化，等等。但在本质上，它们代表着两种截然不同的思想。

首先，起源不同。"后现代主义"与"后殖民主义"中的"后"(post-)都有两个层次的含义，一是"在……之后"，二是"反对……"。在《后现代转向》(*The Postmodern Turn*, 1987)一书中，伊哈布·哈桑(Ihab Hassan)认为后现代主义指的就是"现代主义中的变化"[4]。让-弗朗索瓦·利奥塔(Jean-Francois Lyotard)认为后现代主义表明的是紧随现代主义之后的一种文化状态。[5]也就是说，哈桑和利奥塔眼中的"后现代主义"都意味着"在现代主义之后"，因而不可避免地与现代

---

1 Eugene Benson and L. W. Conoolly (ed.) (1994). *Encyclopedia of Post-Colonial Literatures in English*, 2nd edition, vol.3, London/New York: Routledge, p.1296.

2 Ellis Cashmore, et al. (eds.) (1996). *Dictionary of Race and Ethnic Relations*, 4th edition, London/New York: Routledge, p.285.

3 Vincent B. Leitch (2008). *Living with Theory*, Malden/Oxford: Blackwell, p.136.

4 Ihab Hassan (1987). *The Postmodern Turn: Essays in Postmodern Theory and Culture*, Columbus: Ohio State University Press, p.29.

5 Jean-Francois Lyotard (1997). "The Postmodern Condition", *The Postmodern History Reader*, ed. Keith Jenkins, London/New York: Routledge, p.36.

主义有着紧密联系。弗里德里克·詹姆逊却认为，开始于20世纪50年代晚期或60年代初的后现代主义是与延续近百年但逐渐削弱的现代主义的决裂。[1]因此，詹姆逊的"后现代主义"意味着"反对现代主义"。相比之下，与后殖民主义关系密切的是殖民主义，因此"后殖民主义"中的"后"更注重强调的是"在殖民主义之后"或"反对殖民主义"。后殖民主义的根本目的有两个：一是要反映殖民统治给被殖民者造成的身心伤害，控诉殖民主义的罪恶。本书讨论的澳大利亚土著作家和非裔美国作家都在各自的作品中表现了殖民统治给自己的民族造成的深重灾难，以突出被压迫民族面临的完整生存的困难。后殖民主义的第二个根本目标是表现殖民统治结束之后人们的生活状况，主要是以前的被殖民者的生活。英国黑人女性移民作家在作品中表现的就是殖民统治结束后，前英国殖民地的女性迁移至宗主国的经历。而加拿大女作家则站在地球完整生存的高度，凸现另一种形式的殖民统治——人类对大自然的掠夺和侵害，以表达对地球能否完整生存的忧虑。

此外，后殖民主义与后现代主义的目标不同。哈桑把后现代主义描述成"西方世界的一种修正意愿"[2]。芭芭拉·克里斯琴也指出，后现代主义的推崇者们"的确表达了他们对自己传统的一些思想精髓的不满……但在他们改变西方学术侧重点的努力中，他们和以往一样注重于自身，对他们忽视或控制的其他世界没有丝毫兴趣"[3]。罗伯特·扬更是把后现代主义称之为"欧洲文化的一种意识，即它不再是世界毫无争议的统治中心"[4]。艾伦·穆克吉也指出，"后现代主义是一个白人的、欧洲文化的现象"[5]。

这些都说明后现代主义在本质上是来自西方世界内部的知识分子对西方思想体制所作的反思，但这种反思的根本目的不是要推翻整个思想体制，而是要找出解决办法来挽救西方主流社会。与此相反，最早出现于前英国殖民地的后殖民主义思想以反抗和颠覆殖民统治为目标。后殖民作家创作的出发点是为了拯救自己

---

1 Fredric Jameson (1997). "Postmodernism, or the Cultural Logic of Late Capitalism", *Twentieth-Century Literary Theory: A Reader*, 2nd edition, ed. K. M. Newton, Houndmills/London: Macmillan, p.267.

2 Ihab Hassan (1987). *The Postmodern Turn: Essays in Postmodern Theory and Culture*, Columbus: Ohio State University Press, p.xvi.

3 Barbara Christian (2000). "The Race for Theory", *African American Literary Theory: A Reader*, ed. Winston Napier, New York/London: New York University Press, p.284.

4 Robert J. C. Young (1990). *White Mythologies: Writing History and the West*, London: Routledge, p.19.

5 Arun Mukherjee (1998). *Postcolonialism: My Living*, Toronto: TSAR Publications, p.217.

和本民族，因为“没有掌握政权的民族的文学始终处于灭绝或同化的危险”[1]。

后现代主义与后殖民主义的又一个区别是对“身份”的态度不同。后现代主义颠覆了人文主义的核心，即不再把“人”作为一切的主体。人文主义认为人的身份是一个统一的整体，而后现代主义则倾向于把身份看做是支离破碎或始终变化的东西。但是后现代创作中描绘的分裂的身份与后殖民创作完全不同。在后现代作家眼中，人物支离破碎的身份意味着他们对这个世界的悲观绝望。以莱利和莫里森为代表的后殖民女作家也描写主人公因无法拥有完整的身份而痛苦绝望，但她们的目的是为了突出殖民统治给被殖民者造成的心理伤害，为“完整生存”理念的提出作铺垫。因此，在后现代创作和后殖民创作中，“身份”有着不同的含义并得到不同表现。

艾伦·穆克吉指出，后现代主义的标签不适用于本土和非裔美国女作家，因为这些作家“要让我们相信她们提供的历史的真实”[2]。换言之，虽然进行的是小说创作，但后殖民女作家立足于被殖民者的真实经历，在此基础上再进行艺术加工，因此她们作品中反映的民族历史具有可信度。相形之下，后现代作家更强调小说的虚构性和文学语言的完美与否。

既然后现代主义与后殖民主义有着根本性的差异，那么为何西方的一些批评家们在讨论后殖民创作的时候，往往热衷于把这些作品说成是后现代主义的产物？琳达·哈钦认为，后现代主义与后殖民主义有着密切联系，前者把人文主义作为批判的对象，而后者主要批判的是帝国主义。[3]在《后现代主义政治》(*The Politics of Postmodernism*, 1989)中，哈钦认为后现代主义具有抗争性和政治性。[4]在分析加拿大文学时，她指出，加拿大文学更具后现代主义而不是后殖民主义的特点，因为在加拿大文学中，后现代主义特征，如反对殖民文化的霸权，挑战自由人文主义认为艺术具有原创性和独特性的观点，通过戏仿的手法质疑经典文本等，都得到体现。[5]哈钦的观点得到娜塔莉·库克的赞同。在讨论阿特伍德的作

---

1 Barbara Christian (2000). "The Race for Theory", *African American Literary Theory: A Reader*, ed. Winston Napier, New York/London: New York University Press, p.288.

2 Arun Mukherjee (1998). *Postcolonialism: My Living*, Toronto: TSAR Publications, p.220.

3 Linda Hutcheon (1990). "Circling the Downspout of Empire", *Past the Last Post: Theorizing Post-Colonialism and Post-Modernism*, ed. Ian Adam and Helen Tiffin, Alberta: University of Calgary Press, p.168.

4 Linda Hutcheon (1989). *The Politics of Postmodernism*, London/New York: Routledge, p.3.

5 Linda Hutcheon (1988). *The Canadian Postmodern: A Study of Contemporary English-Canadian Fiction*, pp.6-7.

品时，娜塔莉·库克认为阿特伍德对传统的挑战虽然受到女性主义思想的激励，但“挑战的冲动在本质上是后现代的”[1]。耐人寻味的是，哈钦和库克所说的这些特点与其说是后现代主义，不如说更带有后殖民主义的色彩。面对日益崛起的后殖民主义，后现代主义评论家试图同化它，吸收后殖民主义的一些特点，把它变为自己理论的一部分。因为对西方主流文化而言，后殖民文化可以被用来“作为实现自身更新的工具”[2]。而更新自身的结果就是要抹杀后殖民主义原有的颠覆性和与西方主流思想的差异。正如特里·伊格尔顿所说，后现代主义推崇差异，但它实际做的却是抹杀各种差异的存在。[3]吸收同化后殖民主义的特点恰巧体现了后现代主义的本质。

西蒙·杜尔伦曾一针见血地指出，后现代主义与后殖民主义是完全对立的两种思想。在他看来，后现代主义拒绝把他者变成相同者，因此后现代主义的建构实际上是有意无意地抹去了后殖民身份的可能性。[4]海伦·蒂芬也同样认为，作为一种思想方式，后现代主义从欧洲出口到前殖民地，在那儿获得本土性。这反映了当代的文化霸权。[5]斯蒂芬·斯莱蒙(Stephen Slemon)认为像加拿大、澳大利亚之类的第二世界仍然是后殖民而不是后现代国家，因为在这些国家的文学作品中，压迫者和被压迫者、殖民者与被殖民者之间的冲突一直存在。[6]戴安娜·布莱登则道出了后现代主义与后殖民主义对政治和艺术的不同观点。她认为，“后现代主义”一词表明“把政治唯美化”，而“后殖民主义”一词则突出了政治不可避免地混杂于艺术之中，但仍可与艺术相区别。[7]贝尔·胡克斯在《后现代黑

1 Nathalie Cooke (2004). *Margaret Atwood: A Critical Companion*, Westport/London: Greenwood, p.27.

2 艾勒克·博埃默：《殖民与后殖民文学》，盛宁、韩敏中译，沈阳：辽宁教育出版社、牛津大学出版社，1998 年，第 157 页。

3 Terry Eagleton (2003). *After Theory*, London/New York: Allen Lane, p.46.

4 Simon During (1987). “Postmodernism or Post-Colonialism Today”, *Textual Practice* 1(1), Spring, p.33.

5 Helen Tiffin (1990). “Introduction”, *Past the Last Post: Theorizing Post-Colonialism and Post-Modernism*, ed. Ian Adam and Helen Tiffin, Alberta: University of Calgary Press, pp.viii-ix.

6 Stephen Slemon (1996). “Unsettling the Empire: Resistance Theory for the Second World”, *Contemporary Postcolonial Theory: A Reader*, ed. Padmini Mongia, London/New York: Arnold, p.80.

7 Diana Brydon (1990). “The White Inuit Speaks: Contamination as Literary Strategy”, *Past the Last Post: Theorizing Post-Colonialism and Post-Modernism*, ed. Ian Adam and Helen Tiffin, Alberta: University of Calgary Press, p.192.

人性》(“Postmodern Blackness”, 1990)中更是一语道破了后现代主义的实质。她认为，虽然后现代主义理论是在反对高雅的现代主义中建构的，但其中很少提到黑人经历或作品，尤其是黑人女性。[1]

就本书所讨论的女性小说而言，它们都带有鲜明的后殖民主义的烙印，是典型的后殖民小说。但是后殖民女作家并不排斥后现代主义的创作手法。例如在阿特伍德的笔下，后现代主义的技巧被用作反抗人类中心主义的工具之一，以表达作家对人类与自然完整生存的忧虑。特里·伊格尔顿曾注意到，在后现代主义时期，每一个人都在思考微不足道的小事。[2]但后殖民女作家对各个层面完整生存问题的思考表明她们不仅专注于小事，也同样专注于全球性问题之类的大事。

第四节 后殖民女性创作的未来走向

作为西方的一个主要文学形式，小说已经有两百多年的历史。英语小说最早出现在16世纪末和17世纪初。从19世纪至20世纪上半叶，小说一直处于繁荣期，但这种发展势头在20世纪60年代戛然而止，取而代之的是小说停滞不前的态势。许多作家和批评家认为小说已经过于古老，以至于不能跟上时代前进的步伐。他们建议中止小说的写作，另觅合适的文学创作形式。然而，也有一些人试图挽救垂死的小说。早在1963年，法国评论家阿兰·罗伯-格里耶(Alain Robbe-Grillet)就敏锐地观察到小说呈现的颓势。在《为了新小说》(“Pour un Nouveau Roman”, 1963)的文章中，罗伯-格里耶提出，如果作家想拯救小说的话，那么他应该挖掘小说的新形式。在《枯竭的文学》(“The Literature of Exhaustion”, 1967)一文中，约翰·巴思(John Barth)敏锐地注意到，作家面临的是“枯竭了可能性的文学”，或更确切地说，作家面临着可利用的小说形式的枯竭，是“某些形式的用尽或某些可能性的枯竭”[3]。多年后，在题为《富足的文学》(“The Literature of Replenishment: Postmodernist Fiction”, 1979)的文章中，巴思对自己当时的观点作了进一步阐释：“艺术的传统手法很有可能被报废、被颠覆、被超越、被改变，

1 bell hooks (2001). “Postmodern Blackness”, *The Norton Anthology of Theory and Criticism*, ed. Vincent B. Leitch et al., New York/London: W. W. Norton & Co., p.2478.

2 Terry Eagleton (2003). *After Theory*, London/New York: Allen Lane, p.45.

3 John Barth (1984). *The Friday Book: Essays and Other Nonfiction*, Baltimore/London: The Johns Hopkins University Press, p.64.

甚至被用来反对自身，以激发新的、充满活力的创作手法的产生”[1]。因此巴思指出，作家在创作技巧上跟上时代步伐也是必需的。在《今日小说》的前言中，马尔科姆·布莱德伯里也同样注意到了小说由盛及衰的转变：“我们生活在一个时代，小说明显地比前几年变得更具暂时性，更焦虑，更自我质疑。”[2]

面对小说存亡的危机，欧美主流社会的许多作家开始运用不同的方式来探索振兴小说的可能性。约翰·巴思本人试图把小说的叙事技巧变得现代化；唐纳德·巴塞尔姆(Donald Barthelme)在小说中运用了支离破碎的叙事；约翰·福尔斯(John Fowles)把19世纪现实主义的拼贴放入自己的作品中，等等。但是，必须承认的是，多数作家对小说的创新使得他们自己步入了死胡同，同时他们的作品也因其晦涩难懂而丧失了大批读者。即使到了21世纪，J. 希利斯·米勒(J. Hillis Miller)依然在哀叹：“文学的终结即将来临。”[3]但他同时又对未来抱有希望，认为文学“将在一切历史和技术变革中幸存下来”[4]。

就在西方小说衰落之际，后殖民女性创作开始进入蓬勃发展期。虽说后殖民女作家在主观上并没有把拯救西方小说作为创作主旨，但后殖民女性创作客观上为濒死的英语小说注入了新的活力，起到了使西方小说起死回生的作用。

在小说的内容上，后殖民女性创作立足于现实，但极大地扩充了小说所表现的范畴。亨利·詹姆斯极为强调小说与现实生活的关系。他认为，“小说存在的唯一原因是它反映生活”[5]。詹姆斯甚至认为，小说的价值首先存在于它是“个人的、直接的生活印象”[6]。换言之，小说应该首先是反映现实生活，尤其是作者生活经验的工具。爱瑞斯·默多克(Iris Murdoch)认为20世纪只存在两种类型的小说——晶体型(crystalline)或新闻型(journalistic)。前者指的是“一种描写人类状况的、准寓言式的东西”，而后者则意味着“一个记录式的东西”[7]。默多克还

1 John Barth (1984). *The Friday Book: Essays and Other Nonfiction*, Baltimore/London: The Johns Hopkins University Press, p.205.

2 Malcolm Bradbury (1977). “Introduction”, *The Novel Today: Contemporary Writers on Modern Fiction*, ed. Malcolm Bradbury, Manchester: Manchester University Press, p.8.

3 J. Hillis Miller (2002). *On Literature*, London/New York: Routledge, p.1.

4 同上。

5 Henry James (1956). *The Future of the Novel: Essays on the Art of Fiction*, ed. Leon Edel, New York: Vintage, p.5.

6 同上，pp.9-10.

7 Iris Murdoch (1977). “Against Dryness: A Polemical Sketch”, *The Novel Today: Contemporary Writers on Modern Fiction*, ed. Malcolm Bradbury, Glasgow: William Collins Sons & Co., pp.27-28.

认为，严肃作家应该创作“晶体型”小说，尽可能客观地再现现实世界。

在后殖民女性创作中，反映现实依然是主要目的。但是与白人女作家局限于对性别问题的关注不同的是，后殖民女作家认为首先要考虑“种族”问题，其次才是“性别”问题。斯蒂芬·汉德森(Stephen Henderson)曾如此评价种族与性别获得同样重视的意义：“当黑人女性发现了一个包含种族和性别两者的政治语境时，我们在这个国家(美国)的历史有了特殊的转折，我们的文学朝成熟和诚实飞跃。”[1]后殖民女作家们把来自不同文化、宗教、种族、性别的个人或群体作为描写的对象，展示他们的喜怒哀乐和殖民经验。她们既反映种族歧视和性别歧视，也反映民族的存亡和人类面临的灾难。题材可谓多种多样，但其核心内容都是有关人类在现实世界“完整生存”的问题。后殖民女性的“完整生存”主题是对传统小说的拓展，为小说增添了新的内容。

在小说的形式上，后殖民女作家奉行“新奇比重复更好”[2]的原则，大胆地对小说文类进行创新，使得小说在具备可读性和趣味性的同时，仍然具有教育民众的作用。她们对传统小说文类的挪用不仅表明了后殖民女性创作与西方文学的联系和区别，也激活了濒死的西方小说，为仍然在困境中挣扎的白人主流社会作家指明了一条前进的道路。

在评论非裔美国文学时，伊莱恩·肖尔瓦特曾表达过这样的疑虑：“黑人批评能够挪用西方文学理论而不以辛苦赢得的独立和个性为代价吗？”[3]在研究后殖民女性创作时，也会有类似的问题存在：后殖民女作家究竟应该如何把握“废除与挪用”的尺度？如何保持作家的独立性？后殖民女性创作以其多姿多彩的内容和小说样式，对这个问题给出了圆满的回答。

在西方评论界，后殖民女性创作得到的并不总是肯定和赞扬。巴特·摩尔-吉尔伯特注意到，自20世纪90年代以来，在西方学界出现了对七八十年代出现的文学批评形式的抵触情绪，对这些批评所突出的性别、阶层和种族等问题的厌倦。而与此同时，政治倾向不太明显的价值观念和伦理道德等问题成为人们关注

---

1 转引自 Elaine Showalter (1989). “A Criticism of Our Own: Autonomy and Assimilation in Afro-American and Feminist Literary Theory”, *The Future of Literary Theory*, ed. Ralph Cohen, New York/London: Routledge, p.353.

2 T. S. Eliot (2001). “Tradition and the Individual Talent”, *The Norton Anthology of Theory and Criticism*, ed. Vincent B. Leitch et al., New York/London: W. W. Norton & Co., p.1093.

3 Elaine Showalter (1989). “A Criticism of Our Own: Autonomy and Assimilation in Afro-American and Feminist Literary Theory”, *The Future of Literary Theory*, ed. Ralph Cohen, New York/London: Routledge, p.355.

的热点。[1]在这股以反感政治为名而回归保守的浪潮中，以种族、性别等作为主题的后殖民女性创作的发展势头也受到遏制。

还有一些批评家始终对后殖民文学持反对态度。在《后殖民的异国情调》(*The Postcolonial Exotic: Marketing the Margins*, 2001)一书中，格雷厄姆·哈根就表明他并不看好后殖民文学创作。他认为后殖民文学作品的风行是全球文化差异被商品化的产物，而后殖民主义主要表现了某些人的学术野心。[2]还有像特里·伊格尔顿一样的批评家。他们反对经典作品，但又认为文学批评的重点应限于英伦三岛已经去世的白人男性作家。在他们的文学批评中，后殖民女性创作根本没有立足之地。

近年来刮起的"重归经典"之风对后殖民创作又是一个严重打击。哈罗德·布鲁姆曾把包括后殖民主义在内的当代新兴批评理论统统称之为"憎恨学派"(school of resentment)，因为它们试图颠覆一切传统。他坚持文学批评应该走精英道路，主张重建文学审美理想。对于后殖民女作家而言，这是否意味着她们又要重新回到边缘化的地位，又要为自己的失语而开始新一轮的抗争？

另一个困扰着后殖民女性创作的问题是：随着第一代后殖民女作家的逐渐老去，后殖民女性创作对殖民统治的批判力度正在削弱。由于未能亲历前辈一样的痛苦遭遇，新生代的女作家更关心自己能否成为国际化作家并为主流社会所认同，因此她们的作品又有回到关注个人在多元化社会中的生存的趋势，政治色彩愈来愈淡。如果这种情况继续发展下去，若干年之后，"后殖民"一词将会彻底丧失它原有的政治性，后殖民女性创作的发展道路也会与现在有所不同。

在殖民统治的阴影中成长起来的后殖民女作家，在描绘主人公寻求完整生存而经历的各种苦难的同时，自己也面临着在当代社会和文学评论界能否"完整生存"的问题。后殖民女性创作在未来会如何发展，没有人能够给出一个明确的答案。但从她们在作品中对"完整生存"理念的推崇来看，这些女作家将会继续延伸她们的人文关怀，为建立一个和谐共存的世界而努力。

1 Bart Moore-Gilbert (1997). *Postcolonial Theory: Contexts, Practices, Politics*, London/New York: Verso, p.186.

2 Graham Huggan (2001). *The Postcolonial Exotic: Marketing the Margins*, London/ New York: Routledge, p.vii.

参考文献

本书主要研究的小说：

Atwood, Margaret (2003). *Oryx and Crake*, Toronto: Seal Books.

----- (1998). *The Handmaid's Tale*, New York: Anchor Books.

Langford, Ruby (1988). *Don't Take Your Love to Town*, Ringwood: Penguin.

Morgan, Sally (1987). *My Place*, South Fremantle: Fremantle Art's Centre.

Morrison, Toni (1997). *Paradise*, New York: Plume.

----- (1992). *Jazz*, New York: Plume.

----- (1987). *Beloved*, New York: Plume.

Riley, Joan (1985). *The Unbelonging*, London: The Women's Press.

英文参考文献：

[1] Abrams, M. H. (1999). *A Glossary of Literary Terms*, 7th edition, Boston: Heinle & Heinle.

[2] Achebe, Chinua (2000). *Home and Exile*, Oxford: Oxford University Press.

[3] ----- (1975). *Morning Yet on Creation Day: Essays*, London: Heinemann.

[4] Afshar, Haleh and Mary Maynard (1994). "Introduction: The Dynamics of 'Race' and Gender", *The Dynamics of 'Race' and Gender: Some Feminist Interventions*, ed. Haleh Afshar and Mary Maynard, London: Taylor & Francis.

[5] Allen, Sture (1993). Presentation Speech. http://nobleprize.org/literature/laureates/1993/presentation-speech.html.

[6] Althusser, Louis (1971). *Lenin and Philosophy and Other Essays*, trans. Ben Brewster, New York/London: Monthly Review Press.

[7] Anderson, Benedict (1983). *Imagined Communities: Reflections on the Origin and Spread of Nationalism*, London: Verso.

[8] Anderson, Linda (2001). *Autobiography*, London/New York: Routledge.

[9] Ash, Ranjana Sidhanta (1994). "Indian Women's Writing in English", *Into the Nineties: Post-Colonial Women's Writing*, ed. Anna Rutherford et al., Armidale: Dangaroo.

[10] Ashcroft, Bill, Gareth Griffiths, and Helen Tiffin (2002). *The Empire Writes Back: Theory and Practice in Post-Colonial Literatures*, London/New York: Routledge.

[11] ----- (1998). *Key Concepts in Post-Colonial Studies*, London/New York: Routledge.

[12] Atwood, Margaret (2002). *Negotiating with the Dead: A Writer on Writing*, Cambridge: Cambridge University Press.

[13] ----- (1982). *Second Words: Selected Critical Prose*, Toronto: Anansi.

[14] ----- (1973). *Surfacing*, Markham: PaperJacks.

[15] ----- (1972). *Survival: A Thematic Guide to Canadian Literature*, Toronto: McClelland & Stewart.

[16] Bahri, Deepike (2004). "Feminism in/and Postcolonialism", *The Cambridge Companion to Postcolonial Literary Studies*, ed. Neil Lazarus, Cambridge: Cambridge University Press.

[17] Baker, Candida (1987). *Yacker 2: Australian Writers Talk about Their Work*, Sydney/London: Pan Books.

[18] Baker, Houston A., Jr. (1990). *Long Black Song: Essays in Black American Literature and Culture*, Charlottesville/London: The University Press of Virginia.

[19] Baldwin, James (1962). *The Fire Next Time*, New York: Del Publishing Co.

[20] Barth, John (1984). *The Friday Book: Essays and Other Nonfiction*, Baltimore/ London: Johns Hopkins University Press.

[21] Bell, Bernard W. (1992). "Beloved: A Womanist Neo-Slave Narrative; or Multivocal Remembrance of Things Past", *African American Review*, 26(1), Spring, pp.7-15.

[22] Benson, Eugene and L. W. Conolly (1994). *Encyclopedia of Post-Colonial Literatures in English*, 2nd edition, vol.3, London/New York: Routledge.

[23] Bhabha, Homi K. (1997). "The World and the Home", *Dangerous Liaisons: Gender, Nation, and Postcolonial Perspectives*, ed. Anne McClintock et al., Minneapolis/ London: University of Minnesota Press.

[24] Birch, Eva Lennox (1994). *Black American Women's Writing: A Quilt of Many Colours*, London/New York: Harvester Wheatsheaf.

[25] Bjork, Patrick Bryce (1992). *The Novels of Toni Morrison: The Search for Self and Place within the Community*, New York: Peter Lang.

[26] Blake, Ann, Leela Gandhi, and Sue Thomas (2001). "Introduction: 'Mother Country'", *England through Colonial Eyes in Twentieth-Century Fiction*, ed. Ann Blake et al., Houndmills/New York: Palgrave.

[27] Bloom, Harold (1997). *The Anxiety of Influence: A Theory of Poetry*, 2nd edition, New York/Oxford: Oxford University Press.

[28] ----- (1982). *Agon: Towards a Theory of Revisionism*, New York/Oxford: Oxford University Press.

[29] Bradbury, Malcolm (1977). "Introduction", *The Novel Today: Contemporary Writers on Modern Fiction*, ed. Malcolm Bradbury, Manchester: Manchester University Press.

[30] ----- (1973). *Possibilities: Essays on the State of the Novel*, Oxford: Oxford University Press.

[31] Brah, Avtar (1996). *Cartographies of Diaspora: Contesting Identities*, London/ New York: Routledge.

[32] Braxton, Joanne M. (1989). *Black Women Writing Autobiography: A Tradition within a Tradition*, Philadelphia: Temple University Press.

[33] Brewster, Anne (1996). *Reading Aboriginal Women's Autobiography*, Sydney: Sydney University Press.

[34] Brydon, Diana (2000). "Introduction", *Postcolonialism: Critical Concepts in Literary and Cultural Studies*, ed. Diana Brydon, vol.1, London/New York: Routledge.

[35] ----- (1990). "The White Inuit Speaks: Contamination as Literary Strategy", *Past the Last Post: Theorizing Post-Colonialism and Post-Modernism*, ed. Ian Adam and Helen Tiffin, Alberta: University of Calgary Press.

[36] Carlyle, Thomas (1888). "On History", *Critical and Miscellaneous Essays: Collected and Republished*, vol.II, London: Chapman & Hall.

[37] Carroll, John (1993). *Humanism: The Wreck of Western Culture*, London: Fontana Press.

[38] Cashmore, Ellis, et al. (eds.) (1996) *Dictionary of Race and Ethnic Relations*, 4th edition, London/New York: Routledge.

[39] Childs, Peter and Roger Fowler (2006). *The Routledge Dictionary of Literary Terms*, London/New York: Routledge.

[40] Childs, Peter and R. J. Patrick Williams (1997). *An Introduction to Post-Colonial*

Theory, Essex: Pearson.

[41] Chodorow, Nancy (2000). "The Psychodynamics of the Family", *Psychoanalysis and Woman: A Reader*, ed. Shelley Saguaro, Houndmills/London: Macmillan.

[42] Christian, Barbara (2000). "The Race for Theory", *African American Literary Theory: A Reader*, ed. Winston Napier, New York/London: New York University Press.

[43] ----- (1980). *Black Women Novelists: The Development of a Tradition, 1892—1976*, Westport: Greenwood Press.

[44] ----- (1985). "Trajectories of Self-Definition", *Conjuring: Black Women, Fiction, and Literary Tradition*, ed. Majorie Pryse and Hortense Spillers, Bloomington: Indiana University Press.

[45] Clifford, James (1994). "Diasporas", *Cultural Anthropology*, 9(3).

[46] Connor, Steven (1996). *The English Novel in History: 1950—1995*, London/New York: Routledge.

[47] Cooke, Nathalie (2004). *Margaret Atwood: A Critical Companion*, Westport/London: Greenwood.

[48] Crosby, Christina (1992). "Dealing with Differences", *Feminists Theorize the Political*, ed. Judith Butler and Joan W. Scott, London/New York: Routledge.

[49] Cuddon, J.A. (1991). *The Penguin Dictionary of Literary Terms and Literary Theory*, 3rd edition, London/New York: Penguin.

[50] Davies, Carole Boyce (1994). *Black Women, Writing and Identity: Migrations of the Subject*, London/New York: Routledge.

[51] de Beauvoir, Simone (1949). *The Second Sex*, trans. & ed. H. M. Parshley, London: Vintage.

[52] Denard, Carolyn C. (1991). "Toni Morrison", *Modern American Women Writers*, ed. Elaine Showalter et al., New York: Charles Scribner's Sons.

[53] Dirlik, Arif (1994). "The Postcolonial Aura: Third World Criticism in the Age of Global Capitalism", *Critical Inquiry*, 20, Winter.

[54] Docker, John (2001). *1492: The Poetics of Diaspora*, London/New York: Continuum.

[55] During, Simon (1987). "Postmodernism or Post-Colonialism Today", *Textual Practice* 1(1), Spring, pp.40-52.

[56] Eagleton, Mary (2003). "Introduction", *A Concise Companion to Feminist Theory*, ed. Mary Eagleton, Malden/Oxford: Blackwell.

[57] Eagleton, Terry (2003). *After Theory*, London: Allen Lane.

[58] ----- (1983). *Literary Theory: An Introduction*, Minneapolis: University of Minnesota Press.

[59] Eliot, T. S. (2001). "Tradition and the Individual Talent", *The Norton Anthology of Theory and Criticism*, ed. Vincent B. Leitch et al., New York/ London: W. W. Norton & Co.

[60] Ellis, David (2004). "'Wives and Workers': The Novels of Joan Riley", *Contemporary British Women Writers*, ed. Emma Parker, Cambridge: D. S. Brewer.

[61] Emecheta, Buchi (1986). *Head above Water*, London: Flamingo.

[62] Emerson, Ralph Waldo (1841). *Essays*, with Preface by Thomas Carlyle, London: James Fraser.

[63] English, James F. (2006). "Introduction: British Fiction in a Global Frame", *A Concise Companion to Contemporary British Fiction*, ed. James F. English, Malden/Oxford: Blackwell.

[64] Fanon, Frantz (1967). *Black Skin, White Masks*, trans. Charles Lam Markmann, London: Pluto.

[65] ----- (1967). *The Wretched of the Earth*, trans. Constance Farrington, Harmondsworth/ Ringwood: Penguin.

[66] Ferrier, Carole (1992). "Aboriginal Women's Narratives", *Gender, Politics and Fiction: Twentieth Century Australian Women's Novels*, 2nd edition, ed. Carole Ferrier, St. Lucia: University of Queensland Press.

[67] Fetterly, Judith (1978). *The Resisting Reader: A Feminist Approach to American Fiction*, Bloomington/London: Indiana University Press.

[68] Flew, Antony (1984). *A Dictionary of Philosophy*, revised 2nd edition, New York: St Martin's Press.

[69] Foucault, Michel (1996). "Intellectuals and Power", *Language, Counter-Memory, Practice: Selected Essays and Interviews*, ed. and intro. Donald F. Bouchard, trans. Donald F. Bouchard and Sherry Simon, Ithaca: Cornell University Press.

[70] Fowler, Jeaneane (1999). *Humanism: Beliefs and Practices*, Brighton/Portland: Sussex Academic Press.

[71] Freud, Sigmund (2000). "The 'Uncanny' ", *The Norton Anthology of Theory and Criticism*, ed. Vincent B. Leitch et al, New York/London: W.W. Norton & Co.

[72] Frye, Northrop (1971). *The Bush Garden: Essays on the Canadian Imagination*, Toronto: Anansi.

[73] ----- (1966). *Anatomy of Criticism: Four Essays,* New York: Atheneum.

[74] Gandhi, Leela (2001). "'Learning Me Your Language': England in the Postcolonial *Bildungsroman*", *England through Colonial Eyes in Twentieth-Century Fiction*, ed. Ann Blake et al., Houndmills/New York: Palgrave.

[75] Gates, Henry Louis, Jr. (1993). "Preface", *Toni Morrison: Critical Perspectives Past and Present*, ed. Henry Louis Gates, Jr. and K. A. Appiah, New York: Amistad.

[76] ----- (1989). "Authority, (White) Power, and the (Black) Critic; or, it's all Greek to me", *The Future of Literary Theory*, ed. Ralph Cohen, New York/ London: Routledge.

[77] ----- (1988). *The Signifying Monkey: A Theory of Afro-American Literary Criticism*, New York/London: Oxford University Press.

[78] ----- (1985). "Writing 'Race' and the Difference It Makes", *Critical Inquiry*, 12(1), pp.1-20.

[79] Gibson, Graeme (1973). *Eleven Canadian Novelists*, Toronto: Anansi.

[80] Gikandi, Simon (1996). *Maps of Englishness: Writing Identity in the Culture of Colonialism*, New York: Columbia University Press.

[81] Gilbert, Sandra M. and Susan Gubar (2000). *The Madwoman in the Attic: The Woman Writer and the Nineteenth-Century Literary Imagination*, 2nd edition, New Haven/ London: Yale University Press.

[82] Gilkes, Cheryl Townsend (2001). *"If It Wasn't for the Women...", Black Women's Experience and Womanist Culture in Church and Community*, New York: Orbis Books.

[83] Gilroy, Paul (1996). "'The Whisper Wakes, the Shudder Plays': 'Race', Nation and Ethnic Absolutism", *Contemporary Postcolonial Theory: A Reader*, ed. Padmini Mongia, London/New York: Arnold.

[84] ----- (1995). *There Ain't No Black in the Union Jack: The Cultural Politics of Race and Nation*, London: Routledge.

[85] Ginibi, Ruby Langford and Elizabeth Guy (1997). "Ruby Langford Ginibi in Conversation with Elizabeth Guy", *Westerly*, Winter, pp.9-15.

[86] Goodwin, Ken (1986). *A History of Australian Literature*, New York: St. Martin's Press.

[87] Goonetilleke, D. C. R. A. (1998). *Salman Rushdie*, Houndmills/London: Macmillan.

[88] Griffin, Gabriele (1993). "'Writing the Body': Reading Joan Riley, Grace Nichols and Ntozake Shange", *Black Women's Writing*, ed. Gina Wisker, Houndmills/London: Macmillan.

[89] Griffiths, Gareth (1994). "The Myth of Authenticity: Representation, Discourse and Social Practice", *De-Scribing Empire: Post-Colonialism and Textuality*, ed. Chris Tiffin

and Alan Lawson, London/New York: Routledge.

[90] Guth, Deborah (1993). "A Blessing and a Burden: the Relation to the Past in *Sula*, *Song of Solomon* and *Beloved*", *Modern Fiction Studies*, 39(3 & 4), Fall/Winter, pp.575-596.

[91] Hall, Stuart (1996a). "New Ethnicities", *Stuart Hall: Critical Dialogues in Cultural Studies*, ed. David Morley and Kuan-Hsing Chen, London/New York: Routledge.

[92] ----- (1996b). "Where Was 'The Postcolonial'?: Thinking at the Limit", *The Post-Colonial Question*, ed. Iain Chambers and Lidia Curti, London/New York: Routledge.

[93] ----- (1994). "Cultural Identity and Diaspora", *Colonial Discourse and Post-Colonial Theory: A Reader*, ed. Patrick Williams and Laura Chrisman, New York: Columbia University Press.

[94] Hassan, Ihab (1987). *The Postmodern Turn: Essays in Postmodern Theory and Culture*, Columbus: Ohio State University Press.

[95] Heilmann, Ann (2003). "Introduction", *Feminist Forerunners: New Womanism and Feminism in the Early Twentieth Century*, ed. Heilmann, London/Sydney: Pandora.

[96] Hills, Edward (1997). " 'What Country, Friends, Is This?': Sally Morgan's *My Place* Revisited", *The Journal of Commonwealth Literature*, 32(2).

[97] Hoeveler, Diane Long (1998). *Gothic Feminism: The Professionalization of Gender from Charlotte Smith to the Brontes*, University Park: The Pennsylvania State University Press.

[98] hooks, bell (2001). "Postmodern Blackness", *The Norton Anthology of Theory and Criticism*, ed. Vincent B. Leitch et al., New York/London: W. W. Norton & Co.

[99] ----- (2001) "Back to Black: Ending Internalized Racism", *Feminism: Critical Concepts in Literary and Cultural Studies*, ed. Mary Evans, vol.IV, London/New York: Routledge.

[100] ----- (1997). "Sisterhood: Political Solidarity between Women", *Dangerous Liaisons: Gender, Nation, and Postcolonial Perspectives*, ed. Anne McClintock et al., Minneapolis/London: University of Minnesota Press.

[101] ----- (1995). *Killing Rage: Ending Racism*, London/New York: Penguin.

[102] ----- (1992). *Black Looks: Race and Representations*, Boston: South End Press.

[103] ----- (1981). *Ain't I a Woman: Black Women and Feminism*, Boston: South End Press.

[104] Howells, Coral Ann (2005). *Margaret Atwood*, 2nd edition, Houndmills/New York: Palgrave Macmillan.

[105] Huggan, Graham (2001). *The Post-Colonial Exotic: Marketing the Margins*, London/New York: Routledge.

[106] Hull, Gloria T. and Barbara Smith (1982). "Introduction: The Politics of Black Women's Studies", *All the Women Are White, All the Blacks Are Men, But Some of Us Are Brave: Black Women's Studies*, ed. Gloria T. Hull et al., New York: Feminist Press.

[107] Humm, Maggie (1994). *A Reader's Guide to Contemporary Feminist Literary Criticism*, New York/London: Harvester Wheatsheaf.

[108] Hussein, Aamer (2004). "Joan Riley with Aamer Hussein", *Writing across Worlds: Contemporary Writers Talk*, ed. Susheila Nasta, London/New York: Routledge.

[109] Hutcheon, Linda (1990). "Circling the Downspout of Empire", *Past the Last Post: Theorizing Post-Colonialism and Post-Modernism*, ed. Ian Adam and Helen Tiffin, Alberta: University of Calgary Press.

[110] ----- (1989). *The Politics of Postmodernism*, London/New York: Routledge.

[111] ----- (1988). *The Canadian Postmodern: A Study of Contemporary English-Canadian Fiction*, Oxford: Oxford University Press.

[112] Huxley, Aldous (1932/1946). *Brave New World*, New York: Harper & Row Publishers.

[113] James, Henry (1956). *The Future of the Novel: Essays on the Art of Fiction*, ed. Leon Edel, New York: Vintage.

[114] Jameson, Fredric (1997). "Postmodernism, or the Cultural Logic of Late Capitalism", *Twentieth-Century Literary Theory: A Reader*, 2nd edition, ed. K.M. Newton, Houndmills/London: Macmillan.

[115] ----- (1986). "Third-World Literature in the Era of Multinational Capitalism", *Social Text*, no.15, pp.65-88.

[116] Janeway, Elizabeth (1979). "Women's Literature", *Harvard Guide to Contemporary American Writing*, ed. Daniel Hoffman, Cambridge/London: The Belknap Press.

[117] Joyce, Joyce A. (2000). "The Black Canon: Reconstructing Black American Literary Criticism", *African American Literary Theory: A Reader*, ed. Winston Napier, New York/London: New York University Press.

[118] Kaplan, Cora (1986). *Sea Changes: Essays on Culture and Feminism*, London: Verso.

[119] Kennedy, Marnie (1990). *Born a Half-Caste*, Canberra: Aboriginal Studies Press.

[120] King, Bruce (2003). *V. S. Naipaul*, 2nd edition, Houndmills/London: Plagrave Macmillan.

[121] Kristeva, Julia (1986). "A New Type of Intellectual: The Dissident", *The Kristeva Reader*, ed. Toril Moi, Oxford: Blackwell.

[122] Ladner, Joyce A. (1971). *Tomorrow's Tomorrow: The Black Woman*, New York: Doubleday & Co.

[123] Lamming, George (1992). *The Pleasures of Exile*, Ann Arbor: The University of Michigan Press.

[124] Lawrence, D. H. (1961). "The Spirit of Place", *Studies in Classic American Literature*, Harmondsworth: Penguin.

[125] Lear, Linda (2000). "Afterword", in Rachel Carson's *Silent Spring*, London/ New York: Penguin.

[126] Leavis, F.R. (1962). *The Great Tradition*, London: Chatto & Windus.

[127] Le Guin, Ursula K. (1976). "Introduction", *The Left Hand of Darkness*, New York: Ace Books.

[128] Leitch, Vincent B. (2008). *Living with Theory*, Malden/Oxford: Blackwell.

[129] ----- (1996). *Postmodernism—Local Effects, Global Flows*, New York: State University of New York Press.

[130] ----- (1988). *American Literary Criticism: From the Thirties to the Eighties*, New York: Columbia University Press.

[131] Lerner, Gerda (1979). *The Majority Finds Its Past: Placing Women in History*, Oxford/New York: Oxford University Press.

[132] Lessing, Doris (1975). *A Small Personal Voice: Essays, Reviews, Interviews*, ed. and intro. Paul Schlueter, New York: Vintage.

[133] Lionnet, Françoise (1995). *Postcolonial Representations: Women, Literature, Identity*, Ithaca/London: Cornell University Press.

[134] Longley, Kateryna Olijnyk (1992). "Autobiographical Storytelling by Australian Aboriginal Women", *De/Colonizing the Subject: The Politics of Gender in Women's Autobiography*, ed. Sidonie Smith and Julia Watson, Minneapolis: University of Minnesota Press.

[135] Loomba, Ania (1998). *Colonialism/Postcolonialism*, London/New York: Routledge.

[136] Lorde, Audre (1984). *Sister Outsider: Essays and Speeches*, Freedom: The Crossing Press.

[137] Lyotard, Jean-Francois (1997). "The Postmodern Condition", *The Postmodern History Reader*, ed. Keith Jenkins, London/New York: Routledge.

[138] Macaulay, Thomas (1995). "Minute on Indian Education", *The Post-Colonial Studies Reader*, ed. Bill Ashcroft et al., London/New York: Routledge.

[139] Makaryk, Irena et al. (eds.) (1993). *Encyclopedia of Contemporary Literary Theory: Approaches, Scholars, Terms*, Toronto: University of Toronto Press.

[140] Marcus, Laura (1994). *Auto/biographical Discourses: Theory, Criticism, Practice*, Manchester/New York: Manchester University Press.

[141] Matus, Jill (1998). *Toni Morrison*, Manchester/New York: Manchester University Press.

[142] McClintock, Anne (1994). "The Angel of Progress: Pitfalls of the Term 'Post-colonialism'", *Colonial Discourse and Post-Colonial Theory: A Reader*, ed. and intro. Patrick Williams and Laura Chrisman, New York: Columbia University Press.

[143] McCracken, Scott (2004). "The Half-Lives of Literary Fictions: Genre Fictions in the Late Twentieth Century", *The Cambridge History of Twentieth-Century English Literature*, ed. Laura Marcus and Peter Nicholls, Cambridge: Cambridge University Press.

[144] McDowell, Deborah E. (1988). "'The Self and the Other': Reading Toni Morrison's *Sula* and the Black Female Text", *Critical Essays on Toni Morrison*, ed. Nellie Y. McKay, Boston: G. K. Hall & Co.

[145] McHale, Brian (1987). *Postmodernist Fiction*, New York/London: Methuen.

[146] Meraz, Cesar and Sharon Meraz (2000). "The Thematic Tradition in Black British Literature", http://www.cwrl.utxas.edu.

[147] Meyers, Jeffrey (1989). "Introduction", *The Biographer's Art: New Essays*, ed. Jeffrey Meyers, Houndmills/London: Macmillan.

[148] Miller, J. Hillis (2002). *On Literature*, London/New York: Routledge.

[149] Mills, Sara (1998). "Post-colonial Feminist Theory", *Contemporary Feminist Theories*, ed. Stevi Jackson and Jackie Jones, Edinburgh: Edinburgh University Press.

[150] Moi, Toril (2002). *Sexual/Textual Politics: Feminist Literary Theory*, 2nd edition, London/New York: Routledge.

[151] Moore-Gilbert, Bart (1997). *Postcolonial Theory: Contexts, Practices, Politics*, London/New York: Verso.

[152] Morrison, Toni (1993). Nobel Lecture. http://nobelprize.org/literature/laureates/1993/morrison-lecture.html.

[153] ----- (1992). *Playing in the Dark: Whiteness and the Literary Imagination*, New York: Vintage.

[154] Mudrooro (1995). "White Forms, Aboriginal Content", *The Post-Colonial Studies Reader*, ed. Bill Ashcroft et al., London/New York: Routledge.

[155] Muir, Hilda Jarman (2004). *Very Big Journey: My Life as I Remember It*, Canberra: Aboriginal Studies Press.

[156] Mukherjee, Arun (1998). *Postcolonialism: My Living*, Toronto: TSAR Publications.

[157] Munich, Adrienne (1985). "Notorious Signs, Feminist Criticism and Literary Tradition", *Making a Difference: Feminist Literary Criticism*, ed. Gayle Greene and Coppelia Kahn, London/New York: Methuen.

[158] Murdoch, Iris (1977). "Against Dryness: A Polemical Sketch", *The Novel Today: Contemporary Writers on Modern Fiction*, ed. Malcolm Bradbury, Glasgow: William Collins Sons & Co.

[159] Napier, Winston (2000). "Introduction", *African American Literary Theory: A Reader*, ed. Winston Napier, New York/London: New York University Press.

[160] Nasta, Susheila (2002). *Home Truths: Fictions of the South Asian Diaspora in Britain*, Houndmills/New York: Palgrave.

[161] Ngcobo, Lauretta (1988). "Introduction", *Let It Be Told: Essays by Black Women Writers in Britain*, ed. Lauretta Ngcobo, London: Virago.

[162] Ngugi, wa Thiong'o (1986). *Decolonising the Mind: The Politics of Language in African Literature,* London: James Currey.

[163] Ngugi, wa Thiong'o, Taban Lo Liyong, and Henry Owuor-Anyumba (2001). "On the Abolition of the English Department", *The Norton Anthology of Theory and Criticism*, ed. Vincent B. Leitch et al., New York: W.W. Norton & Co.

[164] Ogunyemi, Chikwenye Okonjo (1985). "Womanism: the Dynamics of the Contemporary Black Female Novel in English", *Signs*, 11(1), autumn, pp.63-80.

[165] Orwell, George (1972). "England Your England", *Inside the Whale and Other Essays*, Harmondsworth: Penguin.

[166] Paravisini-Gebert, Lizabeth (2002). "Colonial and Postcolonial Gothic: the Caribbean", *The Cambridge Companion to Gothic Fiction*, ed. Jerrold E. Hogle, Cambridge: Cambridge University Press.

[167] Parker, Michael and Roger Starkey (1995). "Introduction", *Postcolonial Literatures: Achebe, Ngugi, Desai, Walcott*, ed. Michael Parker and Roger Starkey, Houndmills/London: Macmillan.

[168] Parrinder, Patrick (1980/2003). *Science Fiction: Its Criticism and Teaching*, London/New York: Routledge.

[169] Perez-Torres, Rafael (1998). "Knitting and Knotting the Narrative Thread—*Beloved* as Postmodern Novel", *Toni Morrison*, ed. Linden Peach, New York: St. Martin's Press.

[170] Phillips, Caryl (2001). *A New World Order: Selected Essays*, London: Secker & Warburg.

[171] Porter, Roy (1994). *London: A Social History*, London: Hamilton.

[172] Pratt, Mary Louise (1992). *Imperial Eyes: Travel Writing and Transculturation*, London/New York: Routledge.

[173] Punter, David and Glennis Byron (2004). *The Gothic*, Malden/Oxford: Blackwell.

[174] Rajan, Rajeswari Sunder and You-me Park (2000). "Postcolonial Feminism / Post-colonialism and Feminism", *A Companion to Postcolonial Studies*, ed. Henry Schwarz and Sangeeta Ray, Oxford: Blackwell.

[175] Renan, Ernest (1990). "What Is a Nation?" trans. and annotated by Martin Thom, *Nation and Narration*, ed. Homi K. Bhabha, London/New York: Routledge.

[176] Rhys, Jean (1966). *Wide Sargasso Sea*, Harmondsworth: Penguin.

[177] Rigney, Barbara Hill (1991). *The Voices of Toni Morrison*, Columbus: Ohio State University Press.

[178] ----- (1987). *Margaret Atwood*, Houndmills/London: Macmillan.

[179] Riley, Joan (1994). "Writing Reality in a Hostile Environment", *Into the Nineties: Post-colonial Women's Writing*, ed. Anna Rutherford et al., Armidale: Dangaroo.

[180] Rushdie, Salman (1994). "The Courter", *East, West*, London: Vintage.

[181] ----- (1991). *Imaginary Homelands: Essays and Criticism 1981—1991*, London: Granta Books.

[182] Russel, Sandi (1988). "It's OK to say OK", *Critical Essays on Toni Morrison*, ed. Nellie Y. McKay, Boston: G. K. Hall & Co.

[183] Said, Edward W. (2000). "Reflections on Exile", *Reflections on Exile and Other Essays*, Cambridge: Harvard University Press.

[184] ----- (1993). *Culture and Imperialism*, London: Vintage.

[185] ----- (1991). *The World, the Text, and the Critic*, London: Vintage.

[186] Sartre, Jean-Paul (1967). "Preface", in Frantz Fanon's *The Wretched of the Earth*, trans. Constance Farrington, Harmondsworth/New York: Penguin.

[187] Saunders, Max (2004). "Biography and Autobiography", *The Cambridge History of Twentieth-Century English Literature*, ed. Laura Marcus and Peter Nicholls, Cambridge: Cambridge University Press.

[188] Scholes, Robert (1998). *The Rise and Fall of English: Reconstructing English as a Discipline*, New Haven/London: Yale University Press.

[189] Seale, Chris (2004). "Chinua Achebe with Chris Seale", *Writing across Worlds: Contemporary Writers Talk*, ed. Susheila Nasta, London/New York: Routledge.

[190] Shaffer, Brian W. (2006). *Reading the Novel in English 1950—2000*, Malden/ Oxford: Blackwell.

[191] Shohat, Ella (1992). "Notes on the 'Post-Colonial'", *Social Text*, 31/32, pp.99-113.

[192] Showalter, Elaine (2004). *A Literature of Their Own: British Women Writers from Bronte to Lessing*, expanded edition, Beijing: Foreign Language Teaching and Research Press.

[193] ----- (2002). "Ladlit", *On Modern British Fiction*, ed. Zachary Leader, Oxford: Oxford University Press.

[194] ----- (1991). *Sister's Choice: Tradition and Change in American Women's Writing*, Oxford: Clarendon Press.

[195] ----- (1991). "Introduction", *Modern American Women Writers*, New York: Simon & Schuster.

[196] ----- (1989). "A Criticism of Our Own: Autonomy and Assimilation in Afro-American and Feminist Literary Theory", *The Future of Literary Theory*, ed. Ralph Cohen, New York/London: Routledge.

[197] ----- (1985). "Introduction: The Feminist Critical Revolution", *The New Feminist Criticism: Essays on Women, Literature, and Theory*, ed. Elaine Showalter, London: Virago.

[198] Skinner, John (1998). *The Stepmother Tongue: An Introduction to New Anglophone Fiction*, New York: St. Martin's Press.

[199] Slemon, Stephen (1996). "Unsettling the Empire: Resistance Theory for the Second World", *Contemporary Postcolonial Theory: A Reader*, ed. Padmini Mongia, London/ New York: Arnold.

[200] Smith, Barbara (2000). "Toward a Black Feminist Criticism", *African American Literary Theory: A Reader*, ed. Winston Napier, New York/London: New York University Press.

[201] Spivak, Gayatri Chakravorty (1993). *Outside in the Teaching Machine*, New York/ London: Routledge.

[202] Stewart, Victoria (2003). *Women's Autobiography: War and Trauma*, Houndmills/ New York: Palgrave Macmillan.

[203] Suleri, Sara (1992). "Woman Skin Deep: Feminism and the Postcolonial Condition", *Critical Inquiry*, 18 (Summer), pp.756-769.

[204] Talib, Ismail S. (2002). *The Language of Postcolonial Literature: An Introduction*, London/New York: Routledge.

[205] Tate, Claudia (ed.) (1983). *Black Women Writers at Work*, New York: Continuum.

[206] Thomas, Sue (2001). "Colouring the English", *England through Colonial Eyes in Twentieth-Century Fiction*, ed. Ann Blake et al., Houndmills/New York: Palgrave.

[207] Tiffin, Helen (1990). "Introduction", *Past the Last Post: Theorizing Post-Colonialism and Post-Modernism*, ed. Ian Adam and Helen Tiffin, Alberta: University of Calgary Press.

[208] Trilling, Lionel (1957). *The Liberal Imagination: Essays on Literature and Society*, Houndmills/London: Macmillan.

[209] Troutman, Denise (2002). "'We Be Strong Women': A Womanist Analysis of Black Women's Sociolinguistic Behavior", *Centering Ourselves: African American Feminism and Womanist Studies of Discourse*, ed. Marsha Houston and Olga Idriss Davis, Cresskill: Hampton.

[210] van Toorn, Penny (2000). "Indigenous Texts and Narratives", *The Oxford Companion to Australian Literature*, ed. Elizabeth Webby, Cambridge: Cambridge University Press.

[211] Verdelle, A. J. (1998). "Paradise Found: A Talk with Toni Morrison", http://www.findarticle.com/p/articles.

[212] Vesser, Aram H. (1994). "The New Historicism", *The New Historicism Reader*, ed. Aram H. Vesser, New York: Routledge.

[213] Walder, Dennis (1998). *Post-Colonial Literatures in English: History, Language, Theory*, Oxford: Blackwell.

[214] Walker, Alice (1997). *Anything We Love Can Be Saved: A Writer's Activism*, New York: Ballatine Publishing Group.

[215] ----- (1983). *In Search of Our Mothers' Gardens*, San Diego/New York: Harcourt Brace & Co.

[216] ----- (1982). "One Child of One's Own: A Meaningful Digression within the Work(s)—An Excerpt", *All the Women Are White, All the Blacks Are Men, But Some of Us Are Brave: Black Women's Studies*, ed. Gloria T. Hull et al., New York: Feminist Press.

[217] Watt, Ian (1957). *The Rise of the Novel: Studies in Defoe, Richardson, and Fielding*, London: Chatto & Windus.

[218] Weedon, Chris (2004). "Identity and Belonging in Contemporary Black British Writing", *Black British Writing*, ed. R. Victoria Arana and Lauri Ramey, Houndmills/New York: Palgrave Macmillan.

[219] Whitlock, Gillian (2000). *The Intimate Empire: Reading Women's Autobiography*, London/New York: Cassell.

[220] Willis, Susan (1987). *Specifying: Black Women Writing the American Experience*,

London: Routledge.

[221] Wisker, Gina (2000). *Post-Colonial and African American Women's Writing: A Critical Introduction*, Houndmills/London: Macmillan.

[222] ----- (1993). "Introduction", *Black Women's Writing*, ed. Gina Wisker, Houndmills/London: Macmillan.

[223] Woolf, Virginia (1994). "The New Biography", *The Essays of Virginia Woolf*, vol.IV: 1925—1928, ed. Andrew McNeillie, London: The Hogarth Press.

[224] ----- (1945). *A Room of One's Own*, London/New York: Penguin.

[225] Yeats, W. B. (1962). *Explorations*, London: Macmillan.

[226] Young, Robert J. C. (2001). *Postcolonialism: A Historical Introduction*, Oxford: Blackwell.

[227] ----- (1995). *Colonial Desire: Hybridity in Theory, Culture and Race*, London/ New York: Routledge.

[228] ----- (1990). *White Mythologies: Writing History and the West*, London: Routledge.

中文参考文献：

[1] 爱德华·W. 萨义德：《知识分子论》，单德兴译，北京：生活·读书·新知三联书店，2002 年。

[2] 艾勒克·博埃默：《殖民与后殖民文学》，盛宁、韩敏中译，沈阳：辽宁教育出版社、牛津大学出版社，1998 年。

[3] 方汉文：《比较文学高等原理》，海口：南方出版社，2002 年。

[4] 傅俊：《玛格丽特·阿特伍德研究》，南京：译林出版社，2003 年。

[5] 弗雷德里克·詹姆逊：《文化转向》，胡亚敏等译，北京：中国社会科学出版社，2000 年。

[6] 哈罗德·布鲁姆：《西方正典：伟大作家和不朽作品》，江宁康译，南京：译林出版社，2005 年。

[7] 何宁：《当代英国黑人诗歌综述》，《当代外国文学》2004 年第 3 期。

[8] 侯维瑞、李维屏：《英国小说史》(下)，南京：译林出版社，2005 年。

[9] 黄药眠、童庆炳主编：《中西比较诗学体系》(上)，北京：人民文学出版社，1991 年。

[10] 刘意青：《存活斗争的胜利者》，《外国文学研究》2002 年第 1 期，第 143-154 页。

[11] 陆建德：《破碎思想体系的残编——英美文学与思想史论稿》，北京大学出版社，2001 年。

[12] 玛格丽特·阿特伍德：《加拿大文学生存谈》，赵慧珍译，《外国文学动态》2002 年

第 3 期。

[13] 任一鸣、瞿世镜：《英语后殖民文学研究》，上海译文出版社，2003 年。

[14] 童明：《飞散的文化和文学》，《外国文学》2007 年第 1 期，第 89-99 页。

[15] 王腊宝：《从“被描写”走向自我表现——当代澳大利亚土著短篇小说述评》，《外国文学评论》，2002 年第 2 期，第 133-143 页。

[16] 王守仁：《新编美国文学史》第四卷，上海外语教育出版社，2002 年。

[17] 王玉括：《关于后殖民主义研究的对话——访斯蒂芬·斯莱蒙教授》，《当代外国文学》，2005 年第 2 期，第 167-176 页。

[18] 吴元迈主编：《20 世纪外国文学史》第四卷，《1946 年至 1969 年的外国文学》，南京：译林出版社，2004 年。

[19] 赵白生：《传记文学理论》，北京大学出版社，2003 年。

后记

这部书稿是在我的博士论文的基础上修改而成的。从最初写作框架的构思酝酿，到今天最终成书，历经数年，个中的酸甜苦辣，唯有自己明了。其间曾数易其稿，也曾因气馁而想到过放弃，但最后还是咬牙坚持了下来。

曾有谁说过这样的话：人不可没有梦想。人生因为有了梦想而更加精彩。

还记得当年在澳大利亚悉尼大学英文系攻读硕士学位时，我就有了一个看似遥不可及的梦想：今生今世一定要拿到博士学位。由于当时种种条件的限制，我只能把这个梦想悄悄地埋在心里，不愿放弃，但也不敢有任何奢望。

感谢我的导师——苏州大学外国语学院院长王腊宝教授。感谢他把我录取为外国语学院的首批博士研究生之一，使我终于有机会圆了多年的梦。在四年的学习期间，导师以严谨的治学态度、刻苦的学习精神和博大精深的学术造诣为我树立了榜样，使我不敢有丝毫懈怠。每当我在论文写作中陷入“当局者迷”的困境时，导师的寥寥数语就能使我茅塞顿开。从入学时对学术研究的不甚了解，到最终能够完成博士论文的写作，我在学习上取得的任何进步都离不开导师对我的悉心培养，都包含着导师付出的心血。

我也感谢师母王丽萍教授。她给了我无微不至的关怀。在我眼里，她更是一个知心朋友，在我烦恼时倾听我诉说，给我鼓励和安慰，帮助我顺利渡过难关。

我还要感谢外国语学院的老院长徐青根教授和副院长孙倚娜教授，还有刘海平教授、朱新福教授等。他们以各种方式关心我的进步，为我提供各种帮助。也感谢姜瑾教授和董成如教授，他们两位在国外访学期间不辞辛苦，为我带回了研究所需的宝贵资料。

感谢江苏省教育厅为我提供留学人员奖学金，使我得以在英国伯明翰大学进行六个月的访学，为论文的写作搜集了大量资料。

最后，我还要感谢我的先生和女儿。他们以实际行动表达对我继续求学的理解和支持。他们是我的坚强后盾。在我疲惫和痛苦时，他们为我提供了宁静的港湾。没有他们，我不可能完成论文的写作。

导师曾说过，在学术研究中要有不达目的誓不罢休的精神。生活中也同样需要这种精神。为了实现心中的梦想，实现个人的“完整生存”，我重返课堂，和比我年轻得多的师弟师妹们一起学习。虽然精力不如他们充沛，虽然同时要完成繁重的教学任务，但我还是一步步走了过来。屈原老夫子曾说过，“路漫漫其修远兮，吾将上下而求索”。虽然随着博士论文的完成，我的学生生涯画上了句号，但这也象征着新的起点。我将继续做一个“追梦人”，为追寻下一个梦想而努力。

因本人水平有限，书中错误在所难免，故恳请各位方家不吝赐教。

作　者

2011 年 4 月于东吴园

图书在版编目(CIP)数据

完整生存：后殖民英语国家女性创作研究 / 方红著.
—杭州：浙江大学出版社，2011.7

ISBN 978-7-308-08800-8

I. ①完… II. ①方… III. ①妇女文学—小说研究—世界 IV. ①I106.4

中国版本图书馆 CIP 数据核字(2011)第 119918 号

完整生存：后殖民英语国家女性创作研究

方　红　著

责任编辑　张颖琪

封面设计　俞亚彤

出版发行　浙江大学出版社

(杭州天目山路 148 号　邮政编码 310007)

(网址: http://www.zjupress.com)

排　　版　杭州中大图文设计有限公司

印　　刷　德清县第二印刷厂

开　　本　710mm×1000mm　1/16

印　　张　12

字　　数　280 千

版 印 次　2011 年 7 月第 1 版　2011 年 7 月第 1 次印刷

书　　号　ISBN 978-7-308-08800-8

定　　价　30.00 元

浙江大学出版社发行部邮购电话　(0571)88925591